Melissa Foster

Neuanfang in Bayside

Die Autorin

Mit mehr als zehn Millionen verkauften Büchern ist Melissa Foster eine preisgekrönte *New-York-Times-*, *Wall-Street-Journal-* und *USA-Today-*Bestsellerautorin. Ihre Bücher werden vom *USA-Today-Bücherblog*, vom *Hagerstown Magazine*, von *The Patriot* und vielen anderen Printmedien empfohlen. Melissas Bücher sind als Taschenbuch, digital oder als Hörbuch bei den meisten Online-Buchhandlungen erhältlich.

Besuchen Sie Melissa auf ihrer Website oder chatten Sie mit ihr auf Social Media. Sie diskutiert gern mit Buchclubs und Lesegruppen über ihre Romane und freut sich über Einladungen. Melissas Bücher sind bei den meisten Online-Buchhändlern als Taschenbuch und E-Book erhältlich.

www.MelissaFoster.com

Melissa Foster

Neuanfang in Bayside

Bayside Summers

LOVE IN BLOOM – HERZEN IM AUFBRUCH

Aus dem Amerikanischen von Usch Pilz

Vorwort

Ich freue mich riesig, Ihnen die Geschichte von Violet und Andre erzählen zu können! Violet gehört zu den vielschichtigen, geheimnisvollen Figuren, über die ich unbedingt mehr erfahren wollte. Früh hat ihre exzentrische Mutter sie aus der Geborgenheit ihres Zuhauses gerissen und ist mit ihr durch die Welt gezogen. Nach vielen rastlosen Jahren ohne Wurzeln wurde Violet erneut ins kalte Wasser geworfen: Ohne Vorwarnung musste sie mit ihrer Halbschwester, die sie kaum kannte, ein Bed & Breakfast am Cape Cod übernehmen.

Höchste Zeit also, dass auch Violet das große Glück findet. Vielleicht erinnern Sie sich an Andre, der schon in *Sommernächte in Bayside*, dem ersten Buch dieser Serie, erwähnt wird. Ganz unverhofft platzt er noch einmal in Violets Leben, aber diesmal ist er gekommen, um zu bleiben. Ich wünsche Ihnen viel Spaß mit Violets und Andres romantischem Abenteuer. Es ist sexy, sinnlich und voller tiefer Gefühle.

In dieser Geschichte spielen genau wie in Violets Leben viele Personen eine wichtige Rolle. Eine Liste der Figuren finden Sie auf meiner Website:
www.MelissaFoster.com/bayside-escape-character-list

Lust auf weitere prickelnde Liebesromane voller Romantik und sexy Momente? Melden Sie sich für meinen Newsletter an, damit Sie keinen verpassen:
www.MelissaFoster.com/Newsletter_German

Die Reihe »Love in Bloom – Herzen im Aufbruch«

Bayside Summers ist nur eine der vielen Serien aus der weitverzweigten Reihe »Love in Bloom – Herzen im Aufbruch«. Sie werden den Figuren aus jeder Geschichte immer wieder begegnen, sodass Sie keine Verlobung, Hochzeit oder Geburt verpassen. Eine vollständige Liste aller Serientitel sowie eine Vorschau auf den nächsten Band finden Sie am Ende dieses Buches und auf meiner Website:

www.MelissaFoster.com/Herzen-im-Aufbruch

Besuchen Sie auch meine Seite mit »Reader Goodies«! Dort gibt es Serienübersichten, Checklisten, Stammbäume und einiges mehr:

www.MelissaFoster.com/Checklisten_und_Stammbaume

Eins

Violet ging im Schlafzimmer ihrer Halbschwester Desiree auf und ab und spähte immer wieder aus dem Fenster. An diesem wunderschönen Septemberabend war der Himmel klar und noch wehte keine kühle Brise. Hoch auf den Dünen gelegen bot das *Summer House Inn*, das Hauptgebäude der Pension, die sie und Desiree gemeinsam betrieben, einen herrlichen Blick aufs Meer und den Strand. Dort unten stand Desirees Verlobter Rick mit seinem Bruder und seinen Freunden um den wunderschönen Traubogen, den er für die Hochzeit gebaut hatte. In zehn Minuten sollte die Zeremonie beginnen, doch Violets und Desirees selbstverliebte flatterhafte Mutter Lizza war noch immer nicht aufgetaucht. Mit Adleraugen behielt Desiree vom Fenster aus den Parkplatz im Blick. Ihre drei Freundinnen und Violet gaben sich alle Mühe, sie abzulenken. Schlimm genug, dass ihre Freundin Harper nicht aus Los Angeles anreisen konnte, um mitzufeiern und während Desirees Flitterwochen in der Pension auszuhelfen. Mit sehr viel Glück hatte Lizza eine ebenso gute Entschuldigung wie Harper. Falls nicht, würde sie es mit Violet zu tun bekommen.

Ricks Schwester Mira stillte ihre neugeborene Tochter Holly, Serena und Emery unterhielten sich angeregt über die bevorstehende Feier. Nur Desiree schaute schon wieder besorgt aus dem Fenster. Wenn Violet ihre Halbschwester an den Strand kriegen wollte, bevor sie sich in Tränen auflöste, musste sie sich beeilen.

»Wie viel Milch passt denn in so ein Baby?«, fragte sie ungeduldig.

Mira berührte Hollys Wange. »So viel es gerade braucht oder möchte. Oder wie Hagen immer sagt: Sie kann sich schließlich keinen Burger holen.« Hagen war Miras kleiner Sohn, der mit ihrem Mann Matt bereits am Strand auf den Beginn der Feier wartete. »Aber du darfst mich gern Bessie nennen. Ich komme mir vor wie eine Milchkuh.«

»Du siehst wunderschön aus«, versicherte ihr Desiree.

»Okay, *schöne Bessie*«, sagte Violet, »beeil dich lieber, sonst geht die Sonne ohne uns unter.«

»Psst«, raunte Desiree. »Hetz sie nicht. Lass Holly in Ruhe trinken.«

Desiree sah hinreißend aus. Das wellige blonde Haar fiel offen über die Schultern ihres apricotfarbenen Maxikleides, dessen vorne geschnürtes Korsett-Oberteil ihre Sanduhrfigur wunderbar zur Geltung brachte. Der Rock war von den Hüften bis zu den Knöcheln mit Rüschen besetzt. Desiree war so korrekt und proper wie Violet spontan und direkt. Und nachdem sie ein Leben lang nur wenig Kontakt gehabt hatten, hatten sie es hier am Cape doch noch geschafft, ein enges schwesterliches Band zu knüpfen. Die Hochzeitsfeier sollte genau so werden, wie Desiree es sich gewünscht hatte, mit viel Rüschen- und Blumenkram und kitschigen Accessoires wie Holzschildern, die den Weg über die Dünen wiesen. *Lass die Schuhe hier! Du bist fast am Ziel!* und *Hier entlang zu Liebe lebenslänglich!*, stand darauf geschrieben.

Im Gegensatz zu ihrer Mutter würde Rick Desiree nicht enttäuschen. Er war fest entschlossen, all ihre Träume Wirklichkeit werden zu lassen. Desiree glaubte, sie würden die Flitterwochen im Monroe House verbringen, einem Resort in Upstate New York. Aber sie war noch nie im Ausland gewesen und nach einer Woche im Resort wollte Rick sie mit zwei weiteren Urlaubswochen in Portugal überraschen. Violet war eingeweiht und freute sich von Herzen für sie.

»Babys brauchen eine ruhige Umgebung.« Serena schaute in den Spiegel und zupfte an ihrem dunklen Haar herum. Sie und Ricks Bruder Drake hatten sich kürzlich verlobt.

Violet verdrehte die Augen. »Babys verbringen neun Monate in einer Art Schiffschaukel, während ihre Mami und ihr Daddy rammeln wie die Kaninchen.«

»Violet!«, schimpfte Desiree.

Violet stemmte die Hände in die Hüften. »Tu bloß nicht, als würde dich das verlegen machen. Wo wir doch alle wissen, dass das Frühstück, das du uns morgens hinstellst, immer ganz besonders lecker ist, wenn du in der Nacht davor richtig viel Spaß hattest.«

Desirees Wangen färbten sich dunkelrot. »Kann schon sein. Aber so deutlich muss man das doch nicht sagen!«

»Violet schon.« Mira lächelte. Sie drückte ihrer Kleinen einen Kuss auf die Stirn und schloss das Oberteil ihres Kleides. »Wenn du rot wirst, freut sie sich immer diebisch.«

Desiree seufzte.

Ihre beste Freundin Emery, die kürzlich ans Cape gezogen war, schaute zu, wie Mira Holly ein Bäuerchen machen ließ. »Ich glaube, ich brauche ein Baby«, sagte sie.

»Ja. So dringend wie ein Loch im Kopf«, hielt Violet dagegen. »Du kommst ja kaum selbst über die Runden.«

»Wofür habe ich Dean?« Emerys Verlobtem gehörte zusammen mit Rick und Drake das Bayside Resort gleich neben Desirees und Violets Pension. »Und mein Appetit auf diesen Mann ist unersättlich.« Emery ließ die Brauen tanzen und brachte damit alle zum Lachen. Sie schaute an ihrem schlanken, durchtrainierten Körper hinunter, den sie den Yoga-Kursen verdankte, die sie hier im Summer House Inn gab, und umfasste ihre Brüste. »Außerdem hätte ich mit einem Baby endlich mal richtig tolle Möpse.«

»Können wir uns jetzt bitte beeilen, damit Des und Rick bald amtlich als Ehepaar weitervögeln können?« Violet zeigte zur Tür.

Emery biss sich auf die Unterlippe und warf ihr einen besorgten Blick zu. Emery und Desiree waren beide in Oak Falls, Virginia, aufgewachsen und schon ewig beste Freundinnen. Deshalb wusste sie leider zu gut, wie oft Lizza ihre Tochter schon enttäuscht hatte.

Violet fixierte sie düster.

»Komm.« Sie packte Emery am Arm und zog sie beiseite. »Wenn du jetzt Lizza erwähnst, murkse ich dich eigenhändig ab.«

»Keine Sorge«, flüsterte Emery zurück, während die anderen sich fürsorglich um Holly und Desiree scharten. »Aber ...« Sie deutete auf Desiree, die schon wieder am Fenster stand.

»Kein Aber«, sagte Violet streng. »Ich übernehme.« Sie stapfte zu ihrer Schwester. »Okay, *Bessie* und Serena. Ihr geht runter zu den Männern und sagt Ted, wir sind gleich da.«

Ted war Desirees Vater. Violet hatte ihn bis zu ihrem siebten Lebensjahr zum Stiefvater gehabt. Dann war Lizza ihr Leben langweilig geworden, sie hatte sich von ihm scheiden lassen und Violet aus der einzigen glücklichen Familie gerissen, die sie je gekannt hatte. Die kleine Desiree hatte sie bei Ted gelassen und sich mit der zweieinhalb Jahre älteren Violet in ein rastloses Nomadenleben gestürzt. Lizza hatte in aller Herren Länder Englisch unterrichtet, meditiert und sich ziellos treiben lassen.

Ihre Freundinnen umarmten Desiree noch einmal, dann schob Violet sie aus der Tür und blieb mit ihrer Halbschwester zurück. Desiree ließ traurig die Schultern hängen, und Violet versuchte zu ignorieren, wie eng ihr die Kehle bei diesem Anblick wurde.

»Ich mag einfach nicht glauben, dass sie nicht kommt«, sagte Desiree. »Ich dachte, bei meiner Hochzeit dabei zu sein, wäre ihr wichtig. Sie hat doch sogar gesagt, sie bringt noch jemanden mit.« Obwohl sie leise sprach, klang ihre Stimme ärgerlich. »Warum wollte sie, dass wir ihr das Künstler-Cottage für einen ganzen Monat reservieren, wenn sie gar nicht die Absicht hatte, hier aufzutauchen? Wir hätten es anderweitig vermieten können. Oder glaubst du, ihr ist etwas zugestoßen?«

»Nein. Sie lässt uns schon unser ganzes Leben lang immer wieder hängen. Wir müssten daran gewöhnt sein.« Zähneknirschend zog Violet Desiree vom Fenster weg. Noch viel lieber hätte sie ihre Mutter aufgespürt und sie sich vorgeknöpft.

Lizza war so wechselhaft wie der Wind. Sie war mit Violet durch die Welt vagabundiert und hatte es nie länger als ein paar Monate am selben Ort ausgehalten. Bei Ted und Desiree hatten sie nur in längeren Abständen vorbeigeschaut. Ohne diese kurzen, meist ziemlich anstrengenden Begegnungen und die anfangs noch alljährlichen gemeinsamen Sommerferien bei ihrer Großmutter hier im Summer House Inn wären die Schwestern einander völlig fremd geworden. Und genau genommen hatten sie sich auch kaum gekannt, als Lizza sie vor gut zwei Jahren mit einer List ans Cape gelockt und ihnen das alte Haus, eine

Hypothek und eine Kunstgalerie nebst Hinterzimmer-Sexshop vor die Füße geworfen hatte. Und jetzt auch noch das? Das war einfach zu viel.

»Es tut mir leid, Des.«

Desirees Augen füllten sich mit Tränen und Violet zischte einen Fluch.

»Mir auch.« Desiree schnappte sich ein Papiertaschentuch vom Schminktisch und tupfte sich die Augen ab. »Ich weiß, du hasst es, wenn ich weine.«

»Nein, Süße. Ich hasse, dass Lizza dich so traurig macht.« Violet blinzelte ihre eigenen verdammten Tränen weg, nahm Desiree an den Schultern und sagte: »Jetzt pass mal auf. Unten am Strand steht dein Vater und kann es kaum erwarten, dich zum Altar zu führen, wo du den Mann deiner Träume heiraten wirst. Und weiß der Himmel, wie du das geschafft hast, aber deine knallharte Biker-Schwester trägt zur Feier des Tages sogar ein Kleid.«

Desirees Blick wanderte über Violets hautenge schwarze Hülle mit dem raffinierten Reißverschluss, der rechts unter ihren Rippen begann und über ihr Kreuz zur linken Hüfte verlief. Von dort aus stand er bis hinunter zum Saum offen und ließ von ihrem Oberschenkel bis zum Knöchel einen Streifen nackter Haut aufblitzen. »Meinst du, ich werde dich eines Tages noch mal in einem Kleid sehen?«, fragte sie lächelnd.

»Vielleicht wenn die Hölle gefriert.« Violet hätte lieber einen schwarzen Ledermini, lange oder abgeschnittene Jeans und ihre Bikerstiefel getragen. Dazu ein schwarzes Tanktop und ihre Lederjacke.

»Und wenn du irgendwann heiratest?« Mit den Fingerspitzen berührte Desiree Violets langes, rabenschwarzes Haar, dann die Tätowierungen an Violets Schulter und an ihrem Arm. »Du wirst mal eine wunderschöne Braut.«

»Ich werde gar keine Braut. Aber was jetzt viel wichtiger ist, wir lassen nicht zu, dass Lizza dir diesen besonderen Tag versaut. Du siehst umwerfend aus, Rick betet dich an und die ganze Welt liegt dir zu Füßen. Also lass es uns positiv sehen: So musst du dir keine Gedanken machen, wie Ted und Lizza miteinander klarkommen.« Als ihre Schwester darauf nicht antwortete, setzte Violet hinzu: »Lizza bleibt eben immer Lizza.«

»Sie gibt sich Mühe«, seufzte Desiree.

Diese vier Worte waren längst eine Art Mantra für die Schwestern, und so war es auch wirklich. Ihre Mutter versuchte immer das zu tun, was sie für ihre Töchter für das Beste hielt. Doch im Augenblick war das kein echter Trost. Violet hatte Nerven aus Stahl. Sie kam mit Lizzas Kapriolen besser zurecht. Aber mit anzusehen, wie ihre Schwester sich quälte, schnitt ihr ins Herz. Desiree und ihr gemeinsamer Freundeskreis – das war endlich die Familie, die sie sich immer gewünscht hatte. Und sie würde nicht zulassen, dass Lizza Desiree auch nur noch eine weitere Sekunde ihrer glücklichen Zukunft stahl.

»Für ein richtiges Mädchen«, sagte Violet mit einem hintersinnigen Grinsen, »hast du bei diesem Hochzeitsgedöns noch Luft nach oben.«

Desirees grüne Augen, das einzige äußere Merkmal, das die Schwestern gemeinsam hatten, weiteten sich. »Wie meinst du das? Wir haben dieses Fest bis ins letzte Detail geplant. Du hast gesagt, alles wäre unglaublich schön und perfekt!«

Violet wühlte in einer mitgebrachten Tasche. »Ein bisschen was fehlt trotzdem. Du hast erklärt, du wolltest eine kleine Feier und dein Leben sei hier. Deshalb ist heute auch keiner aus Oak Falls da. Aber du warst immer so eng mit den Montgomerys, und als Amber mich gefragt hat, was sie dir schenken könnten, ist mir etwas eingefallen. Ambers Schwester hat sich selbst übertroffen.« Sie fischte ein schwarzes Strumpfband mit einer Perlenapplikation, einem hübschen rosa Zierband und Spitzenbesatz aus der Tasche und drückte es Desiree in die Hand.

»Violet!« Sie lachte. »Das hat Morgyn für mich gemacht? Wie hübsch!«

»Ich weiß, du hättest dir etwas ganz in Weiß oder Rosa bestellt. Aber keiner lässt die Kopfstütze des Bettes so heftig an die Wand schlagen wie du und dein Kerl, ohne dass es dabei ein bisschen verrucht zugeht.«

Desiree gab ihr einen Klaps auf den Arm. Schon wieder waren ihre Wangen knallrot.

»Und dass du etwas Geborgtes brauchst, hast du offenbar auch vergessen.«

»Du liebe Güte! Stimmt!« Desiree sah sich hektisch im Zimmer um.

»Ich habe genau das Richtige für dich.« Wieder griff Violet in die Tasche und reichte ihrer Schwester einen kleinen, selbstgemachten gebatikten Beutel. Diesmal tatsächlich in Rosa und Weiß. »Den borge ich dir. Und ein Geschenk für dich ist auch gleich drin.«

Desiree öffnete den Beutel und ließ eine goldene Halskette mit zwei zarten, ineinander verschlungenen Ringen in Gelb- und Weißgold in ihre Hand gleiten. Ihr Blick fiel auf das Gegenstück, das Violet um den Hals trug. Schon wieder stiegen ihr Tränen in die Augen. »Schwestern-Halsketten?«

»Nicht heulen! Du ruinierst dein Make-up. Und dann kriege ich es mit Emery zu tun.« Bemüht, ihre eigenen Gefühle im Griff zu behalten, legte Violet Desiree die Kette um. »Die Ringe symbolisieren unendliche Kraft, Schutz und Einheit. Sie sind beweglich, aber trotzdem für alle Zeit verbunden. Ganz gleich, wo wir gerade sind, wir sind nie wirklich getrennt.«

Desiree schlang die Arme um Violets Hals.

»Du lieber Himmel. Hört das Geknuddel nie auf?«, scherzte Violet. Sie hatte einige Zeit gebraucht, um sich an die Zuneigungsbekundungen zu gewöhnen, die bei Desiree recht häufig waren. Doch während sie die Umarmung der Schwester erwiderte, die ihr so viele Jahre lang gefehlt hatte, weitete sich ihr Herz. »Okay, schöne Braut. Zeit, das Strumpfband überzustreifen und an den Strand zu gehen, damit du deinen Kerl heiraten kannst.«

Kurz darauf eilten sie die breite Treppe hinunter. Unten blieb Desiree stehen und griff nach Violets Hand. »Warte! Unsere Schuhe! Wir haben sie oben vergessen.«

Violet stöhnte. »Die lassen wir sowieso an der Düne stehen. Brauchen wir die wirklich?«

»Die Harley-Davidson-Tybee-Boots hat Donovan doch extra für dich bestellt!« In Donovans Boutique namens Swank in Provincetown hatten Violet und Desiree ihre Kleider gekauft.

»Die kann ich heute Abend bei der Feier immer noch tragen. Und jetzt komm, bevor Rick glaubt, du machst einen Rückzieher.«

»Als würde er so etwas je denken.«

Noch bevor sie die Hintertür erreichten, flog die große Eingangstür auf, und ihre Mutter wirbelte herein. Fröhlich winkend ließ Lizza ihr Julia-Roberts-Lächeln aufstrahlen und wirkte unbekümmert und jugendlich wie immer. Sie trug ein Batikkleid in Orange, Schwarz und Weiß mit einem tiefen, weiten Ausschnitt, einem langen, fließenden Rock, weiten Ärmeln und einem Gürtel um die Taille. Das Kleid schmeichelte ihrer großen, schlanken Statur und genau wie Violets hatte es seitlich einen Schlitz bis hinauf zum Oberschenkel.

Mit wehender rotbrauner Mähne stürmte sie auf ihre Töchter zu. »Hallo, meine Süßen!«

Violet erstarrte. Zorn stieg in ihr auf.

Lizza warf die Arme um Desiree. »Ich wünsche dir einen glücklichen Hochzeitstag, Desi.«

»Ich dachte schon, du kommst nicht.« Über die Schulter ihrer Mutter hinweg schaute Desiree Violet an.

Lizza ließ sie los und umarmte Violet genauso überschwänglich. »Violet! Sieh dich nur an! Das Leben hier am Cape tut dir gut!«

»Wo hast du gesteckt?«, schleuderte Violet ihr entgegen. Sie ärgerte sich, dass Lizza sich nicht als Erstes bei Desiree entschuldigte. »Des wartet schon den ganzen Tag auf dich.«

»Schon gut«, sagte Desiree. »Ich bin froh, dass du es noch geschafft hast.«

»Gar nichts ist gut«, blaffte Violet. »Wenn du sagst, du kommst zur Hochzeit deiner Tochter, bist du gefälligst da, bevor die Zeremonie beginnt. Zu der wir jetzt zu spät kommen.«

»Ach, Desi, es tut mir leid. Vi hat recht«, sagte ihre Mutter. »Ich hatte einen ziemlich hektischen Tag und wünschte, ich hätte früher hier sein können. Aber du hast doch nicht etwa gedacht, ich würde deine Hochzeit verpassen?«

Violet schnaubte. Desiree knuffte sie mit dem Ellbogen in die Seite und warf ihr einen flehenden Blick zu. Im selben Moment öffnete sich die Tür noch einmal. Lizza fuhr herum. »Da bist du ja!« Mit hoch erhobenen Armen eilte sie zum Eingang und blockierte die Sicht auf einen Mann, der nur verrückt sein konnte, wenn er mit ihrer Mutter unterwegs war.

Dann ließ sie die Arme sinken, nahm seine Hand und drehte sich lächelnd zu ihren Töchtern. »Mädchen, das ist mein angekündigter Begleiter!«

Violet blieb die Luft weg.

Vor ihr stand der Mann, den sie vor zwei Jahren in Ghana zurückgelassen hatte. Der Mann, der sie gebeten hatte, mit ihm nach Boston zu ziehen und sie zu heiraten. Der schöne, liebevolle, talentierte Andre Shaw. Sein Haar hatte die Farbe von Wüstensand. Oben war es länger, als sie es in Erinnerung hatte, und an den Seiten kurzgeschnitten. Zerzaust wie es war, hatte er offenbar noch immer die Gewohnheit, mit den Händen hindurchzufahren. Ein paar Fransen fielen ihm über die dichten Brauen. Violet wusste noch immer ganz genau, wie sich seine markanten Wangenknochen unter ihren Fingerspitzen anfühlten. Auch was passierte, wenn seine warmen Lippen auf ihren lagen oder wenn seine römische Nase über ihre Haut glitt, war ihr bestens in Erinnerung. Ein Hauch Stoppeln bedeckte sein sexy Kinn mit dem unverschämt maskulinen Grübchen. Doch in seine warmen dunklen Augen, die sie in ihren Träumen noch immer verfolgten, trat ein so schockierter Ausdruck, als stünde ein Gespenst vor ihm.

Violet versuchte zu schlucken, aber ihr Mund war staubtrocken.

Desiree konnte ihre Überraschung über den attraktiven jungen Begleiter ihrer Mutter nicht verbergen. Der Mann sah aus, als käme er geradewegs von einem sommerlichen Fotoshooting. Trotz der Knitter und Falten in seiner braunen Leinenhose und dem hellbraunen Leinenhemd.

Violet klappte den Mund wieder zu und blinzelte gegen die Erscheinung an, bei der es sich nur um eine Fata Morgana handeln konnte.

»*Daisy*«, sagte Andre ungläubig.

Der Kosename ließ ihre Knie zu Gummi werden. Sein Flüstern hallte durch ihren Kopf. *Du bist süßer als ein Veilchen, Violet. Du bist mein Gänseblümchen, meine Daisy.* Sie musste sich an Desirees Hand festhalten.

»Nein, Schätzchen«, sagte Lizza. »Sie heißt *Violet*. Schon vergessen? Andre, das sind meine Töchter, Violet und Desiree.« Sie nahm seinen Arm und schaute ihn bewundernd an. »Ist er nicht ein Traum? Ich bin überglücklich, dass er mitkommen konnte. Er ist Künstler und Arzt. Und er leitet eine der Organisationen, für die ich manchmal arbeite.«

»Ja, ähm, Andre, freut mich, dich kennenzulernen«, sagte Desiree. »Sollen wir mal sehen, ob wir dich noch hier im Haus unterbringen können?«

»Sei nicht albern.« Lizza wedelte mit der Hand, als hätte Desiree gerade einen ziemlich lächerlichen Vorschlag gemacht. »Er wohnt natürlich bei mir im Cottage.«

Was zum …?

Emery kam durch die Hintertür gehetzt. Bei Lizzas und Andres Anblick bremste sie abrupt ab. »Alles in Ordnung?«, fragte sie. »Rick ist nämlich kurz vor dem Durchdrehen.«

»Ich auch«, murmelte Violet.

»Emery, Darling!«

Während Lizza Emery begrüßte, packte Violet Desiree und zerrte sie Richtung Hintertür. »Los jetzt. Es ist dein Hochzeitstag.«

»Aber was ist mit Lizza? Du meine Güte, Vi«, flüsterte Desiree. »Andre ist etwa in unserem Alter. Und er sieht einfach umwerfend aus! Warum ist er bei ihr?«

»Das will ich lieber gar nicht wissen.«

Ganz gleich, wie lange Andre Violet anstarrte oder wie oft er sie dabei ertappte, wie sie zu ihm herüberschielte – dass sie hier war, wollte nicht in seinen Kopf. Nicht, nachdem er so lange erfolglos nach ihr gesucht hatte. Es war, als würde das Universum ihm einen Streich spielen. Als hätten die vielen Gespräche über sie mit seiner Freundin Brindle in Paris Violet auf magische Weise hergezaubert. Aber wie schräg war das denn? Mit hierher ans Cape war er nur auf Brindles Rat hin gekommen. Sie hatte gemeint, er bräuchte dringend einen Tapetenwechsel, müsste mal an einen ganz neuen, ihm noch unbekannten Ort, um Violet – *Daisy* – endlich vergessen zu können. *Meine Daisy.* Deshalb hatte er Lizzas Angebot angenommen, zwischen zwei seiner Projekte in ihrem gemieteten Cottage zu wohnen. Zu seinen Eltern in Boston war es von hier aus auch nicht allzu weit und in den letzten drei Wochen seines Aufenthalts am Cape Cod konnte er zudem ehrenamtlich in der Outer Cape Health Clinic mitarbeiten. Auch das hatte ihm helfen sollen, die Gedanken an Violet loszuwerden. Doch jetzt war ihm regelrecht schwindelig, was allerdings weniger schlimm war als die Wut und der Schmerz, die ihn zerreißen wollten.

Applaus und Jubelrufe rissen ihn aus seinen Grübeleien. Mechanisch klatschend schaute er zu, wie Desiree und Rick ihr Eheversprechen mit einem Kuss besiegelten und ein struppiger kleiner Hund mit einer apricotfarbenen Schleife um den Hals wild bellend um sie herumrannte.

»Das ist Cosmos«, erklärte Lizza. »Ein absolutes Kuppeltalent.«

Was sie damit meinte, wollte Andre gar nicht so genau wissen. Von der Zeremonie hatte er kein Wort mitbekommen und kaum das rhythmische Plätschern bemerkt, mit dem die sanften Wellen in der Bay den Strand küssten. Von den Düften des Ozeans, die diesen Ort umwehten, ganz zu schweigen. Dabei hatte er all das doch immer sehr genossen. Und er hatte gelernt, sich zu beschäftigen, um seinen Gedanken an Violet zu entfliehen. Aber jetzt stand sie direkt vor ihm und sah so schön und zugleich so aufgewühlt aus, dass er sie am liebsten in die Arme genommen oder sich wahlweise auf dem schnellsten Weg davongemacht hätte.

Lizza drückte seinen Arm. »Ist das nicht wunderbar? Mein Baby ist verheiratet!«

Er schaute die unbeschwerte Frau an, die er vor über zwei Jahren weit weg von zu Hause kennengelernt hatte. Bei diesem Aufenthalt in Ghana war ihm auch Violet begegnet. Er hatte dort für Physicians Around the World, eine ähnliche Organisation wie Ärzte ohne Grenzen, in einer Klinik gearbeitet. Jetzt fragte er sich, ob Lizza auch nur im Geringsten ahnte, was sie mit ihrer Einladung ans Cape angerichtet hatte. Er versuchte, sich zu erinnern, wie die Kontakte zwischen ihr und Violet damals in Ghana abgelaufen waren. Doch Lizza war nur für ein paar Tage mit einer Missionsgruppe im Dorf gewesen. So sehr er sich auch anstrengte, ihm fiel keine Situation ein, in der die beiden Frauen länger zusammen gewesen waren, keine, in der Violet Lizza gar *Mom* genannt oder sie mit mehr als einem kurzen Nicken gegrüßt hatte. Seine Verwirrung war grenzenlos. Von der schwierigen Beziehung zu ihrer Mutter hatte Violet ihm erzählt, und jetzt hatte er Gewissensbisse, weil er mit Lizza hier ankam, der Frau, die ihr so viel Kummer bereitet hatte. Andererseits hatte er monatelang nach Violet gesucht und verdankte es nur diesem seltsamen Zufall, dass er sie jetzt wiedersah. Dieser Gefühlstumult war allerdings kaum auszuhalten. Er musste verdammt noch mal hier weg.

»Gratuliere.« Innerlich formulierte er bereits einen Vorwand, um sich zügig verabschieden zu können.

»Komm.« Lizza zog ihn hoch. »Wir wollen sie beglückwünschen.« Am Arm führte sie ihn zu den anderen. »All die schönen Blumen! Die Deko hat Desi wie die ganze Feier zusammen mit ihren Freundinnen geplant. Eine tolle Truppe. Denen will ich dich vorstellen. Aber nimm dich vor meiner Violet in Acht. Die ist eine Granate, und glaub mir, du willst nicht, dass die losgeht.«

Wenn er ehrlich war, wäre ihm eine Explosion lieber gewesen als Violets klammheimliches spurloses Verschwinden mitten in der Nacht. Lizzas stolzes Lächeln verriet ihm, dass sie keinerlei Vorstellung davon hatte, was zwischen ihm und Violet gewesen war. Würde es ihr etwas ausmachen, wenn er jetzt einfach abtauchte?

»Nun komm schon. Nicht so schüchtern.« Lizza zog ihn mitten in die Gästeschar. »Warte kurz auf mich. Ich will Desi und Rick gratulieren.«

Während sich Lizza zwischen den gut aufgelegten Männern und strahlenden Frauen hindurchdrängte, die das glückliche Paar lachend umarmten, konnte Andre die Augen nicht von Violet lassen. In ihrem atemberaubenden Kleid stand sie etwas abseits. Die ihm so vertrauten farbigen Tattoos wanden sich über ihre Schulter und ihren Arm. Sie schaute zu ihm herüber, ihre Blicke trafen sich und blieben aneinander hängen. Trotz der Art, wie sie sich aus seinem Leben geschlichen hatte, flutete Hitze seinen Körper.

Violets Hände ballten sich zu Fäusten und sie wandte sich ab. Dabei klaffte der Seitenschlitz ihres Kleides ein wenig auf und eines der Tattoos auf ihrem Oberschenkel blitzte hervor. Auch einen kleinen Ausblick auf die Tattoos auf ihrem Rücken bot der strategisch platzierte Reißverschluss. Diese Kunstwerke kannte er in- und auswendig, hatte jeden Millimeter der Erdzeichen auf ihrem Oberschenkel geküsst und liebkost, genau wie die bunten Flügel, die kurz unterhalb ihrer Schultern begannen, sich über ihre Hüften und ihren Hintern zogen und nur einen schmalen Streifen links und rechts ihres Rückgrats freiließen. Hatte sie auch ein neues Tattoo so wie er? Bevor sie ihm begegnet war, hatte er keines gehabt.

Vor seinem inneren Auge zogen Bilder von Violet vorbei, wie sie in Shorts, Tanktops und Biker Boots durchs Dorf streifte. Trotz aller Gereiztheit, die sie ständig zu begleiten schien, zu den Kindern war sie immer lieb gewesen. Den Ärzten hatte sie bunte Masken gebastelt, damit die Kleinen keine Angst vor ihnen bekamen. Für die jungen Patienten, die in der Klinik hatten bleiben müssen, hatte sie lustige bunte Hemden genäht, um sie von ihren Beschwerden und den Behandlungen abzulenken. In Gesellschaft anderer Erwachsener hatte sie sich reserviert und abgeklärt gegeben, doch die Kinder hatte sie mit großer Hingabe beschützt. Selbst diejenigen, die sich wehrten, kratzten und bissen. Abgeklärt wirkte sie im Augenblick nicht. Vielleicht merkte das sonst keiner, aber er sah genau, wie sie den linken Fuß nach innen drehte und die Zehen in den Sand bohrte. Mit dieser an sich unauffälligen Bewegung verriet sie sich. Die kleine Drehung war wie ein Ventil für all ihre Zweifel, ihre Unsicherheiten und ihr Unbehagen. In ihrer gemeinsamen Anfangszeit hatte sie häufig so im Sand gewühlt, und an dem Abend, an dem er ihr seine Gefühle offenbart hatte, sowieso.

Und dann war sie verschwunden wie ein Dieb in der Nacht.

Der Applaus und das fröhliche Gejohle verebbten, die Gäste begannen, sich zu unterhalten, und ein hochgewachsener Mann mit braunem Haar schob sich neben Andre. »Du musst der Typ sein, über den alle Mädels gerade reden.« Er streckte ihm die

Hand hin. »Gavin Wheeler.«

»Andre Shaw. Schön, dich kennenzulernen.« Er schüttelte Gavin die Hand. »Und warum reden sie über mich?« Er schaute in die Runde und bemerkte jetzt auch die beiden brünetten Frauen, eine schlank, eine etwas kurviger, und eine vornehm aussehende Blonde mit Pixie Cut, die die Köpfe zusammensteckten. Sie tuschelten und kicherten und warfen ihm neugierige Blicke zu. Hinter ihnen standen drei ziemlich muskulöse Kerle, die ebenfalls zu ihm herüberschauten. Allerdings ohne zu lächeln.

Gavin zuckte die Schultern. »Ein Neuer ist immer interessant.«

Andre fuhr sich mit der Hand durchs Haar, schaute zu den Dünen und überlegte, wohin er flüchten konnte. Vorhin hatte er die großen, festlich geschmückten Tische auf der Terrasse gesehen, die Arrangements aus apricotfarbenen, weißen und roten Rosen auf edlen apricotfarbenen Tischdecken. Sicher würde man sich dort gleich niederlassen. Vielleicht waren ja alle eigens zu der Strandhochzeit angereist und Violet würde gleich morgen weiterziehen. Immer wieder hatte sie ihm gesagt, dass es sie nie lange am selben Ort hielt. Schon gar nicht, wenn ihre Mutter in der Nähe war. Vielleicht konnte er ja doch in dem Cottage hier bleiben.

»Denkst du an Flucht?« Gavin beugte sich näher. »Dann beeil dich lieber. Hier wird es nämlich gleich brenzlig«, raunte er verschwörerisch.

Andrew sah die drei kichernden Ladys näherkommen. *Shit.*

»Möchtest du uns deinen neuen Freund vorstellen?«, fragte die Blonde und klimperte mit den Wimpern.

Sie sah umwerfend aus. Endlose Beine, süßes Gesicht und ein kurzes blaues Kleid. Definitiv nicht der Typ Frau, der sich mitten in der Nacht davonmachte. Verstohlen schaute er zu Violet hinüber, die sich mit einem ziemlich irritierten Gesichtsausdruck mit Lizza und Desiree unterhielt, und schon befand sich sein Magen im freien Fall. Würde er je wieder an eine andere Frau denken, ohne sich zu wünschen, sie wäre Violet?

»Andre Shaw.« Gavin riss ihn aus seinen Gedanken. »Darf ich vorstellen: Chloe und ihre neugierigen Begleiterinnen – ihre Schwester Serena und ihre Freundin Emery.«

Chloe hob die Hand zu einem kleinen Winken, musterte ihn und zwinkerte. »Schön, dich kennenzulernen.«

Er nickte. »Freut mich auch.« Wenn er nicht so verdammt durcheinander gewesen wäre, wäre er vielleicht auf ihren Flirtversuch eingegangen. Aber dass er mit einer Frau hatte flirten wollen, war ziemlich lange her.

»Hi. Ich bin Emery.« Die schmalere Brünette streckte ihm ihre Hand entgegen. Während er sie ergriff, sagte sie: »Ich bin mit Dean verlobt, dem Kerl mit dem Bart.« Sie zeigte über ihre Schulter. »Der dich anschaut, als würde er dich am liebsten killen. Wobei das sein freundliches Gesicht ist.«

Na prima. Du bist mit einem Vollpfosten verlobt?

»Und ich bin Serena und mit Drake zusammen, dem Bruder des glücklichen Bräutigams.« Sie zeigte auf den Mann neben Dean. Der Mann zwinkerte ihr zu und sie lächelte Andre an. »Du bist also mit Lizza hier. Woher kennst du sie denn?«

»Wir haben uns bei einem Projekt kennengelernt. Hin und wieder arbeitet sie für meine Organisation.«

»Ah ja. Und was machst du da so?«, fragte Emery.

»Ich bin Arzt und ich …«

»Aber Lizza ist doch Künstlerin«, fiel Serena ihm ins Wort. »Was ist denn das für eine Organisation?«

»Trotzdem kann sie ihn doch kennen«, gab Chloe zu bedenken.

»Ja, schon«, sagte Serena. »Aber sie ist doch immer unterwegs.«

»Vermutlich haben sie vergessen, dass du hier stehst«, sagte Gavin zu ihm. »Kein schlechter Moment für einen Fluchtversuch.«

»Oh nein.« Chloe berührte Andre am Arm. »Du musst bleiben. Das Fest fängt doch gerade erst an. Also: Du bist Arzt und kennst Lizza durch deine Organisation. Und die heißt wie?«

»Operation SHINE.«

»Du bist der Mann hinter Op SHINE?«, rief Chloe.

»Was ist Op SHINE?«, fragte Serena.

Bevor Andre etwas sagen konnte, erklärte Chloe: »So etwas wie Ärzte ohne Grenzen. Nur dass sich das medizinische Personal bei SHINE auch für kürzere Zeitspannen verpflichten kann. Stimmt's?«

»So ungefähr«, antwortete er geistesabwesend. Violet hatte sich mit ernstem Blick in seine Richtung in Bewegung gesetzt. Mit jedem ihrer Schritte beschleunigte sich sein Puls ein wenig mehr. Selbst barfuß wirkte sie tough und zugleich verführerisch. Ihr hatte er es zu verdanken, dass er von seinem vorgezeichneten Weg abgewichen war und etwas ganz Neues gewagt hatte. Beide seine Eltern waren Ärzte, wobei seine Mutter während seiner Kindheit nur in Teilzeit gearbeitet hatte. Beruflich war er in die Fußstapfen seiner Eltern getreten und hatte sich genau wie sie immer auch ehrenamtlich engagiert. So wie bei seinem Einsatz für *Physicians Around the World*, bei dem er Violet begegnet war. Als sie verschwunden war, hatte er erst sechs der neun Monate seiner vertraglichen Verpflichtung hinter sich gehabt. Sonst hätte er alles stehen- und liegenlassen und nach ihr suchen können. Obwohl er keinen blassen Schimmer hatte, wo er hätte anfangen sollen. In den Staaten sei sie nur selten, hatte sie ihm gesagt. Sie hätte also überall sein können.

»Ich arbeite auch im medizinischen Bereich und interessiere mich für alles, was da so läuft«, erklärte Chloe.

»Du arbeitest in der *Verwaltung*«, flüsterte Serena laut hörbar.

Chloe knuffte sie in die Seite und flüsterte etwas zurück.

Violet kam näher. Mit zusammengebissenen Zähnen sog er den Anblick ihrer sexy Kurven in sich auf. Bei jedem ihrer entschlossenen Schritte wehte ihr langes schwarzes Haar in der Brise. Im Moment traute er sich selbst nicht über den Weg. Womöglich würde er ihr gleich an den Kopf werfen, was ihr eingefallen sei, einfach so zu verschwinden. Er musste dringend hier weg, bevor er etwas sagte, was er vielleicht später bereute. Doch ihre grünen Katzenaugen durchdrangen all seine Barrieren und nagelten ihn fest. *Verdammt, du hast noch immer die Zügel in der Hand.*

Violet blieb neben Chloe stehen. Ihr Kiefer war angespannt, in ihren Augen lag eine Mischung aus Entschlossenheit und Verletzlichkeit.

»Vi, kennst du schon …«

Violet hob die Hände. »Lass stecken.« Sie fixierte Andre unbarmherzig – jetzt mit zusammengekniffenen Augen. »Sag mir, dass du nicht meine Mutter vögelst.«

»Holla«, entfuhr es Gavin. »Okay, Ladys. Ich glaube, das war unser Signal zu verschwinden.«

»Machst du Witze?«, fragte Emery empört.

»Nein«, murmelte Gavin. »Viel Glück, Kumpel.« Dann zog er die Frauen mit sich davon.

Andre war entschlossen, das Flehen in Violets Blick zu übersehen. Er schaute zu den anderen, die jetzt bei ihren Freunden standen und ihn und Violet aus sicherer Entfernung beobachteten.

»Los, rede. Nagelst du Lizza?«

Er vergrub die Hände in den Hosentaschen, als würde sein Herz nicht gegen seine Rippen hämmern. »Geduld war noch nie deine Stärke.«

Sie schnaubte und verschränkte die Arme. »Und?«

Er trat einen Schritt näher, bemerkte einen Hauch von Jasmin. Wie oft hatte er diesen Duft in den letzten zwei Jahren gerochen und sich nach ihr umgesehen?

Viel zu oft.

»Vielleicht willst du noch mal neu anfangen. Du könntest zum Beispiel sagen: ›Hallo, Andre. Tut mir leid, dass ich mich mitten in der Nacht davongemacht habe und dir nie auch nur eine Nachricht geschickt habe, dass ich noch lebe. Von einer Erklärung ganz abgesehen.‹«

Sie presste die Lippen zusammen. Einen Sekundenbruchteil lang sah sie traurig aus und stimmte ihn damit ein klein bisschen milder. Dann hob sie das Kinn. »Ich habe dich etwas gefragt. Vögelst du meine Mutter?«

Er hob eine Schulter. »Und was wäre, wenn? Du hast mich doch schon vor Jahren abserviert.«

Sie packte ihn am Arm und zerrte ihn Richtung Dünen. »Was läuft hier eigentlich? Seit wann bist du mit Lizza zusammen?«

»Wenn einer hier das Recht hat, Fragen zu stellen, dann doch wohl ich.«

Sie senkte den Blick.

»Warum, *Daisy*? Mehr will ich gar nicht wissen. Warum bist du einfach abgetaucht, als wäre zwischen uns nichts gewesen?«

Sie trat gegen den Sand, ihr Mund zuckte, als wollte sie etwas sagen. Aber dann wollte oder konnte sie es doch nicht.

Er beugte sich so nahe zu ihr, dass sie ihn anschauen musste. Und verdammt, was für ein Fehler. Ihre zur Schau getragene Unnahbarkeit war nur eine Maske, hinter der sich Verletzlichkeit verbarg. Der Schmerz, den er in ihren Augen las, zwang ihn fast in die Knie. Er versuchte, all seinen eigenen Schmerz wegzudrängen, wie er es bereits seit gefühlten Ewigkeiten tat. »Sprachlos habe ich dich bis jetzt erst einmal erlebt. Und am nächsten Morgen warst du fort.« Sarkastisch fügte er hinzu: »Ob ich morgen früh wohl noch einmal dasselbe erleben darf?«

»Ich wohne hier.« Sie kniff die Augen zusammen.

»Ach ja? Für wie lange? Eine Woche? Einen Monat? Zwei?«

Über die Schulter hinweg schaute sie zu den vielen Menschen unten am Strand und Wärme glitt über ihr Gesicht. »Hier ist mein Zuhause.«

Mein Zuhause? Zu gern hätte er das Wort zerpflückt wie eine Krähe einen Kadaver am Straßenrand. Was *Zuhause* bedeutete, wusste diese Frau doch gar nicht. Aber wenn sie tatsächlich eine Woche, einen Monat oder sogar länger hierblieb, dann war das vielleicht seine Chance, doch noch Antworten auf seine Fragen zu bekommen, das Kapitel Violet abzuschließen und sein Leben wieder in die Hand zu nehmen.

Sie räusperte sich, dann drehte sie sich wieder zu ihm. Alle Wärme war aus ihren Zügen gewichen. »Wie lange bleibst du?«

»Auch hier wüsste ich nicht, was dich das angeht. Aber okay: Ich bin eingeladen, einen Monat hier zu verbringen, bis ich mein nächstes Projekt beginne.«

»Einen *Monat*?« Sie schüttelte den Kopf. »Lizza und du, ihr beide könnt unmöglich einen Monat lang hierbleiben.«

Er hob eine Braue. »Oh doch. Die Unterkunft ist gebucht,

und ich habe zugesagt, in einer Klinik in der Nähe mitzuarbeiten. Auf keinen Fall werde ich diese Leute enttäuschen. Und davon abgesehen: Mir gefällt es hier. Der Strand, das Meer, die Menschen. Besonders interessant finde ich Chloe. Wusstest du, dass sie im medizinischen Bereich arbeitet? Vielleicht werde ich hier ja meine Altlasten los.« So über seine große Liebe zu sprechen, tat ihm weh. Aber noch viel mehr traf ihn Violets gequälter Blick.

Schnell wandte er sich ab, um nicht noch einmal schwach zu werden. Er sah, dass Lizza sie beide von Weitem beobachtete, winkte ihr zu und setzte ein Lächeln auf. »Und jetzt entschuldige mich bitte, Dai…« Schnell machte er den Mund zu, bevor ihm der Kosename herausrutschen konnte. Wenn das Leben weitergehen sollte, musste man loslassen. »… Violet. Ich glaube, mein Date möchte mich ihren Freunden vorstellen.«

Zwei

Nie im Leben hätte Violet geglaubt, dass sie irgendwann eifersüchtig auf die Frau sein könnte, die sie als Kind aus ihrem Zuhause weggezerrt hatte. Doch jetzt hing ihre Mutter am Arm des einzigen Mannes, den sie je geliebt hatte, und das Gift der Eifersucht brodelte in Violets Adern. Sie versuchte, sich abzulenken und woanders hinzuschauen. Rick und Drake spielten Gitarre und sangen kitschige Liebeslieder, während Desiree mit Serena, Emery und Mira unter den funkelnden kleinen Lichtern tanzte, die sie über die Terrasse gehängt hatten. Aber genauso gut hätte sie versuchen können, das Atmen einzustellen, denn Lizza und Andre standen ganz in der Nähe auf dem Rasen. Sie unterhielten sich mit Daphne und Chloe, und er hatte Daphnes Baby, die kleine Hadley, auf dem Arm. Daphne arbeitete im Büro des Bayside Resorts, war ungeheuer süß und ungeheuer Single. Ein ernsteres Baby als ihre kleine Hadley hatte Violet noch nie erlebt. Hadley zog ständig die zarten Brauen zusammen und lächelte nur selten. Aber auf Andres Arm brabbelte sie glücklich vor sich hin. Offenbar lag heute Abend ein Liebeszauber in der Luft, denn nicht nur Lizza und Hadley waren ganz hingerissen von dem beliebten Arzt aus Boston, auch Chloe und Daphne hingen an seinen Lippen.

Das Leben konnte wirklich hinterhältig sein.

Cosmos sauste unter dem Tisch hervor auf Andre zu. *Herrje, sogar der verdammte Hund?*

»Was meinst du, Vi?« Gavin setzte sich zu ihr. Er hatte seine Krawatte abgelegt und die Ärmel hochgekrempelt. Sein glasiger Blick verriet, dass er schon ein paar Drinks intus hatte. Er war ein netter Kerl, war kürzlich von Boston ans Cape gezogen und hatte zusammen mit Serena das Innenarchitekturbüro *Mallery and Wheeler Interior Design* eröffnet. »Hat deine Mom im Bett besondere Kunststücke drauf? Oder hat Andre einfach eine Schwäche für reifere Frauen?«

Vielleicht musste sie das mit dem *netten Kerl* noch einmal überdenken.

Am anderen Ende des Tischs unterhielt sich Matt leise mit Dean. Matt hatte die schlafende kleine Holly auf dem Schoß, Hagen lehnte müde an seiner Seite. Zwar waren die Männer in ihr Gespräch vertieft, saßen aber doch nahe genug, um sie zu hören. Sich bissige Kommentare zu verkneifen, gehörte nicht zu Violets Stärken. Doch Desiree sollte unbedingt die wunderschöne Hochzeitsfeier haben, die sie sich erträumt hatte. Dazu gehörte auch, dass Violet sich jetzt nicht bis zum Umfallen betrank, obwohl sie heute eigentlich jedes Recht dazu hatte.

»Weißt du, was ich denke?«, fuhr Gavin fort. »Wenn er es clever anstellt, könnte er deine Mutter gegen Chloe eintauschen. Sie kann ja die Hände kaum von ihm lassen.«

»Oh ja, und so ein paar Finger sind schnell gebrochen«, murmelte Violet und stand auf.

»Vi!« Desiree eilte auf sie zu, aber Rick schnappte seine Frau, zog sie an sich und gab ihr einen Kuss. Alle klatschten und johlten und Andre und die anderen setzten sich in ihre Richtung in Bewegung.

Fuck.

Andres und Lizzas strahlendes junges Glück war keine Sekunde länger auszuhalten. Violet stapfte los zu ihrem Cottage.

Desiree stürzte hinterher und holte sie ein. »Ist alles in Ordnung?«

»Ja, klar. Ich muss nur etwas erledigen.«

»Vi …?« Desiree klang besorgt.

Violet blieb stehen und setzte ein Lächeln auf. »Keine Sorge, Des. Spätestens zum Aufräumen bin ich wieder da.«

»Zum Aufräumen?« Desiree zog die Brauen zusammen. »Du bist schon den ganzen Abend so komisch. Stört es dich, dass Lizza mit diesem Typ hier aufgekreuzt ist?«

So gern Violet ihre Schwester beruhigt hätte, sie konnte ihr nicht ins Gesicht lügen. Deshalb sagte sie lieber nichts.

»Vielleicht kann er Lizza ja ein bisschen erden.« Desiree zuckte die Achseln. »Man soll die Hoffnung nie aufgeben. Und wenn sie seinetwegen gleich einen ganzen Monat lang hierbleibt …«

»Werde ich wahnsinnig.« Violet steuerte auf ihre Haustür zu. Sie musste aus diesem Kleid raus und weg von hier.

»Aber warum denn? Irgendwie freue ich mich für sie.«

Violet marschierte in ihr Cottage, Desiree blieb ihr auf den Fersen.

»Findest du diesen Andrc unsympathisch?«, fragte sie. »Er ist Kinderarzt und kennt Deans Vater und seinen Bruder.« Deans Vater arbeitete als Neurochirurg für Kinder in Boston, Deans Bruder Doug war als Arzt im Ausland tätig. »Ich habe ihn gefragt, woher er Lizza kennt, und er hat gesagt, sie hätten sich vor ein paar Jahren in Ghana getroffen. Ich weiß, dass du manchmal in denselben Gegenden unterwegs warst wie sie. Aber bevor du hierhergekommen bist, warst du auf Bali, nicht wahr? Du hast mir erzählt, du hättest dich von deinem Freund getrennt und auf Bali versucht, dein Leben neu zu sortieren. Deshalb hättest du meine Anrufe nicht beantwortet.«

Sich aus dem Kleid zu schälen, dauerte viel zu lange. Violet hielt es nicht mehr aus. In ihrer Anfangszeit hier am Cape war es viel zu schmerzhaft gewesen, an Ghana und Andre auch nur zu denken. Bali war der erste Ort gewesen, der ihr damals in den Kopf gekommen war.

Den Blick zu Boden gerichtet, stieg sie in ihre Biker Boots. »Mhm.«

Wenn sie ihre Schwester nicht ansah, fiel ihr das Lügen leichter. Dabei war ihr jede Minute ihrer letzten Ghanareise noch sehr lebhaft in Erinnerung. Von der ersten Begegnung mit dem Mann, der sie völlig durcheinander- und sogar zum Erröten gebracht und so viele heftige Gefühle in ihr ausgelöst hatte, dass sie geglaubt hatte, sie müsste sterben, bis hin zu der Nacht, in der sie davongelaufen war, ohne zu wissen, wie sie danach weiterleben sollte. Auch die darauffolgenden tränenreichen Monate hatten sich in ihr Gedächtnis gebrannt.

»Oh mein Gott.« Desiree schlug die Hände vor den Mund.

Violet schnappte sich ihre Schlüssel und stürzte durch die Haustür zu ihrem Motorrad.

»Warte!« Ihre Schwester hetzte hinter ihr her. »Hieß dein Freund damals nicht auch Andre?«

Violet wandte sich ab. Die Schlüssel hielt sie so fest, dass sie ihr in die Handfläche schnitten. Andres Name war ihr nur ein einziges Mal herausgerutscht, ganz am Anfang ihrer Zeit hier am Cape. Unfassbar, dass Desiree sich daran erinnerte.

»Heiliger Strohsack, Violet. Bist du deshalb so geladen? Ist dieser Mann *dein* Andre?« Desiree riss die Augen weit auf. Offenbar gelang es ihr, einen Blick auf Violets Gesicht zu erhaschen, denn sie ballte die Hände zu Fäusten. »Ich bringe sie um!« Sie warf sich herum und wollte zu den Gästen marschieren.

Violet packte sie am Handgelenk und hielt sie zurück. »Wenn hier irgendwer jemanden umbringt, dann ich.«

»Aber …«

»Nein, Desiree. Halt dich da raus. Von Andre und mir konnte Lizza nichts wissen.« Sogar seinen Namen auszusprechen, tat weh.

»Aber wie kann er so unverfroren sein? Er taucht hier auf, und alle finden ihn nett, dabei ist er ein … ein Schuft!«

Violet lächelte über die vornehme Wortwahl ihrer Schwester. »Er ist kein Arsch, Des. Der Arsch bin ich.«

»Jetzt verstehe ich gar nichts mehr.«

»Keine Sorge, ich auch nicht.« Sie hatte keine Ahnung, wie Lizza und Andre zueinandergefunden hatten. Aber Andres Zorn war berechtigt und die Wahrheit schnitt ihr ins Herz wie ein Messer. Sie hatte ihn ohne ein Wort verlassen und sich nie wieder gemeldet. Sie hatte kein Recht, eifersüchtig oder wütend zu sein. Trotzdem drang ihr der Schmerz in die Poren wie flüssiges Gift.

Desiree legte den Kopf schief. »Dann ist es okay für dich, dass er jetzt mit Lizza zusammen ist?«

»Kein bisschen«, antwortete Violet ehrlich. »Aber ich brauche dringend ein bisschen Zeit. Ich muss meine Gedanken sortieren.«

»Verstehe. Dann los.« Desiree zeigte auf Violets Motorrad. »Aber willst du dir nicht lieber erst was anderes anziehen?«

»Nein. Ich will einfach nur weg, verdammt. Du weißt, ich habe dich furchtbar lieb, Des. Aber wenn du nur einer einzigen Menschenseele, Rick miteingeschlossen, davon erzählst, reiße ich dir den Arsch auf.« Mit einem schlechten Gewissen, weil sie von der Hochzeitsfeier verschwand, drückte Violet ihre Schwester kurz an sich. »Und jetzt denk nicht weiter darüber nach. Schnapp dir deinen Mann und vögle ihn um den Verstand.«

»Violet!«, flüsterte Desiree. Dunkelrote Flecken erschienen auf ihren Wangen.

Violet ging glucksend zu ihrem Motorrad, raffte ihr Kleid um ihre Oberschenkel und stieg auf. Den gut sitzenden Helm um ihren Kopf zu spüren, war ein tröstliches Gefühl. Das kraftvolle Röhren der Maschine und der kühle Luftzug auf ihrer Haut, als sie davonbrauste, taten ihr gut.

Seit ihrer Ankunft am Cape war Violet so oft bei Justin Wicked gewesen, dass ihr Motorrad den Weg zu ihm vermutlich selbst gefunden hätte. Als sein Haus an einem der Süßwasserseen in Sicht kam, atmete sie ein wenig freier. Justin kannte sie, seit sie zwölf war. In jenem Sommer war sie wieder einmal in den Ferien hier gewesen, um Desiree und ihre Großmutter zu besuchen. Weil sie sich in ihrer eigenen Familie wie eine Fremde gefühlt hatte, hatte sie sich viel am Strand herumgetrieben und war an diesem Tag beim Wellfleet Pier gelandet. Justin, damals ein langhaariger, dreizehnjähriger Schlacks, war fast so unnahbar und reizbar gewesen wie sie. Mit einer nicht angezündeten Zigarette im Mund hatte er sie aus ein paar Schritten Entfernung beobachtet und mit der Spitze seiner schwarzen High Tops gegen den Steg getreten. Irgendwann hatte sie es sattgehabt, sich so mustern zu lassen. »Setz dich hin, verdammte Scheiße«, hatte sie geblafft. Und seither waren sie Freunde.

Neben Justins Motorrad stand noch ein zweites, ihr unbekanntes, vor seinem Haus. Sie fuhr direkt eine Einfahrt weiter zu seinem Atelier. Justin war Bildhauer, betrieb aber zusätzlich zusammen mit seinem Bruder Blaine *Cape Stone*, ein Geschäft für Steinmetzarbeiten und Natursteine. Seine beiden anderen Brüder, Zeke und Zander, arbeiteten zusammen mit ihrem Vater im Familienbetrieb *Cape Renovators*. Sie hatten das Summer House Inn renoviert, nachdem Desiree und Violet beschlossen hatten, es gemeinsam als Frühstückspension weiterzuführen.

Sie stellte das Motorrad vor dem großen, abseits stehenden Gebäude aus Stein und Glas ab, das seit der Erneuerung ihrer Freundschaft mit Justin zu einem ihrer Rückzugsorte geworden war. Der vertraute Geruch von Ton und Stein begrüßte sie und beruhigte ihre Nerven ein wenig. Sie schaltete die Lichter an, legte ihren Helm auf einen Tisch und stieß den Atem aus, den sie gefühlt stundenlang angehalten hatte. Dann sank sie auf einen Metallstuhl. Andre wiederzusehen und dann auch noch zusammen mit ihrer Mutter, wühlte sie ungeheuer auf. Ihre Brust war ganz eng. Sie drückte eine Hand auf ihr Herz, doch der Schmerz ließ nicht nach. Wenn sie ehrlich war, hatte sie den Atem nicht nur für ein paar Stunden, sondern jahrelang angehalten. Sie schloss die Augen, aber sofort sah sie Andre und all die Wut und den Schmerz in seinem Blick. Sein vorwurfsvoller Ton hallte durch ihren Kopf. *Du hast mich doch schon vor Jahren abserviert.*

Sie öffnete die Augen und schaute hinauf zu dem gläsernen Dach, das an ein Gewächshaus erinnerte. »Fuck«, stieß sie hervor, sprang auf und befahl sich stumm, nicht zu einer dieser jämmerlichen Frauen zu werden, die vor lauter Sehnsucht nach einem Mann zerflossen. Sie schaltete die Musik ein und zwang sich, sich auf die Skulptur zu konzentrieren, die sie gerade für die Wilks modellierte, deren sechsjährige Tochter Erin im Frühjahr an einem Hirntumor gestorben war. Bei ihrer ehrenamtlichen Arbeit auf der Kinderstation des Krankenhauses hatte Violet viel Zeit mit der süßen kleinen Erin verbracht. Gegen die Angst und die Anspannung hatten sie gemeinsam an verschiedenen Kunstwerken gearbeitet. Sie hatte Erin geliebt wie eine kleine Schwester und die Gartenskulptur wollte sie bis zur Gedenkfeier, die die Wilks für ihre kleine Tochter im März planten, fertig haben.

Sie löste die Plastikfolie, mit der sie den Ton feucht hielt. Batiken und Töpferarbeiten gehörten zu ihren Spezialitäten. Beides verkaufte sie auch in der Galerie beim Summer House Inn. Aber keines ihrer üblichen Stücke schien ihr passend für Erins Eltern. Sie betrachtete die halbfertige Skulptur. Diese Darstellung von Erin schuf sie aus dem Gedächtnis. Sie sollte das Mädchen zeigen, wie es auf eine Hand gestützt mit seitlich abgewinkelten Beinen auf dem Boden saß. Die Kleine betrachtete einen Schmetterling, der auf ihrer freien Hand gelandet war. Erins geliebter Kater Igor, der sie durch die schlimmen Zeiten begleitet hatte und auch bei ihrem Tod bei ihr gewesen war, schmiegte sich an ein Bein der Figur.

Noch fehlten alle feinen Details, und Violet wusste nicht, ob es ihr gelingen würde, Erins süßes, unschuldiges Gesicht bis in alle Einzelheiten zu treffen. Aber sie hoffte, ihre Arbeit würde dem tapferen kleinen Mädchen gerecht werden. Dies sollte die erste Skulptur werden, die sie öffentlich unter ihrem Namen zeigte. Bislang wussten nur Justin und Andre überhaupt davon, dass sie Skulpturen schuf. Der Gedanke an die Enthüllung machte sie nervös. Aber ihre Liebe zu Erin war größer als die Angst davor, diesen Teil von sich selbst preiszugeben.

Während sie die Plastikfolie beiseitelegte, dachte sie an ihre andere große Skulptur auf dem Nachbartisch. Dort wartete der Torso eines Mannes auf seine Glasur. Mit wehem Herzen dachte sie daran, wie Andre ihr geholfen hatte, ihre Begeisterung für Töpferarbeiten weiterzuentwickeln, und sich an größere Stücke und freieres Gestalten zu wagen. Der pure Zufall hatte sie zu dem Zelt hinter der Klinik in dem Dorf in Ghana geführt, wo sie ihn entdeckt hatte. Barfuß und ohne Hemd, die Hände tonverklebt, hatte er dort gestanden, und ihr war fast das Herz stehengeblieben. Nicht nur, weil sie die Arbeit mit Ton so sehr vermisste, sondern vor allem, weil sie in ihrem ganzen Leben noch keinen schöneren Mann gesehen hatte. Völlig versunken in das, was er tat, hatte er sie erst gar nicht bemerkt.

In seinem Haar, auf seiner breiten Brust, selbst auf den Jeans, die tief auf seinen Hüften saßen – überall Spuren von feuchtem Ton. Er arbeitete bei Kerzenlicht und sie konnte den Blick nicht von ihm losreißen. Mit Künstlern hatte sie schon ihr Leben lang zu tun, doch die besondere Energie, die Andre ausstrahlte, zog sie magisch an. Am liebsten wäre sie zu ihm gegangen und hätte die Hände auf seine gelegt, während er das Gesicht einer Frau modellierte. Wie lange sie so dagestanden hatte, wusste sie nicht. Aber irgendwann hatte er sie angeschaut, und bis heute spürte sie, wie bei diesem ersten Blick in ihrer Brust ein helles Licht aufgestrahlt hatte. Dass er Arzt war, hatte sie erst später an diesem Abend erfahren.

Seine medizinischen Fähigkeiten mochten alle anderen beeindruckt haben, in Ghana genau wie auf dem Fest heute. Doch für Violet war er wegen ihrer gemeinsamen Leidenschaft für die Kunst so ungeheuer anziehend gewesen, und nie hatte sie eine stärkere Verbindung gespürt.

Sie wandte den Blick von dem Torso ab und versuchte, die Erinnerungen beiseitezuschieben. Ihre Hände zitterten. *Verdammt.* Unwirsch stieß sie einen langen Atemzug aus, füllte eine Schüssel mit Wasser und legte ihre Werkzeuge bereit. An Erins Skulptur musste sie eine Stelle ausbessern, die ein bisschen eingefallen war. Sie fügte Ton hinzu und formte ihn, zwang sich, an nichts anderes zu denken als an das, was ihre Hände taten. Das Gefühl des Materials unter ihren Fingern und die Konzentration auf die Konturen, die sie entstehen lassen wollte, vertrieben normalerweise jeden anderen Gedanken. Doch auch während sie eine Stelle am Bein des kleinen Mädchens befeuchtete und am sanften Schwung der Wade arbeitete, zitterte sie.

Eine halbe Stunde verging und noch immer kreisten all ihre Gedanken um Andre. Frustriert legte sie ihr Werkzeug beiseite und ging auf und ab. *Was zum Teufel tue ich eigentlich?*

Die Tür ging auf und Justin schlenderte herein. Er hob das bärtige Kinn. »Hey, Babe.«

»Hey.«

Eine große, schlanke Frau mit rotem Haar folgte ihm ins Atelier.

»Hi«, sagte die Rothaarige. In einem T-Shirt mit dem Aufdruck *Whiskey Bro's* auf der Brust, hautengen Jeans und kniehohen schwarzen Lederstiefeln marschierte sie auf Violet zu. Mit ihrem Outfit und den Tätowierungen auf beiden Armen wirkte sie ziemlich tough.

Justin stellte sich zu Violet und sie setzte ein Lächeln auf. Er hatte eine breite Brust, einen stahlharten Körper und war cooler als ein Wintertag am Polarkreis. Wozu auch seine eisblauen Augen ganz gut passten.

Sein Blick wanderte an ihr nach unten. »Hübsches Kleid,

Babe. Sag Hallo zu Dixie.«

»Hallo, Dixie«, sagte sie mechanisch und fixierte dabei ihn. Sie hätte gern gewusst, weshalb er die Frau mit ins Atelier brachte, wo ihm doch klar war, dass noch keiner etwas von ihren Skulpturen erfahren sollte. Und auf Small Talk mit irgendeiner Lady, die er gerade nagelte, hatte sie nicht die geringste Lust.

Dixie betrachtete die halbfertige Skulptur. »Du arbeitest an einem kleinen Mädchen?«

Nein. An einer Schlange. Wonach zum Teufel sieht es denn aus? »Mhm.«

»Solltest du nicht bei der Hochzeit deiner Schwester sein?«, fragte Justin.

Violet richtete den Blick auf die Skulptur und glättete eine Stelle mit den Daumen. »Solltest du nicht mit deinem Date etwas Nettes unternehmen?«

Vermutlich klang sie eifersüchtig, aber das war ihr egal. Ja, schön, sie hatte ein paarmal mit Justin geschlafen – zuletzt direkt nach ihrer Ankunft am Cape vor etwa zwei Jahren. Ein hilfloser Versuch, die Erinnerungen an Andre zu ersticken, der gründlich in die Hose gegangen war. Sie und Justin waren danach wieder in die Freundschaftszone zurückgekehrt, arbeiteten zusammen in seinem Atelier oder preschten auf ihren Motorrädern durch die Gegend.

»Ha! Heilige Scheiße, Jus.« Dixie lachte. »Sie glaubt, wir wären ein Paar.«

Seine Mundwinkel kräuselten sich nach oben. »Wir sind keins.«

»Ist ja auch egal«, murmelte Violet.

»Er ist mein Cousin«, erklärte Dixie. »Ich wohne in Maryland und bin nur auf der Durchreise. Keine Sorge, er hat mir gesagt, dass niemand weiß, was du hier machst. Dein Geheimnis ist bei mir sicher.«

Froh, dass Dixie keine Plaudertasche aus der näheren Umgebung war, wischte sich Violet die Hände an einem Lappen ab. »Sorry. Ich bin nicht eifersüchtig. Ich hatte nur einen beschissenen Tag. Dein Cousin kann vögeln, wen er will.«

»Willst du darüber reden?«, fragte Justin.

»Ungern.« Sie seufzte. »Nicht mal darauf kann ich mich konzentrieren.« Sie zeigte auf die Skulptur und schnappte sich die Sprühflasche, um den Ton zum Abschluss zu befeuchten. Aber Justin packte ihre Hand.

»Lass mich das machen. Du bist viel zu angepisst. Am Ende machst du die Figur noch kaputt.«

Violet schloss die Finger fester um die Flasche, doch er entwand sie ihr.

»Stress mit einem Typ?«, fragte Dixie, während Justin den Ton besprühte.

Violet schüttelte den Kopf und ging zum Waschbecken.

»Dein Kleid ist der Hammer«, fuhr Dixie unbeeindruckt fort. »Justin sagt, deine Schwester heiratet heute …«

»Schon erledigt.« Violet hob die Hände.

Dixie stellte sich zu ihr ans Waschbecken. »Als mein Bruder geheiratet hat, ist mir klar geworden, wie unglaublich single ich bin. Falls das bei dir auch so ist, weiß ich, was gerade in dir vorgeht.«

Violet trocknete sich die Hände ab. »Ich bin gern Single. Ich hab nur ein Problem damit, dass meine Mutter mit meinem Ex als ihrem Date bei der Hochzeit aufgetaucht ist.«

Justin knallte die Sprühflasche auf den Tisch. »Was zum …«

»Krass«, sagte Dixie. »An deiner Stelle hätte ich Blut an den Händen. Und zwar seins.«

Violet tigerte wieder auf und ab. »Er hat nicht gewusst, dass sie meine Mutter ist, und sie hat nicht gewusst, dass er und ich mal zusammen waren. Das wusste keiner.«

»Dann bin ich ja froh, dass ich nicht der einzige Ahnungslose bin.« Justin wickelte die Plastikfolie um die Skulptur und warf Violet dabei einen durchdringenden Blick zu.

»Von dir und mir weiß auch keiner was«, blaffte sie.

»Ach? Ihr beide habt was am Laufen?«, fragte Dixie.

»Nein«, gaben Violet und Justin wie aus einem Mund zurück.

»Okay, nur damit ich das richtig verstehe: Inzwischen weiß er, dass sie deine Mutter ist, und sie weiß, dass er mal dein Freund war?«, fragte Dixie.

»Er weiß es«, antwortete Violet. »Sie nicht.«

»Und trotzdem ist er immer noch da?« Dixie verschränkte die Arme und kniff die Augen zusammen. »Dann wird es Zeit für ein bisschen Blutvergießen. Falls du die Sache gleich heute noch regeln willst, ich helfe gerne.«

Violet lächelte. »Du bist in Ordnung, Cousine Dixie.«

»Hey, uns Whiskeys geht die Familie über alles«, sagte sie. »Mit Justin bin ich verwandt, und er sagt, du gehörst zu seinem engsten Freundeskreis, also praktisch auch zur Familie. Unser Urgroßvater hat in Peaceful Harbor, Maryland, die Dark Knights gegründet. Du weißt schon, den Motorradclub. Falls du also mal Hilfe brauchst, steht dir ein ganzer Trupp Biker zur Verfügung.«

»Die Whiskeys?«, fragte Violet.

Dass Justin, seine Brüder und Cousins Mitglieder der Dark Knights von Cape Cod waren, wusste Violet natürlich. Seit eine von Justins Cousinen als Collegestudentin Selbstmord begangen hatte, organisierten sie alljährlich eine Motorradrallye zu ihrem

Gedenken, bei der sie auf das Thema Selbstmord aufmerksam machten. Dass Justin mit dem ursprünglichen Clubgründer verwandt war, war Violet allerdings neu.

»Whiskey ist mein Nachname. Meine Tante Reba ist Justins Mutter«, erklärte Dixie.

»Meine Tante Red und Onkel Biggs kennst du ja«, sagte Justin. »Sie kommen jedes Jahr zur Suizidpräventions-Rallye.«

»Der große Kerl mit dem Gehstock? Und sie sieht aus wie Sharon Osbourne?«, fragte Violet.

»Genau. Das sind Dixies Eltern. Aber jetzt mal genug von unserer Familie.« Justin wischte sich die Hände ab und machte einen Schritt auf Violet zu. »Kann ich irgendwas tun? Vielleicht mit dir auf der Hochzeitsfeier auftauchen, um ihm zu zeigen, dass du über ihn weg bist? Ihn aus der Stadt jagen?«

Violet schüttelte den Kopf und wünschte sich, es wäre so simpel.

»Du willst doch, dass er verschwindet, oder?«, fragte Dixie. »Dann würde Justins Vorschlag ja passen. Welcher Kerl möchte schon seinen Nachfolger kennenlernen?«

Justin musterte Violet besorgt. Als sie beiseiteschaute, berührte er sie an der Hüfte, damit sie ihn wieder ansah.

»Du willst gar nicht, dass er geht, oder?«

Sie knirschte mit den Zähnen. Sagen konnte sie nichts.

»Oh, Shit«, sagte Dixie. »Du bist kein bisschen über ihn weg.«

»Ich weiß nicht, was ich bin.« Violet stelzte davon. »Aber ich bin stinksauer, dass Lizza ihn hierhergeschleppt hat, stinksauer, dass es ihn überhaupt gibt, und stinksauer auf mich, weil ich so ein Waschlappen bin und so durcheinander, dass ich nicht mal einen Klumpen Ton zu etwas Vernünftigem formen kann.«

»Ich kenne eine ganz gute Möglichkeit, dieser Sache auf den Grund zu gehen.« Dixie machte sich auf den Weg zur Tür. »Kommt. Justin hat jede Menge Hochprozentiges im Haus, und falls irgendwo etwas zum Himmel stinkt, rieche ich das meilenweit gegen den Wind. Ein paar Gläser Tequila und wir sehen klarer.«

Violet schaute Justin an. »Ich glaube, ich mag deine Cousine.«

»Ja, sie ist ziemlich cool.« Er legte Violet einen Arm um die Schultern, dann machten sie sich auf den Weg zum Haus. »Und nur, damit das klar ist, Babe: Auch wenn wir jetzt erst mal in Ruhe was trinken, ich hätte gute Lust, den Kerl zu vermöbeln.«

Nach einer unruhigen Nacht goss sich Andre frühmorgens in der Küche des Cottage, in dem er und Lizza wohnten, eine Tasse Kaffee ein. Eine Frühstücksbar trennte in dem netten kleinen Häuschen die offene Küche vom Wohnzimmer mit den zwei bequemen Sesseln und einer gemütlichen Couch. Aber Violets Kunstwerke würde er überall erkennen und die Batik an der Wand erinnerte ihn genau wie die getöpferten Schalen und Vasen schmerzlich an ihre gemeinsame Zeit.

Mit seinem Skizzenblock ging er hinaus auf die Terrasse und begann zu zeichnen – und dabei über die verfahrene Situation nachzudenken, in die er sich verstrickt hatte. Bei der Hochzeit hatte er viele nette Leute kennengelernt, aber nicht eine einzige Person hatte erwähnt, dass Violet früher mal einen Freund namens Andre gehabt hatte. Er hatte erwartet, dass irgendwer im Lauf des Abends auf diesen Zufall hinweisen würde, aber Fehlanzeige. Die halbe Nacht hatte er überlegt, ob er Lizza fragen sollte, ob sie von seiner Beziehung zu Violet wusste. Doch er hatte sich dagegen entschieden, weil er nichts ausplaudern wollte, was Daisy – Violet – offenbar verschwiegen hatte. Er gab sich Mühe, sie nicht als *seine Daisy* zu sehen. Aber es funktionierte einfach nicht. Dass sie ihre Beziehung geheim gehalten hatte, hätte ihn vielleicht verletzen und eine noch tiefere Kluft zwischen ihnen aufreißen sollen. Aber wenn er seine Daisy so gut kannte, wie er glaubte, dann war dieses Schweigen ihr Versuch, sich vor großen, vielleicht überwältigenden Gefühlen zu verstecken.

Was für ein Gedanke.

Jedenfalls reichte diese Vermutung aus, um seine eigenen Gefühle erst einmal hintanzustellen und zum tausendsten Mal über die möglichen Gründe nachzugrübeln, weshalb sie ohne ein Abschiedswort gegangen war.

Das Dröhnen eines Motorrads durchbrach seine Gedanken und er sah Scheinwerferlicht näherkommen. Wie Violet während des Fests in ihrem Kleid ganz plötzlich auf einem Motorrad davongefahren war, hatte er gesehen. Jetzt stieg sie in einem Männerhemd von der Maschine, das ihr bis fast zu den Knien reichte. Er konnte nur hoffen, dass sie darunter etwas anhatte.

Sein Magen krampfte sich zusammen. In der Zeit in Ghana hatten sie im Bett alles Mögliche miteinander angestellt. Aber erst nach Monaten hatte sie sich ihm ganz hingegeben. Sicher hatte sie ihre Gründe gehabt. Er wünschte nur, er wüsste, welche.

Sie zog ihr Kleid aus einer der Satteltaschen und trug es zusammen mit ihrem Helm in das Cottage nebenan.

Weil sie ohne Begleitung bei der Hochzeit gewesen war,

hatte er angenommen, dass sie keinen Freund hatte. Aber das Hemd und die Tageszeit – fünf Uhr morgens – sagten ihm, dass er sich etwas vormachte.

Drei

Kurz nach sechs eilte Lizza mit einem Sweatshirt und zwei bunten Badetüchern unter dem Arm durch die Seitentür nach draußen. Sie trug eine grüne Haremshose mit Elefantenmuster, ein lila Tanktop mit dem Aufdruck *Yoga Girls Are Twisted* und ein Batikstirnband in Weiß und Rosa.

»Komm, Andre. Emery gibt heute Morgen am Strand einen Yoga-Kurs für Paare, und ich habe ihr gesagt, wir machen mit.«

Yogaübungen waren ihm durchaus vertraut. Mit der Behauptung, Yoga würde helfen, ihren sexuellen Heißhunger zu lindern, hatte Violet ihn in Ghana dazu gebracht, es auszuprobieren. Die willensstarke Frau, die ihm so viel bedeutete, so nach innen gekehrt und in sich versunken zu sehen, war eine ganz besondere Erfahrung gewesen. Erhellend und verführerisch zugleich. Nachdem sie verschwunden war, hatten ihn Sehnsucht und negative Energie geradezu geflutet. Von Wut und Trauer zerfressen hatte er die Krankenschwestern angeschnauzt, bis eine von ihnen ihn auf den Boden zurückgeholt hatte. *Ganz gleich, was für ein Mist da in Ihnen gärt, reißen Sie sich zusammen. Die Kinder hier brauchen Wunder, keine Albträume.* Daraufhin hatte er mit Yoga versucht, die negative Energie zu kanalisieren, die schnell zu seinem ständigen Begleiter geworden war. Doch das hatte ihn nur schmerzhaft an Violet erinnert.

Und jetzt also auch noch Yoga für Paare.

Als er sich gestern im zweiten Schlafzimmer des Cottage eingerichtet hatte, hatte Lizza kein Wort gesagt. Aber zusammen mit ihr zum Paar-Yoga zu gehen, konnte die falschen Signale senden. Gestern Abend war er so wütend gewesen, dass er die Hochzeitsgäste in dem Glauben gelassen hatte, er sei mit Lizza zusammen. Schon um Violet zu provozieren. Aber jetzt fühlte sich das sehr ungut an.

Er legte seinen Skizzenblock beiseite. »Ich hoffe, ich habe dir keine falschen Hoffnungen gemacht, als ich dein Angebot angenommen habe, mit dir hier zu wohnen, Lizza. Dass wir nicht *die Art* Paar sind, ist dir schon bewusst, oder?«

Sie wedelte lachend mit der Hand. »Darling, meine Zeiten für Männer wie dich sind vorbei. Und jetzt komm.« Sie zog ihn hoch. »Lass uns ein bisschen Spaß haben und die Verkrampfung loswerden. Und danach machen wir Frühstück für alle. Normalerweise sorgt Desiree dafür, aber ich habe ihr und Rick gesagt, sie sollen ausschlafen. Mein Mädchen tut so viel für alle anderen. Eigentlich wollten sie und Rick gleich in die Flitterwochen starten, aber Emery hat mir gestern Abend verraten, dass die beiden beschlossen haben, erst nach mir abzureisen. Was ist denn das für ein Unsinn?«

»Hört sich an, als würde sie sich ein bisschen Zeit mir dir wünschen.«

»Das bringt sie nur durcheinander, und sie ist perfekt, so wie sie ist.«

Als geliebtes Einzelkind hatte er immer im Mittelpunkt der Aufmerksamkeit seiner Eltern gestanden. Wie es sich anfühlte, wenn ein Elternteil einfach verschwand, konnte er sich beim besten Willen nicht vorstellen. Von Violet, dem Kind, das Lizza mitgenommen hatte, wusste er, wie qualvoll die Trennung von ihrer Halbschwester und ihrem Stiefvater für sie gewesen war. Gerne hätte er Lizza deswegen zur Rede gestellt, aber dieser Kampf war nicht seiner.

Er deutete auf seine Shorts und sein Sweatshirt. »Vielleicht ziehe ich lieber Sportsachen an.«

»Wir sind spät dran, Darling.« Sie zog ihn von der Terrasse in Richtung der Dünen. »Komm, wir zeigen diesen süßen Pärchen, wie man richtig Yoga macht.«

Anderthalb Stunden später stand Andre am Grill vor dem Summer House Inn, träufelte Schokoladensoße über einen Teller mit Erdbeer-Crêpes, die er gerade zubereitet hatte, und lachte über einen Scherz von Dean. Er kochte gern, und weil er so oft in kleinen Dörfern in den abgelegensten Winkeln der Welt arbeitete, war er es gewohnt, mit Grills und offenem Feuer zu hantieren. Den Luxus einer Küche brauchte er längst nicht mehr.

»Unglaublich, aber mein Kerl wusste tatsächlich nicht, dass man auch auf einem Grill Crêpes hinbekommt«, sagte Emery, nahm eine Erdbeere von Deans Teller und warf sie sich in den Mund.

Dean strich sich über den Bart und sah sie an. »Wo soll ich denn lieber experimentieren, Süße? Im Schlafzimmer oder am Grill?«

»Fragst du das im Ernst?« Chloe sah Andre an. »Im Schlafzimmer natürlich. Wo denn sonst?«

Es war wohl Zeit, auch diese Entwicklung im Keim zu ersticken, bevor jemand auf falsche Gedanken kam. Als Andre und Lizza zum Paar-Yoga an den Strand gekommen waren, hatten sie Chloe dort allein vorgefunden. Wer ging denn ohne Partner zu einem Pärchenkurs? Er hatte lieber nicht gefragt, aber Lizza hatte darauf bestanden, dass Andre die Übungen zusammen mit Chloe machte. Dann war Ted verspätet erschienen und Lizza hatte sich mit ihm zusammengetan.

»Wir beide haben auch immer gern im Bett experimentiert, nicht wahr, Ted?«, sagte Lizza jetzt und brachte damit alle Gespräche zum Verstummen. »Was ist?« Sie schaute in die Runde. »Was glaubt ihr, wie Desiree gezeugt worden ist? Durch unbefleckte Empfängnis? Wo bleibt da der Spaß? Herrje.«

Alle außer Ted lachten. Er bekam einen hochroten Kopf.

Die Augen auf seinen Teller gerichtet, sagte er: »Sehen wirklich toll aus, diese Crêpes«, und schob sich eine Gabel in den Mund.

Andre hielt einen weiteren Teller in die Höhe und Drake griff danach.

»Denk nicht mal dran, Savage«, mahnte Serena und schnappte sich die Crêpes. »Das sind meine.«

»Ernsthaft, Supergirl?« Drake senkte die Stimme. »Vielleicht wollte ich dich ja damit füttern.«

»Du bist süß.« Grinsend gab sie ihm den Teller, schlenderte zum Tisch und setzte sich neben Emery.

Drake nahm den Stuhl neben ihr und klopfte auf seinen Schoß. »Dein Platz ist hier, Babe.« Serena ließ sich nicht lange bitten.

Andre drehte sich wieder zum Grill und sah, wie Cosmos zu Violets Cottage flitzte. Sie zog gerade die Tür hinter sich zu, schnappte den aufgeregten kleinen Hund und ließ sich lächelnd mit nassen Hundeküssen begrüßen. Sie wieder lächeln zu sehen, war schön. Und Junge, sie war heiß wie die Sünde in ihrem schwarzen Minirock, dem grauen Shirt und den schwarzen Stiefeln mit den silbernen Schnallen, die sie auch in ihrer gemeinsamen Zeit in Ghana trotz der hohen Temperaturen oft getragen hatte.

Als sie die Terrasse des Summer House Inn erreichte, hatte sich ihre Miene wieder verfinstert. Sie betrat die Umzäunung und setzte Cosmos ab. Lizza hielt dem struppigen kleinen Kerl ein Stück Crêpe hin und er rannte zu ihr.

»Violet, Darling, nimm dir einen Teller, solange die Crêpes noch warm sind«, sagte Lizza und hob Cosmos auf ihren Schoß.

»Andre hat für alle Frühstück gemacht«, sagte Emery. »Dieser Mann kann einfach alles. Er hat sich beim Paar-Yoga mit Chloe zusammengetan, und ich schwöre, er ist fast so beweglich wie ich.«

Dean gab ein knurrendes Geräusch von sich. »Gerade wollte ich sagen, wenn es mit Lizza nicht klappt, kann er bei Emery und mir einziehen und uns jeden Tag Frühstück machen. Aber vergiss es. Meine Süße soll nur an einen denken und der bin ich.«

Violets Kiefer spannte sich an. Ihr Blick wanderte von Andres Gesicht zu seiner nackten Brust und blieb dort lange genug hängen, um einen hungrigen Ausdruck über ihre Züge huschen zu lassen. Dass er sein Shirt beim Yoga ausgezogen hatte, hatte er vergessen, aber jetzt war er froh darüber. Sollte sie doch sehen, was sie verschmäht hatte. Ihr Blick wanderte zu der Tätowierung auf seiner Schulter, *Faith in Love* hatte er sich dort in Großbuchstaben unter die Haut stechen lassen. Als sie zusammen gewesen waren, hatte es dieses Tattoo noch nicht gegeben.

Die Hitze in ihrem Blick verwandelte sich in etwas, das er

nicht deuten konnte – vielleicht Wut oder Schmerz –, doch im nächsten Atemzug wurde ihr Ausdruck eiskalt.

»Was für eine rührende Szene trauter Häuslichkeit«, sagte sie sarkastisch. »Soll ich dich jetzt *Daddy* nennen?«

»Oh Scheiße«, murmelte Drake.

Bevor Andre etwas sagen konnte, stürmte Violet schon Richtung Parkplatz. *Noch mal läufst du mir nicht davon.* Er rannte hinter ihr her und holte sie ein. »Was soll das, zum Teufel?«

»Du bist derjenige, der meine Mutter vögelt.« Den Blick auf ihr Motorrad gerichtet überquerte sie die Einfahrt. Er ließ sich nicht abschütteln.

»Bleib hier und rede mit mir.« Als sie nicht stehenblieb, packte er sie am Handgelenk. »Du bist diejenige, die sich mitten in der Nacht davongemacht hat. Schon vergessen? Du bist mir ein paar Antworten schuldig.«

Die Spitze ihres linken Stiefels stieß in den Kies. »Es tut mir leid, okay? Das war beschissen von mir. Ich hätte nicht ohne Erklärung abhauen sollen. Können wir es einfach dabei belassen?«

»Nein. Können wir nicht.« Er ließ ihr Handgelenk los. »Verdammt noch mal, Daisy. Wenn das eine Art Test war, hatte ich keine Chance, ihn zu bestehen. Du wusstest, dass mein Vertrag noch drei Monate läuft. Dir zu folgen, war unmöglich. Und als ich endlich wegkonnte, habe ich überall nach dir gesucht. Auch das Internet habe ich nach Hinweisen durchforstet, wo du sein könntest.«

»Dass du mich online nicht finden würdest, wusstest du«, sagte sie etwas weniger barsch.

»Ja, klar. Aber mit gebrochenem Herzen greift man nach jedem noch so irrsinnigen Strohhalm.«

»Zurück in deiner Privatpraxis in Boston und bei den schicken Empfängen bist du sicher schnell drüber weggekommen.«

»Denkst du das wirklich? Dass meine Gefühle nicht echt waren? Dass ich uns vergessen würde?«

Sie hob ihr Kinn. »Niemand ist unersetzlich«, sagte sie, sah dabei aber aus, als würde sie das selbst nicht glauben.

»Du warst es«, sagte er ehrlich. »Zurück in Boston habe ich mir alle Mühe gegeben, mein Leben weiterzuführen. Versucht, die Frau zu vergessen, die die halbe Nacht aufgeblieben ist, um für einen Dreijährigen, der Angst vor der Operation am nächsten Tag hatte, einen lustigen Krankenhauskittel zu nähen. Die Frau, die mit einer jungen Mutter geweint hat, deren Baby bei der Geburt gestorben ist.« Er trat näher. »Die Frau, die mich gedrängt hat, meine Komfortzone zu verlassen und Neuland zu betreten, um noch mehr für andere tun zu können. Aber sie zu vergessen, war unmöglich. In Boston habe ich nur den leeren Platz neben mir gesehen, an dem du hättest sein sollen. Hatte jeden verdammten Tag deine Stimme im Kopf, wenn ich meine luxuriöse Praxis betreten und Kinder behandelt habe, denen jederzeit eine hervorragende medizinische Versorgung und die besten Ärzte zur Verfügung standen.«

Sie biss die Zähne zusammen, aber er hatte gesehen, wie ihre Unterlippe zitterte. Er wollte Violet nicht quälen, doch die Wahrheit drängte aus ihm heraus. »Du hast mir geholfen, eine andere Zukunft zu sehen. Allerdings hat das bedeutet, alles zu riskieren. Und ja, ich hatte eine Scheißangst, und ich hatte keine Ahnung, wie ich leben sollte wie du – immer unterwegs und ohne Wurzeln. Aber ich bin das Risiko eingegangen, Violet. Operation SHINE gibt es nur deinetwegen.«

Sie runzelte die Stirn. »Operation SHINE?«

»Ja, verdammt richtig. Ich habe den Sprung gewagt. Vielleicht bin ich die ganze Zeit deinem Geist nachgejagt. Vielleicht habe ich mich der Herausforderung gestellt, die du mir vor die Füße geworfen hast. Ich weiß es nicht und es spielt auch keine Rolle. Ich habe mein Kapital eingesetzt, meine Verbindungen genutzt und eine internationale Hilfsorganisation übernommen, die in die falschen Hände geraten war. Ich habe das Personal ausgetauscht, die Zielsetzung neu ausgerichtet, und das Ganze war einfach genau richtig.«

»Moment mal …« Sie schüttelte den Kopf und schaute zurück zum Haus, von wo aus sie aufmerksam beobachtet wurden. Prompt wandten sich alle ab. »Vor ein paar Monaten hat Lizza eine Postkarte geschickt, auf der von Operation SHINE die Rede war. Und ich spende öfter mal für SHINE.«

»Lizza arbeitet hin und wieder ehrenamtlich bei uns mit«, sagte er. »Sie und ich sind nicht, was du glaubst.« Er hielt inne und ließ seine Worte wirken. Violet sah nun genauso verwirrt aus, wie er es in den letzten Jahren gewesen war. »Hast du eine Ahnung, wie es sich angefühlt hat, mein Herz und meine Seele vor dir auszubreiten und am nächsten Morgen nicht nur allein aufzuwachen, sondern verlassen worden zu sein?«

Sie wandte sich ab, doch zuvor sah er Tränen in ihren Augen schimmern. *Verdammt.* Hätte er es noch verletzender formulieren können? Wie es war, verlassen zu werden, wusste sie nur allzu gut. »Mist. Es tut mir leid, Daisy. Das hätte ich nicht sagen sollen.«

Sie zuckte mit den Schultern. »Scheiß drauf. Das ist alles Geschichte, und wen kümmert's?«

»Mich.« Er schaute zu ihrer linken Fußspitze, die nach innen zeigte und sich in den Boden grub. »Und dich offensichtlich auch.«

Sie sah zu Boden. »Das mit uns liegt so lange zurück, dass

ich mich kaum noch erinnern kann.«

Sein Herz hämmerte gegen seine Rippen. »Schwachsinn.«

Er riss sie an sich, presste seinen Mund auf ihren und küsste sie so tief, dass er spürte, wie seine Liebe zu ihr geradezu aus seinen Poren sickerte. Sie klammerte sich an seine Arme, ihre Nägel gruben sich in seine Haut, aber sie wehrte sich nicht und versuchte nicht, sich von ihm zu lösen. Ihre Zunge fand zu seiner, doch er spürte, dass sie sich zurückhielt. Und verdammt, das tat er auch. Denn was dachte er sich eigentlich? Wollte er sich das Herz noch einmal zerfetzen lassen?

Als er sich losriss, rangen sie beide nach Atem. »Erinnerst du dich jetzt an uns?«

Ihre Hände glitten von seinen Schultern, und sie berührte ihre Lippen mit den Fingerspitzen, als würden sie in Flammen stehen und sich genau wie seine nach mehr sehnen.

»Ich werde nicht gehen, bevor ich Antworten bekommen habe, und sei es nur, um endlich mit uns abschließen zu können.« Es war ein Kampf gegen jede Faser seines Seins, doch er wandte sich ab und stapfte davon.

Violet stand in der Einfahrt und schaute Andre hinterher. Sie fühlte sich genauso wie in der Nacht, in der sie fluchtartig aus dem Dorf in Ghana verschwunden war. So als hätte man sie aufgeschlitzt und sie müsste verbluten. Und genau wie in jener Nacht weigerte sich ihr Körper, sich von ihm zu lösen. Sie konnte ihn immer noch schmecken. Sein männlicher Duft hatte sich in ihren Poren festgesetzt, der harte Druck seiner Hände, die ihre Schultern umklammerten, war immer noch bei ihr. Sie war wie von ihm besessen, von ihm und allem, was ihn ausmachte. Er war überall. Aber war er das nicht sowieso die ganze Zeit gewesen?

Sie wusste nicht, wie lange sie dastand und ihm hinterherstarrte. Und später konnte sie sich nicht daran erinnern, wie sie in ihre Töpferwerkstatt in der Pension gekommen war. Doch irgendwann saß sie tonverschmiert an ihrer Töpferscheibe und dachte immer noch über den hitzigen Austausch zwischen ihr und ihm nach. Desiree kam zu ihr, um mit ihr zu reden, aber der Schmerz in ihrer Brust war so groß, dass sie sie wegschickte. Das war nicht fair, denn vermutlich sorgte sich niemand mehr um sie als Desiree. Aber zum dritten Mal im Leben hatte Violet das Gefühl, dass ihre Welt außer Kontrolle geriet, und sie wusste nicht, was sie anders machen sollte als bei den ersten beiden Malen – als Lizza sie aus ihrer Familie gerissen und als sie Andre verlassen hatte.

Sie merkte, dass sie weinte, und wischte sich mit dem Unterarm über die Augen. Angestrengt fixierte sie die Vase, an der sie arbeitete. Nur an der Töpferscheibe hatte sie das Gefühl, immer alles im Griff zu haben. Hier entschied sie ganz allein, was sie machte, wie es aussehen und sich anfühlen sollte. Manchmal ging es ihr um Schönheit, manchmal wollte sie etwas Interessantes oder Sinnvolles schaffen. Heute wollte sie sich einfach nur in ihrer Arbeit verlieren und Andres Vorwürfe vergessen. *Hast du eine Ahnung, wie es sich angefühlt hat, mein Herz und meine Seele vor dir auszubreiten und am nächsten Morgen nicht nur allein aufzuwachen, sondern verlassen worden zu sein?*

Verlassen …

Das halbfertige Gefäß kippte zur Seite, und sie merkte, dass sie es zusammenpresste. In Andres Anschuldigungen lag mehr als nur ein Körnchen Wahrheit. Sie schloss die Augen und ihre Schultern sackten nach vorn.

Sie selbst war gleich zu Anfang ihres Lebens verlassen worden. Ihren leiblichen Vater hatte sie nie kennengelernt, denn als Lizza ihm von der Schwangerschaft erzählt hatte, war er kurzerhand abgetaucht. Auf Violets Fragen hatte Lizza geantwortet: *Ich will seine Hässlichkeit nicht in deinen Kopf pflanzen. Es ist besser, wenn du es nicht weißt.* Aber Ted, ihr Stiefvater, hatte sie geliebt und sich um sie gekümmert wie um ein eigenes Kind. Ihm hatte sie sich geöffnet und auch mit ihrer jüngeren Halbschwester hatte sie ein Band geknüpft. Doch dann hatte Lizza ihr diese zweite Chance aufs Glück geraubt und ihr ein Nomadenleben aufgezwungen. Im Lauf der Jahre hatte auch Lizza sie auf ihre Art immer wieder verlassen. Aber ihre Mutter hatte sie auch etwas Wichtiges gelehrt: Ohne enge Bindungen war das Leben weniger kompliziert. Mauern um ihr Herz zu errichten, beherrschte Violet jedenfalls meisterhaft.

Mit Andre hatte sie trotzdem eine Bindung aufgebaut. Und die war so einzigartig, echt und tiefgründig gewesen, dass sie ihr eine Heidenangst eingejagt hatte.

Und dann habe ich ihn verlassen.

Ihn abserviert. Eine Träne rann über ihre Wange.

»Klopf, klopf«, rief Lizza an der Tür und riss Violet aus ihren Gedanken.

Hastig wischte sie die Träne weg.

Die weite Hose ihrer Mutter schwang um ihre langen Beine. Sie trug ein dunkles Shirt unter einer wollweißen, am Saum ausgefransten Strickjacke, die so weich aussah wie ein altes Lieblingsstück. Dabei wusste Violet nicht einmal, ob ihre Mutter wirklich alte Lieblingsstücke besaß.

Lizzas Armbänder klimperten. Sie betrachtete die Tonschalen und Vasen, die Violet zum Trocknen auf verschiedene Tische gestellt hatte. »Wirklich schön, deine Sachen, Süße. Ich bin froh, dass du wieder töpferst. Ich habe mir schon Sorgen gemacht, weil du es so lange nicht mehr getan hast. Dabei warst du immer mein Erdkind. Mit deinen Händen zu arbeiten, erfüllt deine Seele wie nichts anderes.«

Violet schnaubte, Wut brodelte in ihr hoch. »Als ob du mich so gut kennen würdest!«

Jahrelang hatten sie in abgelegenen Dörfern mit manchmal nicht einmal fünfzig Bewohnern sehr eng zusammengelebt. Trotzdem war Violet schon als Siebenjährige oft stundenlang allein gewesen, weil ihre Mutter unterrichtet oder meditiert hatte oder einfach verschwunden war.

Lizza lächelte sie an. »Du hast dir immer zu helfen gewusst. Die Erde war dein Spielplatz – wandern, lernen, Dinge herstellen, experimentieren …«

»Hatte ich denn eine andere Wahl?« Violet drehte die Scheibe, bearbeitete den Ton und hoffte, dass sich die Knoten in ihrer Brust lösen würden. Doch sie zogen sich immer fester.

»Du hattest eine Wahl, Honey, und ich habe versucht, genau hinzuhören.«

»Du hast hingehört?« Violet verließ ihren Platz hinter der Scheibe, stand Auge in Auge mit ihrer Mutter. »Wann denn genau, Lizza? Als ich dich angefleht habe, mich zu Ted und Desiree zurückzubringen? Oder als ich dir gesagt habe, dass ich einsam bin und keine Freunde habe?«

»Das waren Worte, Honey. Aber ich habe auf die Dinge gehört, die du getan hast. In einem Klassenzimmer und mit festen Regeln wärest du todunglücklich gewesen. Weißt du nicht mehr, wie du dich aus dem Grundschulunterricht geschlichen hast, als wir noch in Oak Falls gewohnt haben? Fast jeden Tag musste ich hin und dich suchen.«

Violet schnaubte und stakste davon. »Daran erinnere ich mich nicht.«

»Kein Wunder. Damals warst du in der ersten und zweiten Klasse«, antwortete Lizza freundlich. »Du bist von der Schule weggelaufen. Du hast Fluchtpläne geschmiedet und warst einfach weg. Ich habe dich dann oft auf einem Baum oder in einem Gebüsch gefunden, du hast im Matsch gespielt, gemalt oder Blumenketten für Desiree gebastelt. Man konnte dir keine Fesseln anlegen, Violet. Du hast zu viel von mir in dir. Ich habe mir ausgemalt, was passieren würde, wenn du ein Teenager bist, und ich wollte mein Mädchen nicht an Drogen verlieren oder auf die schiefe Bahn geraten sehen.«

»Du hattest ja ziemlich viel Vertrauen in deine eigene Tochter.« Unfähig, ihre Wut zu unterdrücken, ging Violet zum Angriff über. »Die meisten Mütter sehen das Gute in ihren Kindern. Du nicht. Du hast mich schon mit sieben Jahren als zukünftige Kriminelle gesehen!«

»Nein, Darling«, sagte Lizza und lächelte dabei so versonnen, dass Violet nur noch wütender wurde. »Ich habe alles in dir gesehen – wer du sein wolltest und welche Probleme du in dieser Umgebung haben würdest. Dank unserer Reisen bist du zu einer kreativen, vielschichtigen und gefestigten Frau erblüht.«

»So, bin ich das? *Vielschichtig und gefestigt?*«

»Du hast von den verschiedensten Kulturen sehr viel gelernt, Violet. Hast an jedem Ort etwas Neues für dich entdeckt. Du hast gern mit deinen Händen gearbeitet und schon früh deine Nische gefunden, deine eigenen Muster entworfen, Kleidung und wunderschöne Batiken hergestellt. Mit acht Jahren hast du entdeckt, wie man Klebstoff herstellen kann, und ihn anstelle von Wachs für die Batiken verwendet. Du warst schon immer klug und erfinderisch.«

Tränen brannten in Violets Augen. »Ich habe vielleicht meinen Weg gefunden, aber suchen musste ich ihn allein.«

»Süße, in einer Kleinstadt voller Grenzen, Regeln und Erwartungen wärst du erstickt. Sieh dir deine Hände an, sieh dich um. Du hast dir das Töpfern selbst beigebracht und das war gut für dich.«

Violet wusste noch, wie sie mit dem Töpfern begonnen hatte, und ja, sie hatte es vor allem durch Zuschauen und Ausprobieren gelernt. Wie auch sonst? Sie hatte in einem der Dörfer eine ältere Frau an einer Töpferscheibe arbeiten sehen und sie wochenlang beobachtet – hinter den Büschen in der Nähe der Hütte der Frau versteckt. Als sie sich wieder einmal in ihr Versteck verkrochen hatte, hatte sie dort einen in Stoff eingewickelten Tonklumpen und eine Schüssel Wasser gefunden.

»Sicher habe ich vieles anders gemacht als andere Mütter«, sagte Lizza, »aber deine Kreativität habe ich immer gefördert.«

Bislang hatte Violet geglaubt, die Töpferin hätte den Ton für sie hinterlassen. Aber jetzt fragte sie sich, ob vielleicht Lizza dahintergesteckt hatte. Hatte sie nicht auch allerlei Künstlerbedarf, Ton und ihre Töpfersachen in dem Atelier im Summer House Inn zurückgelassen, als sie Violet und Desiree ans Cape gelockt hatte? Damals hatte Violet seit zwei Jahren an keiner Töpferscheibe mehr gesessen und sie war überglücklich über all die Sachen gewesen. Mit den Farben und Leinwänden, die sie ebenfalls im Haus gefunden hatten, hatte Desiree wieder mit dem Malen begonnen.

»Verstehst du denn nicht, Violet? Unser Nomadendasein war genau das, was du gebraucht hast. Für Leute wie uns beide ist das Leben ein stetiger Wandel, Desi braucht Gewohnheiten und Struktur.«

»Ich bin nicht wie du«, blaffte Violet. »Ich würde nie eine Familie auseinanderreißen, und vielleicht habe ich in meinem Leben Dinge getan, die nicht jedem gefallen – aber niemals würde ich so tun, als wäre ich mit dem Ex meiner Tochter zusammen. Nie.«

Lizza blinzelte verwirrt. »Mit dem Ex meiner Tochter …?«

»Willst du etwa behaupten, du hättest Andre nicht bloß mitgeschleppt, um mich zu provozieren?«

»Dich provozieren? Warum um alles in der Welt sollte ich das wollen? Ich liebe dich doch.« Lizzas Augen weiteten sich, als würde ihr ein Licht aufgehen. »Moment mal. Heißt das, ihr beide wart ein Liebespaar?«

Violet schnaubte. »Du warst ebenfalls in Ghana, als wir zusammen waren.«

»Pfft. In meinem Leben passiert so vieles, dass ich mich kaum an gestern erinnern kann, geschweige denn daran, dass wir zur selben Zeit dort waren. Ich muss auf der Durchreise gewesen sein, oder? Davon, dass du etwas von einem Freund gesagt hast, weiß ich jedenfalls nichts mehr.«

Weil ich nie etwas gesagt habe.

Mist. Das hatte sie vergessen.

»Honey, Andre habe ich zufällig in einem Café getroffen, als ich in Paris einen Freund besucht habe. Andre war dort bei einem Ärztekongress und ist danach noch eine Weile geblieben. In seinen Augen konnte ich lesen, wie unglücklich er war. Er hatte sich zwischen zwei Operation-SHINE-Projekten eine Auszeit genommen, und ich hatte das Cottage reserviert. Er meinte, er bräuchte einen Ort, um …« Sie zog die Brauen zusammen. »Ja, genau. Er sagte, er bräuchte dringend einen Tapetenwechsel, um mal richtig abzuschalten. Mit der Bucht direkt vor der Tür und euch Mädels und all euren reizenden Freunden hier dachte ich, das Cape wäre der perfekte Ort für ihn, um wieder zu sich zu finden. Das Universum hat uns zusammengebracht, warum sollte ich nicht den Luxus mit ihm teilen, den ich dank dir und Desiree hier genießen kann?«

Violet lehnte sich an einen ihrer Arbeitstische und wünschte, sie wüsste, ob sie Lizza glauben konnte. Aber jetzt war sowieso schon alles egal.

»Pass auf, meine Süße«, fuhr Lizza fort, »eigentlich wollte ich mich nur verabschieden.«

»Du reist ab?« Violet war mit zwei Schritten bei ihrer Mutter und baute sich vor ihr auf. »Du willst Desiree schon wieder enttäuschen? Das lasse ich nicht zu.«

»Desi weiß Bescheid. Für sie ist es in Ordnung. Emery hat mir erzählt, Desi und Rick würden ihre Hochzeitsreise aufschieben, damit Desi in den nächsten vier Wochen Zeit mit mir verbringen kann.«

»Und jetzt lässt du sie hängen so wie immer.«

Lizza berührte Violet an der Wange. Violet wich ihrer Hand aus.

»Nein, Honey. Ich gebe Desi Raum, damit sie das Leben beginnen kann, von dem sie immer geträumt hat. Und mir scheint, du brauchst auch ein bisschen Zeit ohne mich, um für dich ein paar Fragen zu klären.«

Vier

Am späten Sonntagabend, lange nachdem Lizza zu ihrem nächsten Abenteuer aufgebrochen war, saß Andre im Cottage und legte letzte Hand an eine Skizze, die er am Morgen begonnen hatte. Er zeichnete praktisch, seit er einen Bleistift halten konnte. Seine Eltern hatten seine Liebe zur Kunst gefördert und bekannte Künstler engagiert, damit er die Feinheiten lernte, die er nun auf seinen Reisen und Auslandseinsätzen den Kindern weitergab. In der Mittelstufe hatte er begonnen, sich neben dem Zeichnen für die Bildhauerei zu interessieren und Ton als Arbeitsmaterial entdeckt. Auch dabei hatten seine Eltern ihn unterstützt und ihm in den Sommerferien Unterricht bei einem preisgekrönten tschechischen Künstler bezahlt. Inzwischen reiste Andre immer mit seinem Werkzeug und seinem Material, und morgen sollte es geliefert werden – zusammen mit seinem Motorrad, das während seiner Auslandsaufenthalte in einer Garage in Boston stand.

Seufzend legte er die Zeichnung auf den Couchtisch und fragte sich, ob er die Lieferung stornieren sollte, bis er herausgefunden hatte, ob er überhaupt hierbleiben würde. Er konnte sich ein Auto mieten und ein bisschen zeichnen, anstatt Motorrad zu fahren und an Skulpturen zu arbeiten. Wenn es nach Violet ging, musste er vielleicht bald seine Sachen packen.

Ein Klopfen schreckte ihn aus seinen Gedanken. Er öffnete die Tür und sein verdammtes Herz schlug wie ein Presslufthammer. Vor ihm stand Violet.

»Hey«, sagte sie.

Sie trug eine schwarze Sweatjacke über einem dunklen Tanktop, das kurz über dem Bund ihrer knapp hüfthohen Jeans endete und einen Streifen geschmeidiger, gebräunter Haut aufblitzen ließ. Auch eins ihrer Tattoos konnte er erahnen. Er bemerkte, wie sich ihr linkes Bein nach innen drehte, und hätte sie am liebsten an sich gezogen. Doch dann rief er sich in Erinnerung, wie sie kurz vor Sonnenaufgang in einem Herrenhemd nach Hause gekommen war und dass er mehr als zwei Jahre lang nach ihr gesucht hatte, sie aber offenbar nicht hatte gefunden werden wollen.

Er vergrub die Hände in den Hosentaschen. »Hallo«, sagte er.

»Hast du mal eine Minute zum Reden?«

Das wurde auch verdammt noch mal Zeit, lag ihm auf der Zunge, doch er schluckte die Worte hinunter. »Klar. Willst du reinkommen? Etwas trinken?«

Sie nickte und trat ein. Er holte zwei Flaschen Bier aus dem Kühlschrank, und als er in den Wohnzimmerbereich zurückkehrte, hielt sie seinen Skizzenblock in der Hand und studierte die Zeichnung darauf. Er gab ihr ein Bier und nahm ihr den Block ab.

»Ist das …«

Er legte den Block auf den Beistelltisch neben einem der Sessel. »Bloß irgendeine Studie«, log er. Violets nackten Körper zu zeichnen, war schon vor langer Zeit zu einem Ventil für seine Gefühle geworden. Die Skizze zeigte sie auf der Seite liegend, so wie er sie auch modelliert hatte, als sie zusammen gewesen waren.

Er deutete zum Sofa. »Setz dich.« Dann ließ er sich auf dem Sessel nieder, der dem Sofa am nächsten war.

Sie atmete tief ein und sank auf die Polster. »Ich weiß, ich bin dir eine Erklärung schuldig.« Ihr Daumen strich über das Etikett der Bierflasche, doch ihr Blick blieb auf ihn gerichtet. »Und es tut mir leid, dass ich in Ghana einfach verschwunden bin. Das war nicht fair.«

»So kann man es auch ausdrücken.« Er nahm einen langen Schluck und hätte gern mehr gesagt, doch weil er sich nähere Erklärungen erhoffte, hielt er sich zurück.

Sie stand auf und fing an, auf und ab zu gehen. Auch ihre Hände waren in Bewegung. »Als es mit dir und mir gerade richtig gut lief, habe ich eine E-Mail von Lizza bekommen, in der stand, dass Desiree mich braucht und dass es ihr Leben verlängern würde, wenn ich ans Cape Cod käme.«

Er wusste, wie viel ihr Desiree bedeutete, stand auf und trat zu ihr. »Warum hast du mir das nicht gesagt? Geht es Desiree gut?«

»Ihr fehlt nichts. Das war ein Trick.« Sie blieb stehen. »Lizza hatte Desiree auch eine Mail geschickt, in der sie sie drängte, hierherzukommen, um ihr mit der Kunstgalerie zu helfen. In der Mail an Desiree stand, damit würde sie *Lizzas* Leben verlängern. Aber in Wahrheit war gar niemand krank. Jedenfalls nicht so, wie sie uns hat glauben lassen. Mit der Präzision einer Kampfdrohne hat sie unsere Schwachstellen getroffen. Dann hat sie sich wie üblich aus dem Staub gemacht, sobald wir ankamen, und uns mit einer Hypothek, einer Galerie und einem Sexshop im Hinterzimmer hier stehenlassen. Letztendlich haben wir das Summer House Inn wiedereröffnet. Davon habe ich dir mal erzählt. In dem Haus haben Desiree und ich als Kinder bei unserer Großmutter die Sommerferien verbracht. Ja, und seit Lizzas falschem Hilferuf bin ich hier.«

»Mein Gott, Dai… *Violet*. Das ist …« Sie hatte ihm schon einige bizarre Geschichten über Lizza erzählt, aber die eigenen Töchter so in Angst zu versetzen? Er hob hilflos die Hände. Warum ihre Mutter so etwas machte, wollte ihm so wenig in den Kopf wie die Tatsache, dass Violet die ganze Zeit in den Staaten gewesen war, direkt vor seiner Nase.

Und hatte sie gerade *Sexshop* gesagt? Diese Frage musste er aufschieben. »Du bist hier gewesen? Am Cape Cod?«

Sie nickte.

»Aber du wusstest, dass ich in Boston wohne. Ich habe überall nach dir gesucht – natürlich außerhalb des Landes. Schließlich hast du mir erzählt, du wärst seit deiner Jugend nie länger als eine Woche in den Staaten gewesen. Warum bist du klammheimlich abgetaucht? Wir waren seit Monaten zusammen. Ich verstehe nicht, wie du ohne Abschied verschwinden konntest. Wir hatten uns gerade zum ersten Mal geliebt …«

»Und du hast mir einen Heiratsantrag gemacht!«, fauchte sie und setzte sich wieder in Bewegung. »Wer tut denn so was?«

»Wer so was tut?« Bevor sich ihre ruhelosen Schritte als Spur in den Fußboden fräsen konnten, verstellte er ihr den Weg. »Ich, Violet. Der Typ, der sich so verdammt heftig in dich verliebt hat, dass er sich ein Leben ohne dich nicht mehr vorstellen konnte. Lag ich mit meiner Einschätzung, was zwischen uns ist, wirklich komplett daneben? Dann habe ich mich die letzten zwei Jahre umsonst gequält.«

»Nein …«

»Was ist dann passiert? Habe ich dich in Panik versetzt?«

»Ja. Nein! Nicht du hast mich in Panik versetzt, sondern

das, was ich für dich empfunden habe.« Bebend setzte sie die Bierflasche ab und verschränkte die Arme.

»Glaubst du, mir hat das keine Angst gemacht? Für mich waren diese überwältigenden Gefühle genauso neu wie für dich.«

»Aber ich konnte nicht die Frau sein, die du an deiner Seite brauchst«, sagte sie grimmig. »Du warst ein prominenter Arzt, der in einer großen Stadt lebt, mit hochkarätigen Freunden, Einladungen zu eleganten Empfängen, schicken Abendessen und all dem anderen Scheiß, von dem du mir erzählt hast. Alles Zeug, das ich mir für mich nicht vorstellen konnte und wollte. Es tut mir leid, aber so was ist nichts für mich. Ich wollte den Mann, den ich aus Ghana kannte. Den Mann, dem die Menschen, denen er geholfen hat, wichtiger waren als alles andere in seinem Leben. Der kilometerweit ging, um Familien zu besuchen und nach ihren Kindern zu sehen, der in seiner Freizeit an Skulpturen gearbeitet und gezeichnet und gern mit den Dorfbewohnern unter dem Sternenhimmel gesessen hat. Und dem es egal war, ob seine Schuhe schmutzig wurden. Aber hier in den Staaten bist du in einem System gefangen, an das ich nicht glauben kann. Hängst am Handy, sorgst dich, ob du die richtigen Partys besuchst und was die Klatschseiten über dich schreiben.«

Er machte den Mund auf, um sich zu verteidigen, doch sie war schneller. »Versuch erst gar nicht, es abzustreiten. Du hast mir dein Leben ausführlich beschrieben und gesagt, so sei es immer gewesen.«

»Fuck.« Er fuhr sich mit der Hand durchs Haar und marschierte nun ebenfalls auf und ab. Sie hatte recht. Bis er sie getroffen hatte, hatte sein Leben exakt so ausgesehen. »Aber wenn du mit mir zurückgekommen wärst, hätte sich das geändert.«

»Du hättest nicht einfach aus allem ausbrechen können. Und selbst wenn – was wäre passiert, wenn du irgendwann festgestellt hättest, dass ich doch nicht das bin, was du wolltest? Wenn ich zu rastlos gewesen wäre, um zu bleiben? Du mich schlafend in einer Hängematte im Garten gefunden hättest, weil mir in deiner Wohnung die Luft zum Atmen gefehlt hätte? Oder wenn mir bei einem schicken Abendessen mit deinen Arztfreunden ein paar Schimpfworte und Flüche herausgerutscht wären? Was dann?«

Sie hielt schwer atmend inne und er las zwischen den Zeilen des Gesagten. Sie war von ihrem Vater verlassen worden und später von ihrer Mutter, und er wusste, dass sie Angst hatte, Desiree nicht zu genügen. Mein Gott, sie hatte ihn verlassen, um nicht selbst wieder verlassen zu werden.

»Ich hätte dich unglücklich gemacht und du hättest mir das übelgenommen«, sagte sie etwas weniger heftig. »Und ich hätte dir übelgenommen, dass du mich zu etwas machen wolltest, was ich nun mal nicht sein kann. Wenn du mich lieben würdest, wüsstest du, dass ich nicht das bin, was du brauchst.«

»Du hast uns keine Chance gegeben, gemeinsam darüber nachzudenken. Ich hatte gar nicht die Möglichkeit, dir zu zeigen, was ich mir für uns erhoffe.«

»Ist das wirklich so schwer zu kapieren?«, blaffte sie, doch ihre Augen flehten um Verständnis. »Es gab nie eine Wahl. Du hast gewusst, dass ich noch niemals irgendwo länger geblieben war. Ich konnte nicht deine Großstadtfrau sein, aber ich hatte mein ganzes Leben auf eine Chance gewartet, mit meiner Schwester zusammenzufinden. Und die Mail von Lizza klang, als könnte es dafür zu spät sein. Ich hatte eine letzte Chance, für Desiree da zu sein. Zu diesem Zeitpunkt dachte ich ja, sie müsste bald sterben.«

»Also hast du mich kurzerhand mit tausend Fragen zurückgelassen, was zum Teufel ich falsch gemacht habe.«

Tränen schimmerten in ihren Augen und sie schüttelte den Kopf. »Hätte ich versucht, mich zu verabschieden, wäre ich vermutlich nie gegangen. So sehr liebe ich dich! Was für ein schrecklicher Mensch muss ich sein! Denn wer stellt einen Mann über sein eigenes Fleisch und Blut? Ich war absolut überfordert, denn ich dachte ja, meine Schwester wäre bald tot. Und dich zu verlassen, hätte fast *mich* umgebracht. Ist dir das je in den Sinn gekommen?« Sie warf die Hände in die Luft. »Und dann tauchst du hier mit Lizza auf und machst alles kaputt.«

Er wollte nach ihr greifen, sie darauf hinweisen, dass sie von Liebe in der Gegenwartsform gesprochen hatte und nicht in der Vergangenheit. Aber ein zweites Mal konnte er sein Herz nicht in Stücke reißen lassen. Er musste wissen, woran er war. »Was mache ich denn kaputt?«

Sie biss die Zähne zusammen.

»Was, Violet? Das, was zwischen dir und demjenigen läuft, mit dem du gestern Abend ein Date hattest? Wenn du einen Freund hast, sag es mir einfach, dann lasse ich dich in Ruhe. Ich bin ans Cape gereist, um über dich wegzukommen, nicht um noch einmal in ein bodenloses Gefühlschaos zu stürzen.«

»Ich habe *keinen* Freund! Ich war nur … unterwegs.« Sie verschränkte erneut die Arme. »Und du? Bist du mit jemandem zusammen?«

Er schüttelte den Kopf, knirschte mit den Zähnen und fragte sich, in wessen Hemd sie am Morgen nach Hause gekommen war.

»Was habe ich denn dann kaputt gemacht?«, hakte er nach. »Deinen Versuch, Wurzeln zu schlagen, nur eben nicht mit mir?

Falls ja, dann tut das verdammt weh, aber ich bin ein großer Junge. Ich kann damit umgehen.«

»Nein! Ich wusste ja nicht mal, dass ich dazu fähig bin, Wurzeln zu schlagen. Als ich hier angekommen bin, wusste ich nur eins: Alles tat weh. Es tat weh, an dich zu denken, deinen Namen auszusprechen, zu wissen, dass ich den einzigen Mann, den ich je geliebt habe, zurückgelassen habe. Gott, Andre. Es tat so weh, dass ich Giftpfeile verschossen habe, sobald ich nur den Mund aufgemacht habe. Aber Desiree hat mich gebraucht. Sie konnte den Karren hier nicht allein aus dem Dreck ziehen. Wir waren beide von Lizza verletzt und betrogen worden, also habe ich gelernt, meine Gefühle für dich zu verbergen, um nur irgendwie zu funktionieren. Ich habe gelernt, eine Schwester und eine Freundin zu sein. Und ja, vielleicht bin ich darin manchmal noch ziemlich beschissen, aber ich weiß endlich, was es heißt, eine Familie zu haben.«

Sie senkte den Blick und sprach leiser. »Trotzdem habe ich mich die ganze Zeit gefragt, ob ich einen Fehler gemacht habe. Ob ich vielleicht doch die Partnerin hätte sein können, die du wolltest.« Sie hob den Blick. »Aber ganz ehrlich? Das hätte nie funktioniert. Sieh mich an.« Sie riss sich die Kapuzenjacke herunter und streckte die tätowierten Arme aus. »Sieht so eine Arztfrau aus? Ich sage, was ich denke, und das oft mit ziemlich krassen Worten. Ich kann Heuchelei nicht ausstehen, ich hasse Kleider und hohe Schuhe und für nichts und niemanden auf der Welt würde ich mein Motorrad hergeben.«

Er stellte sein Bier weg und nahm ihre Hand. Auf Distanz zu bleiben, hielt er keine Sekunde länger aus. Vielleicht hätte er viel wütender oder verletzter sein müssen. Aber zu erfahren, was sie durchgemacht hatte, half ihm, sie besser zu verstehen. Und ein wenig linderte es auch seinen Schmerz. »Weil du üble

Erfahrungen gemacht hast und weil ein paar ziemlich beschissene Leute dir dieses Gefühl vermittelt haben, glaubst du, du wärest nicht gut genug.«

Sie hob ihr Kinn. »Ich bin gut genug für mich. Und für Desiree.«

»Daisy …« Er schaute ihr in die Augen und bewunderte ihre Stärke, obwohl genau die es ihr ermöglicht hatte, von ihm wegzugehen. »Für mich warst du immer genug, so wie du warst. Und ja, du hast recht. In Boston hätten wir keine Zukunft gehabt.«

Sie senkte gequält den Blick.

Er hob ihr Kinn an, sodass sie ihn ansehen musste, und fuhr fort. »Aber nicht nur, weil du alles ablehnst, was fest zu meiner Welt gehört hat, oder weil du glaubst, du würdest nicht hineinpassen. Das Großstadtleben hätte dir nicht gefallen, das hätte mir klar sein müssen. Aber es gibt noch einen anderen Grund, weshalb Boston für uns nichts gewesen wäre. In der Zeit mit dir hat sich in mir etwas verschoben. Ich weiß, du dachtest, ich könnte mich nicht ändern, ohne es dir übel zu nehmen. Und vielleicht hätte ich dir tatsächlich eines Tages Vorwürfe gemacht, wenn ich mich für *dich* geändert hätte. Aber *dank* dir habe ich die Welt mit anderen Augen betrachtet, und mir ist klar geworden, wer und was ich wirklich sein wollte. Ich habe Operation SHINE übernommen und umgekrempelt, habe meine Praxis und mein Haus in Boston verkauft, zusammen mit dem ganzen anderen teuren Kram. Und den BMW habe ich gegen ein Motorrad getauscht. Du hast Wurzeln geschlagen, ich habe meine ausgerissen.« Er atmete tief durch und schüttelte den Kopf. Sie beide hatten komplett die Seiten gewechselt. »Mit SHINE werden wir immer innerhalb von anderthalb Jahren zwei Kliniken eröffnen. Ich will jeweils drei bis vier Monate vor

Ort sein, um sicherzustellen, dass ausreichend Personal da ist und alles rundläuft. Wenn ich nicht in den Kliniken im Einsatz bin, koordiniere ich mit meinem Team hier in den Staaten die Spendenaktionen, suche medizinisches Personal und bereite den nächsten Standort vor. Und versuche, die Frau zu vergessen, die mein Leben derart auf den Kopf gestellt hat.«

Er hatte sein ganzes Leben geändert, alles aufgegeben, um aus den Samen, die sie ausgestreut hatte, einen Garten sprießen zu lassen. Das machte sie genauso sprachlos wie die Bestätigung, wie tief sie ihn verletzt hatte. Violet schnappte sich ihr Bier und trank einen Schluck. Am liebsten wäre sie kopfüber hineingesprungen und abgetaucht.

Andre lachte leise. »Das ist auch eine Möglichkeit, damit umzugehen.«

»Hilft nur leider nicht. Glaub mir, ich hab es versucht.« Sie sank auf die Armlehne eines Sessels. »Ich kann es nicht glauben. Du bist ein moderner Patch Adams geworden und ich betreibe eine Frühstückspension.«

»Wir müssten uns kaputtlachen.« Ohne den Mund zu verziehen, sah er sich im Cottage um. »Das hier gehört dir also auch?«

Sie nickte.

»Und hier ist jetzt dein fester Wohnsitz?«

»Seit meiner Ankunft am Cape habe ich nicht mal den Bundesstaat verlassen.« Das fiel ihr erst jetzt auf. Tatsächlich war sie nicht nur geblieben, sondern hatte auch kein Verlangen gehabt, wie früher ständig unterwegs zu sein.

»Ich kann mir das gar nicht vorstellen. Du warst meine wilde Streunerin, wolltest immer so viel für andere tun und hast für dich selbst fast nichts gebraucht. Und jetzt hast du all das hier.«

»Ich hätte nie gedacht, dass ich es schaffe zu bleiben, aber ich wollte das einzige echte Zuhause, das ich je gekannt habe, nicht verlieren. Als Desiree gesagt hat, sie geht zurück nach Virginia, habe ich mich entschieden zu bleiben. Und als sie gesagt hat, wenn ich bleibe, bleibt sie auch, wusste ich, dass ich hier richtig bin. Mir war nicht wirklich klar gewesen, wie sehr ich mich nach einer engen Verbindung mit meiner Schwester gesehnt habe, bis Lizza uns mit ihrem üblen Trick hierhergelotst und sich dann verdrückt hat.«

»War es schwer? Sich umzugewöhnen?«

Sie nickte. »Und du hast mir so sehr gefehlt, dass ich nicht wusste, ob ich es überlebe.« *Es tut immer noch weh, und jetzt, wo du hier bist, noch hundertmal mehr.* »Desiree hat sich gleich nach ihrer Ankunft am Cape in Rick verliebt, was für mich alles noch viel schwerer gemacht hat. Natürlich habe ich mich für sie gefreut, aber meine Wunden wurden wieder aufgerissen. Ich habe mit dem Gedanken gespielt, mich bei dir zu melden, sobald dein Vertrag abgelaufen war. Dass du wieder in Boston sein würdest, wusste ich ja. Aber ich konnte ja noch immer nicht die Frau sein, die du brauchst.« Sie erzählte ihm nicht, dass sie hiergeblieben war, als die anderen nach Boston gefahren waren, um Serena während ihres Intermezzos dort zu besuchen. Ihn ganz in ihrer Nähe zu wissen, wäre einfach zu schmerzhaft gewesen.

»Danke, dass du mir das alles erklärt hast.«

Sie zuckte mit einer Schulter. »Ich weiß nicht, ob es etwas bringt, aber für mich ist es, als hätte man mir einen ganzen verdammten Lastwagen voller Felsbrocken von der Brust genommen.«

Er lachte. »Und mir kommt es vor, als wäre einer gleich mehrmals über meine Brust gefahren.«

Gott, sie hatte ihn vermisst. Sie wollte die Arme um ihn werfen, ihm die Kleider vom Leib reißen und ihn so lieben, wie sie es sich schon so lange erträumte. Aber er war nicht wie die anderen Männer, mit denen sie irgendwann zusammen gewesen war. Sie wusste, was passieren würde, wenn sie miteinander schliefen …

»Ich habe keinen Schimmer, wie es jetzt weitergehen soll«, gab sie schließlich zu.

»Wir könnten versuchen, neu anzufangen, aber woher weiß ich, dass du nicht wieder davonläufst?«

Violet lächelte. »Wo soll ich denn hin? Das hier ist mein Zuhause.« Sie hielt inne. Sicher konnte er ihr Herz in ihrer Brust pochen hören. Er hatte keinen Grund, ihr zu vertrauen, und das machte ihr mindestens so viel Angst, wie ihm wieder ganz nah zu sein. »Ich habe keine Ahnung, wie ich das jetzt angehen soll.«

Andre trat näher, seine dunklen Augen schauten sie flehend an. Worum sie sie baten, wusste sie nicht. Aber er roch so vertraut, und als er ihr eine Haarsträhne von der Schulter strich, jagte seine Berührung ihr wohlige Schauer über die Haut.

»Was denn angehen?«, fragte er leise.

Sie konnte kaum atmen, aber sie hatte sich jahrelang vor ihren Gefühlen versteckt, und jetzt wollte sie das nicht mehr. »Dir nah sein, ohne dir gehören zu wollen.«

»Dann müssen wir vielleicht wirklich noch mal neu anfangen, denn es klingt, als wären wir beide nicht mehr dieselben wie noch vor zwei Jahren. Und ich glaube, wir haben ein

Vertrauensproblem, an dem wir dringend arbeiten müssen.«

Sie hätte gern gewusst, was ihm vorschwebte. Wollte er einen Neuanfang als Freunde? Oder einen, der sie in getrennte Welten führte? Sie wagte nicht, ihn zu fragen.

Er rückte ein Stück von ihr ab und ihr Herz sank. Einen endlosen Moment lang schwieg er. Sie hatte viel zu viel Angst, die Mischung von Gefühlen in seinem Blick zu deuten. Und verdammt, Angst zu haben hasste sie.

Scheiß drauf. Von Angst wollte sie sich nicht beherrschen lassen.

»Solltest du mich jetzt nicht küssen?«, fragte sie herausfordernd.

Seine Mundwinkel kräuselten sich nach oben. »Moment! Ich glaube, wir wurden uns noch gar nicht richtig vorgestellt. Ich bin Andre Shaw. Die meiste Zeit des Jahres bin ich unterwegs, um Familien in den abgelegensten Winkeln der Welt medizinisch zu versorgen.«

Wieder brannten Tränen in ihren Augen, und auch das hasste sie, obwohl es diesmal Glückstränen waren.

»Verdammt, Andre …«

Sie stellte sich auf die Zehenspitzen und presste ihre Lippen auf seine. Dabei hoffte sie von ganzem Herzen, dass er sie nicht zurückweisen würde. Doch er erwiderte ihren Kuss und der Knoten in ihrer Brust löste sich. Als er den Kuss vertiefte, gab es bald nichts anderes mehr als seinen Mund, der ihren liebte, und seine starken Hände, die sie festhielten. Sie hörte nur noch das Rauschen des Blutes in ihren Ohren, spürte nur das Pochen ihres Herzens an seiner Brust. Und dann passierte, was immer passiert war. Ihre Knie wurden weich, ihr Inneres zerfloss und ihr ganzer Körper wollte mit seinem verschmelzen. Sie musste sich zusammenreißen, aber er schmeckte so gut und so richtig, und oh, wie sehr hatte sie ihn vermisst! Sie hatte geglaubt, sie würde ihn nie wiedersehen, und jetzt war er da und küsste sie zurück.

Aber wenn sie jetzt nicht aufhörte, und aufhören wollte sie nicht – was dann?

Fuck. Fuck, fuck, fuck.

Sie hatte keinen blassen Schimmer, wie man einen Neuanfang machte. Zu den Frauen, die genau wussten, wie man sich in einer Beziehung verhielt, hatte sie nie gehört. Was, wenn sie die Sache noch mal in den Sand setzte?

Und was, wenn nicht?

An diesen Hoffnungsfaden geklammert beendete sie widerstrebend den Kuss. Sie war außer Atem und wollte mehr. Mit der Zungenspitze leckte sie seinen Geschmack von ihren pochenden Lippen und räusperte sich. »Ich bin Violet Vancroft. Mir gehören das Summer House Inn und die Cottages.« *Los, weiter. Sag etwas. Irgendwas. Lass es jetzt bloß nicht enden.* »Ich wohne nebenan und bin seit mehr als zwei Jahren nicht mehr gereist. Wenn du möchtest, kannst du mich nach Hause begleiten, aber mit reinkommen kannst du nicht.«

»Oh Daisy …«

»*Violet.*« Ihn zu korrigieren, brachte sie fast um, aber die Art, wie er *Daisy* sagte, so voller Liebe, hatte sich kein bisschen verändert. Wenn er ihren Namen so aussprach, hatte sie keine Chance, diesen zweiten Anlauf ruhig und in kleinen Schritten anzugehen.

»Violet«, wiederholte er und griff nach ihrer Hand. Auf dem Weg aus der Tür fragte er: »Warum kann ich nicht mit reinkommen?«

»Weil ich dich viel zu sehr mag. Aber wenn du unterwegs artig bist, gebe ich dir vor meiner Haustür einen Kuss, der dich verdammt noch mal umhaut.«

Fünf

»Bist du schon weitergekommen mit deiner Entscheidung?« Mit dem Smartphone am Ohr trat Andre aus der Haustür. Endlich hatte er wieder einmal gut geschlafen und fühlte sich frisch.

»Irgendwie schon«, antwortete Brindle. Sie war immer noch in Paris. »Ich glaube, du hast recht. Ich muss mich der Tatsache stellen, dass ich schwanger bin, und will mich nicht länger verstecken.«

Den Urlaub in Paris hatte sie eigentlich geplant, um darüber nachzudenken, wie es in ihrem Leben weitergehen sollte. Und dann hatte sie festgestellt, dass sie schwanger war. Sie und Andre hatten sich dort angefreundet, gemeinsam über das Leben und die Liebe philosophiert, und darüber, was Glück bedeutete.

»Gut. Das freut mich, Babe.« Er ging Richtung Summer House. Sofort entdeckte er Violets seidiges schwarzes Haar. Erleichterung durchrieselte ihn. Zwar hatte sie beteuert, sie wüsste gar nicht, wohin sie flüchten sollte, aber bei ihr musste man mit allem rechnen. Auch dass ihr über Nacht Zweifel kamen und sie ihn wieder sitzenließ. Diese Frau brauchte keinen Ort, an den sie flüchten konnte. Sie fand ihren Weg auch ohne ein vorgegebenes Ziel. Das hatte sie von klein auf gelernt.

»Übrigens«, fuhr er fort, »danke für deinen Rat. Ich bin tatsächlich mit Lizza ans Cape gefahren.«

»Und?«

Violet saß mit Desiree, Serena, Chloe und Emery, ihrer neuen Familie, auf der Terrasse am Haus beim Frühstück. Diese Familie gönnte er ihr von Herzen, auch wenn er deshalb zwei Jahre lang durch die Hölle gegangen war. »Das Cottage, in dem ich wohne, gehört der Frau, von der ich dir erzählt habe.«

»Was soll das heißen? Es *gehört* ihr? Ich dachte, ihre Besitztümer passen in eine Sporttasche und sie würde nirgendwo lange bleiben.«

»Ja, so war das tatsächlich mal.« Violet hob den Kopf. Ihr Blick traf seinen und es war wie ein Stromschlag. »Manchmal ändern sich Menschen wohl doch ziemlich grundlegend.« Er betrat den umzäunten Bereich und winkte Rick, Dean und Drake zu, die gerade verschwitzt und ohne Shirts vom Strand heraufjoggten. »Hör mal, Brindle, ich muss aufhören. Aber ich denke, du machst es genau richtig. Und falls du mich brauchst, ich bin da. Lass mich wissen, wie es läuft, wenn du wieder in Oak Falls bist.«

Er beendete den Anruf, steckte das Telefon weg und sah, wie Violet die Stirn runzelte und demonstrativ an ihm vorbeischaute.

»Hast du eben Oak Falls gesagt? Oak Falls, Virginia?«, fragte Desiree, während sie Sirup über köstlich duftende frische Waffeln goss.

»Ja. Ich habe mit einer Freundin telefoniert, Brindle. Sie wohnt in Oak Falls.«

»Wie bitte? Etwa Brindle Montgomery?« Emery warf Desiree einen Blick zu, die ihrerseits ihn und Violet mit Adleraugen beobachtete. »Desiree, Gavin und ich sind aus Oak Falls. Und

Violet hat auch dort gelebt, bis Lizza mit ihr losgezogen ist.«

»Gavin war erst diesen Sommer mal wieder für ein Wochenende dort«, sagte Serena.

»Wow. Die Welt ist klein. Brindle habe ich kennengelernt, als ich wegen einer Konferenz in Paris war. Sie war zum ersten Mal dort und ich habe ihr die Stadt gezeigt.« Den Namen ihres Heimatorts hatte Violet ihm gegenüber nie erwähnt. Er schaute zu ihr hinüber, doch sie wandte sich ab und steckte sich ein Stück von ihrem Muffin in den Mund.

Chloe gab ihm einen Teller und klopfte auf den Stuhl neben sich. »Setz dich. Es gibt ein tolles Frühstück mit jeder Menge Extras. Des und Rick sind noch nicht zu ihrer Hochzeitsreise aufgebrochen, aber die Flitterwochen haben offiziell schon begonnen, wenn du weißt, was ich meine.« Sie zwinkerte und Violet warf ihr einen düsteren Blick zu. »Was ist? Jeder weiß doch, dass Desirees Frühstückskreationen immer besonders lecker sind, wenn sie und Rick es in der Nacht zuvor richtig wild getrieben haben.«

Diese merkwürdige Erklärung hörte er nur mit einem Ohr. Die Frage, ob Violet auf Chloe eifersüchtig war, beschäftigte ihn viel mehr. Falls dem tatsächlich so war, war auch das etwas Neues.

»Ein Frühstück wie für einen König«, sagte Rick, während er und die anderen Männer durchs Gartentor traten. Er beugte sich zu Desiree und küsste sie. »Hey, schöne Ehefrau. Das sieht unglaublich lecker aus.«

Dean setzte sich neben Emery. »Ich würde sagen, das reicht für mehrere Könige. Stimmt's, Süße?« Er beugte sich zu einem Kuss zu ihr.

Andre stand auf und schlenderte um den Tisch.

»Für mehrere sehr heiße Könige«, ergänzte Serena, spießte

ein Stück Waffel auf ihre Gabel und hielt es Drake hin, der sich zwischen ihr und Chloe niederließ.

»Es ist wirklich genug da«, sagte Emery. »Matt, Mira und die Kinder kommen meist nur in den Schulferien zum Frühstück. Gavin hat gleich heute Morgen eine Besprechung mit einem Kunden und Daphne hat keine Zeit. Sie muss irgendwas für ihren Buchclub organisieren.«

»In dem Buchclub bin ich auch.« Chloe verfolgte Andre mit ihrem Blick. »Daphne stellt gerade das Programm für unser nächstes Treffen zusammen.«

»Ich wusste gar nicht, dass du lesen kannst«, scherzte Serena.

Emery zeigte auf das Essen. »Greif zu, Andre. Und dann erzähl uns, wie es Brindle geht, bevor diese beiden hier endlos aufeinander einhacken.«

Er wusste, dass Brindle noch niemandem etwas von der Schwangerschaft erzählt hatte. »Es geht ihr gut, sie genießt ihren Urlaub«, erklärte er deshalb ganz unverbindlich. Dann türmte er Obst und Rührei auf seinen Teller, setzte sich neben Violet und raunte so leise, dass nur sie es hörte: »Guten Morgen, du Schöne. Gut geschlafen?«

»Keine Ahnung«, knurrte sie. »Wie hat Brindle denn geschlafen?«

Er gluckste. *Eindeutig. Du bist eifersüchtig.*

»Wie eng bist du denn mit Brindle befreundet?«, fragte Desiree.

»Hattet ihr beide in Paris was am Laufen?«, hakte Emery nach. »Einen gut aussehenden Kerl wie dich hat sie sicher nicht von der Bettkante gestoßen.«

Jetzt fing er sich zusätzlich zu Violets Killerblicken auch welche von Chloe und Desiree ein. *Verdammt. Was habe ich denn getan?*

Ein Motorrad bretterte die Einfahrt herauf und alle fuhren herum.

»Oh Shit«, murmelte Violet, als der Fahrer abstieg und sich den Helm vom Kopf zog.

»Oh mein Gott!« Emery sprang auf. »Das ist er! Das ist Vis nackter Mann! Der Langschniedel-Typ aus ihrer Küche!«

Dean zog Emery an ihrem Shirt auf ihren Stuhl zurück und stand auf, während die anderen dem imposanten Kerl entgegenschauten, der vom Parkplatz herübermarschierte. »Justin Wicked? Er ist der Typ, den du nackt gesehen hast?«

»Du hast Justin vernascht?«, fragte Chloe Violet. »Warum weiß ich davon nichts?«

Andre knirschte mit den Zähnen. *Du hast keinen Freund? Ah ja.*

Als Justin durchs Gartentor kam, stand Violet auf. »Was machst du hier?«

»Hey, Babe. Ich wollte mich bloß vergewissern, dass bei dir alles in Ordnung ist.« Justin warf einen Blick in die Runde.

Andre stellte sich neben Violet und starrte seinen Widersacher an. Die Art, wie dieser muskulöse Kerl ihn musterte, verriet ihm, dass er Violet für sich wollte. Und zum Teufel, das konnte er ihm nicht vorwerfen. Zu glauben, sie hätte ihn nach all der Zeit nicht längst ersetzt, war ziemlich naiv gewesen. Er stapfte an Violet vorbei. »War schön, dich wiederzusehen.«

Violet packte ihn am Arm. Sie zeigte auf Justin und sagte: »Du. Setz dich hin und iss. Ich bin in einer Minute wieder da.« Damit zerrte sie Andre durchs Tor und von den anderen weg.

»Du schuldest mir keine Erklärung«, sagte er.

»Halt die Klappe!« Sie ließ seinen Arm los. »Das ist der Typ, von dem ich dir in Ghana erzählt habe. Der, den ich kenne, seit ich zwölf war.«

»Schön. Und jetzt spielt er in deinem Leben eine recht große Rolle. Gib es doch einfach zu, Violet. Dass Emery in deiner
Küche ihn als *nackten Langschniedel-Typ* gesehen hat, beweist
doch eindeutig, dass du mit mir spielst.«

Ihre Nasenflügel bebten. »Bullshit! Ich spiele nicht mit dir,
das habe ich nie getan. Aber es stimmt, er hat in meinem Leben
einen besonderen Platz. Bloß nicht so, wie du denkst. Mit ihm
bin ich schon sehr lange eng verbunden, jedenfalls enger als mit
den meisten anderen Menschen. Als Teenies waren wir dicke
Freunde, und als Lizza mich hierhergelockt hat, haben wir
unsere Freundschaft wieder aufgenommen. Und, noch mal ja,
als Teenager haben wir miteinander geschlafen. Vor etwa
hundert Jahren! Und danach noch ein einziges Mal, in der
ersten Nacht nach meiner Rückkehr hierher. Ich habe versucht,
dich mir aus dem Hirn zu vögeln. Aber weißt du was? Es hat
verdammt noch mal nicht funktioniert! *Nichts* hat funktioniert.«

»Ach, und jetzt soll ich mich wohl freuen?«, zischte er zwischen zusammengebissenen Zähnen hervor. »Dass du ihn
gevögelt hast, um mich zu vergessen, aber leider erfolglos?«

»Ist das irgendwie wichtig? Stimmt, zwischen Justin und mir
war mal was. Wenn du damit nicht klarkommst, Pech für dich!
Das lässt sich nämlich nicht mehr ändern. Ich verstehe, dass du
mir nicht vertraust, und das kann ich dir nicht verdenken, denn
ich habe mich benommen wie ein Arsch und dich ohne ein
Wort verlassen. Aber gestern Abend habe ich nicht gelogen.
Und ob du's glaubst oder nicht – Justin und ich sind wirklich
bloß Freunde.«

»Du hast drei Monate gebraucht, um mit mir zu schlafen.
Und dann kommst du zurück und springst direkt mit diesem
Kerl in die Kiste?«

»Ich vertraue ihm. Was wäre dir denn lieber gewesen? Dass

ich mich über einen x-beliebigen Unbekannten hergemacht hätte?«

»Wohl kaum. Ich muss ein echter Trottel sein. Wir waren monatelang zusammen, und ich habe geglaubt, du vertraust mir!«

»Das war was anderes! Mein Vertrauen zu Justin ist über Jahre gewachsen, und ich wollte, dass er mich vor mir selbst beschützt. *Dir* habe ich *mein Herz* anvertraut! Seit dem einen Mal nach meiner Rückkehr ans Cape war ich nicht mehr mit ihm im Bett. Und stimmt, Emery hat ihn nackt in meiner Küche gesehen. Na und? Was ist schon dabei! Du weißt genau, dass ich kein Problem mit Nacktheit habe. Die dort drüben …« Sie deutete zu ihren Freunden hinüber und senkte die Stimme. »… wissen nicht mal, dass ich einen nackten Körper zeichnen kann, geschweige denn einen aus Ton formen. Und dass man nackt neben jemandem schlafen kann, ohne gleich drauflos zu vögeln, können die sich nicht mal im Traum vorstellen. In der Nacht, bevor Emery Justin gesehen hat, ging es mir so richtig beschissen. Deshalb ist er bei mir geblieben. Er hat *bei* mir geschlafen, nicht *mit* mir. Verstehst du denn nicht, Andre? Sex war für mich immer nur … Ach, ich weiß nicht. Es war eine Möglichkeit, wenigstens *irgendwas* zu fühlen. Oder *gar nichts*. Keine Ahnung.«

»Warum hat es dann so lange gedauert, bist du mit mir dazu bereit warst?«

»Weil mit dir zusammen zu sein, dir alles anzuvertrauen, was mir irgendwie wichtig war, dir Dinge zu erzählen, die sonst niemand über meine Familie und über mich weiß, dich zu küssen, meine Hand in deine zu legen, in deinen Armen zu schlafen und wirklich nur zu schlafen – mich so unglaublich tief berührt hat. Wenn ich deswegen ein Waschlappen bin, dann ist es eben so. Und als es dann endlich passiert ist und wir uns geliebt haben, bin ich nicht damit klargekommen. Die Gefühle waren zu groß, sie haben mir Angst gemacht. Ich wusste nicht mal mehr, wer ich war, und bin unter deinen Berührungen regelrecht geschmolzen. Ich habe mich in Mus verwandelt wie ein schwaches, lachhaftes Mädchen. So sehr liebe ich dich!«

Ihre Augen sprühten Funken. Sie straffte die Schultern, bohrte einen Finger in seine Schulter und blaffte: »Und überhaupt! Wie kommst du dazu, dir ein Urteil über mich anzumaßen? Was ist mit dieser Brindle? Hast du dir wegen ihr *Faith in Love* auf die Schulter tätowieren lassen?« Ihr Finger bohrte heftiger. »Gestern Abend hast du deine Gefühle vor mir ausgebreitet und behauptet, du wärest nie über mich weggekommen. Dabei hast du in Paris irgendeine Trulla gevögelt. Inwiefern bist du dann besser als ich?«

»Ich habe nicht mit Brindle geschlafen«, gab er barsch zurück. »Sie ist eine Freundin und hat es gerade nicht leicht. Sie hat mir geraten, Lizzas Angebot anzunehmen, mit ihr hierher zu kommen. Und vor ein paar Minuten habe ich ihr noch dafür gedankt.«

»Und jetzt …?« Sie hob das Kinn, aber ihr gottverdammter linker Fuß drehte sich unwillkürlich nach innen, nahm ihm den Wind aus den Segeln und forderte Ehrlichkeit.

»Jetzt frage ich mich, wie viel Mist wir noch aufarbeiten müssen, damit wir nicht mehr streiten und alle Verletzungen hinter uns lassen können.« Er atmete schwer, war in seinem Gefühlstumult wie gefangen. Ihm blieb nur die Flucht nach vorn und schonungslose Offenheit. »Mit anderen Frauen zusammen zu sein, habe ich versucht. Aber keine konnte dich ersetzen. Deshalb habe ich das schon lange aufgegeben. Und *Faith in Love* habe ich mir deinetwegen tätowieren lassen. Die drei Worte sollten mich bei jedem Blick in den Spiegel ermahnen, dass das, was zwischen uns passiert ist, mich nicht in einen bitteren, zynischen Mann verwandeln darf, der nicht mehr an die Liebe glaubt. Aber sie haben mich immer nur an dich erinnert, und wie sehr ich mit dir und nur mit dir zusammen sein wollte.«

Er atmete laut aus, fühlte sich wie ein Ballon, aus dem die Luft entwichen war. »Verdammt, Violet.« Sein Zorn war verraucht, in ihm brannte kein Schmerz. Er schlang einen Arm um ihre Taille und zog sie an sich. »Du liebst mich auch.«

Ihre schönen grünen Augen, die er so lange nur in seinen Träumen gesehen hatte, weiteten sich fast unmerklich, so als könnte sie nicht glauben, dass er die Wahrheit kannte. Dann wurde ihr Blick plötzlich weich.

»Du hast es zweimal gesagt«, erinnerte er sie ein wenig ruhiger. »Einmal gestern Abend und jetzt gerade wieder. ›So sehr liebe ich dich‹, hast du gesagt.«

Sie schluckte und sah dabei so verletzlich aus, dass er sie beschützen wollte. »Als wir zusammen waren, haben wir uns nie gestritten«, fuhr er fort. »Ich weiß nicht, ob unser Streit jetzt bedeutet, dass wir uns lieber trennen sollten. Oder ob nur Jahre voller Schmerz und Wut ans Licht müssen, um ausgelöscht zu werden. Und verdammt, mir ist egal, was es ist! Ich gebe nicht auf, und ich gehe nicht weg, denn dir, Violet Vancroft, gehört mein Herz. Und ob es dir gefällt oder nicht, ich glaube, deines gehört mir.«

Aus dem Augenwinkel sah Violet, wie Justin auf sie zusteuerte. Seufzend wich sie einen Schritt zurück.

Andre schaute Justin fest in die Augen und versuchte, die Eifersucht im Zaum zu halten, die ihm schmerzhaft ins Herz schnitt. Er hob grüßend das Kinn, Justin antwortete mit einem kurzen Nicken.

Mit dem Daumen deutete er über seine Schulter. »Tut mir leid, wenn ich unterbreche. Aber, ähm … die Sache mit uns ist jetzt kein Geheimnis mehr, Babe. Ihr beide seid ziemlich laut.«

»Shit«, murmelte Andre. »Sorry, Vi.« Er straffte die Schultern und streckte Justin die Hand hin. »Andre Shaw.«

Justin ergriff die Hand. »Justin Wicked.«

Die Spannung zwischen den beiden Männern, die einander kritisch musterten, lag greifbar in der Luft. Justin war noch nie zum Summer House Inn gekommen, um Violet zu besuchen. Und sie fragte sich, weshalb er ausgerechnet heute auftauchte. Aber darüber konnte sie jetzt nicht nachdenken.

Sie trat zwischen den knallharten Biker und die besitzergreifende und ganz unwiderstehliche Mischung aus Künstler und Arzt und hob die Hände. »Könntet ihr wohl euren inneren Gorilla wieder einpacken?«

Keiner der beiden rührte sich von der Stelle.

»Großer Gott, Jungs. Reißt euch zusammen, okay? Was soll der Mist?«

Andre und Justin räusperten sich beinahe gleichzeitig und murmelten etwas vor sich hin.

»Die *Real Housewives of Wellfleet* da drüben am Tisch kriegen sich gar nicht mehr ein«, sagte Justin. »Dean und die anderen Jungs haben sich verzogen, als klar war, dass sie sich um Violet keine Sorgen machen müssen.« Obwohl er mit Violet redete, hing sein Blick dabei an ihm. »Es ist doch alles in Ordnung bei dir, oder?«

»Jap«, antwortete sie knapp. »Alles bestens.«

Ein Lieferwagen rumpelte die Einfahrt entlang. »Da kommt mein Zeug«, sagte Andre. Wie um seine Besitzansprüche noch einmal zu bekräftigen, berührte er Violet an der Hüfte. »Bis gleich.« Er nickte Justin zu, Justin nickte zurück.

Sobald sich Andre abwandte, trat Justin einen Schritt näher.

Violet hob eine Hand, schaute Andre hinterher und sagte: »Gib mir erst mal einen Moment zum Durchatmen.«

»Das ist also der Typ, von dem du Dixie und mir erzählt hast?«

»Ja.« Sie nickte. »Der, den ich so gnadenlos abserviert habe. Ich bin ein echtes Miststück, Justin.«

Justin legte die Arme um sie und drückte sie fest. »Du bist kein Miststück. Du bist es nur nicht gewöhnt, dich von jemandem lieben zu lassen.« Er drückte ihr einen Kuss auf die Stirn und trat einen Schritt zurück.

»Was bin ich bloß für eine Loserin.«

»Eine großartige.« Er zwinkerte. »Mit deinen Freunden hier hast du übrigens ein Riesenglück.« Er schaute zu Andre hinüber, der gerade zusammen mit dem Fahrer des Lieferwagens ein paar Kisten ablud. »Die Jungs waren alle schon sprungbereit und wollten dich retten.«

»Dieser ganze Mist geht sie nichts an. Und dir habe ich es ja schon gesagt, Andre ist einer von den Guten.«

»Das wollte ich ihnen vorhin erklären. Aber in dem Moment seid ihr beide so laut geworden, dass ich nichts mehr erklären musste. Tut mir leid, dass das mit uns für Stress mit ihm gesorgt hat.«

Sie schüttelte den Kopf. »Schon gut. Natürlich ist er nicht begeistert, dass wir miteinander im Bett waren. Aber wütend ist er nur auf mich allein. Wenn ich nicht so verdammt verkorkst wäre, hätte ich mich in Ghana wie ein ganz normaler Mensch von ihm verabschiedet. Wer weiß, wie dann alles gelaufen wäre.«

»Wenn du so wärst wie alle anderen, wären wir zwei niemals Freunde geworden. Du bist die coolste Braut, die ich kenne, und ich würde absolut nichts an dir ändern.« Er deutete mit dem Kinn auf Andre. »Ich habe gehört, was er zu dir gesagt hat. Und mir scheint, eure Trennung hat ihn heftig gebeutelt. Aber wenn ich es richtig sehe, erwartet er nicht, dass du dich änderst. Der Mann will dich und er braucht dich, Vi. Nicht mehr und nicht weniger.« Er zog die Motorradschlüssel aus der Hosentasche. »Du kommst klar, oder?«

»So wie immer. Du kennst mich doch.«

»Ja. Wenn du mich brauchst, du weißt, wo du mich findest.« Dann hob er eine Braue. »Nackter Langschniedel-Typ, ja?«

Sie lachte. »Vielleicht kriegst du jetzt ein Date mit Chloe.«

»*Shit* ... Wenn es nach Dixie geht, bin ich demnächst unterwegs nach Maryland zu einem Date mit einer ihrer Freundinnen, die in der Bar ihrer Familie arbeitet. Bis bald.«

Mit angehaltenem Atem schaute sie zu, wie Justin zu Andre ging. Als er mit dem Anflug eines Lächelns die Hand ausstreckte, atmete sie auf. Sie hatte nicht damit gerechnet, Andre je wiederzusehen. Und jetzt stand Justin bei ihm, der einzige Mensch auf der Welt, dem sie anvertraut hatte, was sie für Andre empfand. Verdammt, ihr war nicht wohl in ihrer Haut. Zu gern hätte sie Andre vor Justins gnadenlosem Großer-Bruder-Blick beschützt. Aber Andre konnte gut auf sich selbst aufpassen. Gleichzeitig wollte sie Justin vor Andre beschützen, der sichtlich Wert darauf legte zu zeigen, wer bei ihr die Nummer eins war. Aber auch das konnte sie sich sparen. Sie kannte beide Männer gut genug, um sie tun zu lassen, was sie tun mussten. Besser sie kümmerte sich erst einmal um die Tratschtruppe am Frühstückstisch.

Was die beiden Männer zueinander sagten, konnte sie nicht hören. Aber als sie sich mit ernsten Mienen zu ihr drehten, machte sie sich auf den Weg zu den Frauen, um sich den Nachwehen ihrer Vergangenheit zu stellen.

Kaum war sie durchs Gartentor, sprangen sofort alle auf und scharten sich um sie – wie ihre persönliche Kavallerie, nicht wie ein auf Klatsch versessener Hühnerhaufen.

»Alles in Ordnung?« Desiree legte ihr einen Arm um die Schultern.

Emery rückte näher. »Das war ziemlich heftig. Ich hatte Angst, du klappst zusammen und brichst in Tränen aus.«

»Sie lieben dich, Vi«, sagte Serena. »Alle beide, nur auf unterschiedliche Art. Aber hör mal, Mädel, was hast du bloß für Geheimnisse! Warum redest du nicht mit uns?«

»Ich wollte deinen Kerl nicht anbaggern, wirklich nicht! Bitte reiß mir nicht den Kopf ab«, flehte Chloe.

Violet warf die Hände in die Luft und schüttelte die Frauen ab. »Es geht mir gut, ich klappe nicht zusammen und Chloe kann ihren Kopf behalten.«

»Gott sei Dank.« Chloe drückte sich eine Hand aufs Herz.

»Hast du gewusst, dass Andre herkommt?«, fragte Emery.

»Die Königin der Coolness hat einiges zu erklären«, sagte Serena. »Über unser Liebesleben willst du immer genau Bescheid wissen. Zeit für eine Gegenleistung. Da standen sich gerade zwei Typen gegenüber, die dich beide beschützen wollten. Ich dachte, gleich fliegen die Fäuste.«

»Oder es endet mit einem heißen Dreier.« Emery lachte.

Violet starrte düster in die Runde. »Träumt weiter. Noch

mehr Details über mein Liebesleben erfahrt ihr von mir nicht. Und nein, ich hatte keine Ahnung, dass Andre hier auftaucht. Und er wusste nicht, dass ich hier bin.« Sie fasste kurz zusammen, was sie Desiree bereits über Ghana, Andre und seinen spontanen Trip ans Cape erzählt hatte.

»Verdammt. Wenn es darum geht, Chaos anzurichten, ist auf Lizza absolut Verlass«, sagte Emery. »Und wir haben alle geglaubt, du wärst auf Bali gewesen.«

Violet verdrehte die Augen. »Weil ihr ständig tratscht und schnattert und dabei alles durcheinanderbringt. Als Desiree und ich hier am Cape angekommen sind, habe ich mal erklärt, im Zweifel würde ich zurück nach Bali gehen und dort mein Leben sortieren. Aber das heißt nicht, dass ich direkt von dort hierhergekommen bin. Es heißt bloß, dorthin wäre ich gegangen, wenn ich nicht hiergeblieben wäre.«

»Okay, halb so wild. Aber jetzt, wo Andre alles losgeworden ist, was er sagen wollte, sollte er dich besser nicht mehr so anblaffen. Sonst kriegt er es mit uns zu tun«, beharrte Emery.

Auch alle anderen beteuerten sofort, dass sie Mitglieder des frisch gegründeten Beschützt-Violet-Clubs waren. Dabei gab es den eigentlich schon länger, ohne dass es jemandem groß aufgefallen war. Diesen Frauen verdankte sie unglaublich viel, am meisten allerdings Desiree.

An der Hand zog sie ihre Halbschwester ein paar Schritte von den anderen weg und schaute ihr in die besorgt blickenden Augen. »Ich bin okay. Wirklich, Des.«

»Ich wollte zu dir, aber Rick hat mich zurückgehalten. Er hat gemeint, ich soll dich einfach machen lassen. Aber so habe ich dich noch nie gesehen. Als wolltest du gleich weinen, weglaufen und etwas kaputtschlagen. Alles gleichzeitig.«

Violet lächelte. »Anscheinend kennst du mich wirklich

ziemlich gut. Aber Rick hatte recht und ich war gestern komplett daneben. Als du ins Atelier gekommen bist, um mit mir zu reden, habe ich dich auflaufen lassen. Das tut mir leid. Ohne dich wäre ich verloren gewesen, nachdem ich von Andre weg bin.«

»Wenn Lizza dir nicht vorgegaukelt hätte, dass ich dich brauche, wärest du nie von ihm weggegangen.«

Violet senkte den Blick. »Doch, wäre ich. Früher oder später.« Sie hob den Kopf wieder. »Ich hätte nicht mit ihm nach Boston gehen und dort sein damaliges Leben mit ihm teilen können. Ich wäre verrückt geworden, und er hätte bereut, mich je getroffen zu haben.«

»Das glaube ich nicht. Ganz gleich, wie groß die Herausforderungen gewesen wären, ihr hättet das geschafft. Mit mir hast du dich doch auch zusammengerauft, obwohl du anfangs gedacht hast, das könntest du nie. Das ist Liebe, Vi.« Desiree breitete die Arme aus. »Ich umarme dich jetzt und vielleicht heule ich auch ein bisschen. Aber da musst du durch.« Nach einer langen Umarmung fragte sie: »Wie kommt es, dass du nicht zurückgezuckt bist, als Justin dich gedrückt hat?«

Violet stöhnte auf. »Solche Fragen kannst du dir sparen. Ich habe keine Ahnung, warum ich irgendwas mache.«

»Also, Emery«, hörte Violet Chloe sagen. »Wie gut bestückt ist Justin denn nun wirklich?«

In diesem Moment wusste Violet, dass bald wieder alles ganz normal weiterlaufen würde. Zumindest hier rund um das Summer House Inn. Was allerdings sie und Andre anging, musste sie erst noch herausfinden, wie das neue Normal aussehen konnte.

Sechs

Andre stand vor der Galerie, in der Violet schon fast den ganzen Nachmittag arbeitete. Von außen unterschied sich das kleine Häuschen kaum von den anderen drei Cottages auf dem Grundstück. Nur das Schild mit der Aufschrift *Devi's Discoveries* verriet, dass es hier etwas Besonderes zu entdecken gab. Um die Buchstaben wanden sich kunstvoll gemalte Ranken mit orangefarbenen und lila Blüten. Er dachte an die Monate in der Klinik in Ghana zurück. Violet war dort ein- und ausgegangen, hatte die Kinder besucht und ihnen selbstgemachte kleine Tiere aus Ton oder Stoffresten mitgebracht. Fast ununterbrochen war sie von Kindern umringt gewesen, die sie brauchten. Oder aber sie war so in ihrer Kunst versunken, dass für sie nichts anderes mehr existiert hatte. Dass die Arbeit in der Galerie sie jetzt auf dieselbe Art erfüllte, konnte er sich nicht vorstellen.

Die tiefstehende Sonne ließ die Schatten in der Einfahrt länger werden. Sie erreichten schon beinahe die Blumenbeete, wo Desiree Unkraut jätete. Das blonde Haar hatte sie sich zu einem Pferdeschwanz zusammengebunden, die Jeans in grüne Gummistiefel gesteckt. Ihr Summer-House-Inn-Sweatshirt reichte ihr bis über die Hüfte. Sie sah unglaublich süß aus in diesem Outfit, und er spürte, dass sie ihn im Auge behielt. Er fragte sich, wann sie und Rick zu ihrer Hochzeitsreise aufbrechen würden. Lizza hatte ihm gesagt, sie würde schnell weiterziehen, damit Desiree nicht das Gefühl hatte, ihretwegen hierbleiben zu müssen. Aber offenbar war Violets Halbschwester noch nicht bereit, ihre Koffer zu packen.

Sie hob den Kopf und ertappte ihn dabei, wie er sie beobachtete. »Gehst du heute noch rein oder studierst du bloß die Architektur der Cottages?«

»Das sage ich dir, sobald ich es weiß.« Er lächelte und ging zu ihr. »Tut mir leid wegen der Szene heute Morgen.«

Desiree richtete sich auf und lächelte ihn an. »An Szenen sind wir hier gewöhnt. Allerdings ist Violet normalerweise nicht daran beteiligt. Ihr Privatleben hält sie unter Verschluss.«

»Das passt zu ihr und ich kann mich nur entschuldigen.«

Desiree wischte sich die Hände ab. »Schon gut. Ihr wart allerdings nicht zu überhören. Ich glaube, während eures Streits habe ich mehr über meine Schwester erfahren als in der ganzen Zeit, in der wir hier schon zusammenleben.« Sie nickte zur Galerie hin. »Sie ist so mysteriös. Meistens weiß ich gar nicht, wohin sie geht oder was sie tut. Von der Sache zwischen ihr und Justin hat niemand etwas geahnt. Und nur ich allein wusste, dass sie einen Freund hatte und mit ihm Schluss gemacht hat, bevor sie hierhergekommen ist. Oder soll ich lieber sagen, den sie sitzen lassen hat? Sorry. Was sie dir angetan hat, ist wirklich nicht schön. Aber ich kenne sie gut genug, um zu wissen, dass sie dir eigentlich nie wehtun wollte. Was ich mich allerdings frage …« Sie spielte mit dem Unkraut in ihrem Korb und schien nach den richtigen Worten zu suchen. »War sie auch immer so hart und unnahbar, als ihr beide zusammen wart?«

Er spürte, wie ein Lächeln auf seine Lippen kroch. »Sie war knallhart und gleichzeitig weich wie ein Kätzchen. Eine wie

Violet gibt's auf dieser Welt nur einmal. Und ja, sie ist mysteriös, aber gleichzeitig ein offenes Buch. Man muss allerdings zwischen den Zeilen lesen. Und das ist nie leicht.«

Desiree legte die Stirn in Falten. »Bevor ich hierhergezogen bin, war ich Vorschullehrerin, aber zwischen Violets Zeilen zu lesen, gehört nicht zu meinen Stärken. Ein bisschen etwas weiß ich inzwischen trotzdem über sie. Sie tut, als würde alles an ihr abprallen. Aber das stimmt nicht. Wegen ihr bin ich hiergeblieben, als Lizza uns dieses Haus samt der Hypothek vor die Füße geworfen hat. Und als Rick in meinem Leben aufgetaucht ist, war Violet plötzlich meine Beschützerin, obwohl sie mich kaum kannte.« Sie lachte leise. »Du hättest sehen sollen, wie sie sich vor ihm aufgebaut hat. Doch als sie erfahren hat, dass Rick mir einen Heiratsantrag machen will, hat sie heimlich Emery und Lizza hergeholt, um mich zu überraschen. Unser Verhältnis zu Lizza ist kompliziert. Aber Violet wusste, wie viel es mir bedeuten würde, wenn sie bei dem Antrag dabei ist.«

»Hinter ihrer eisernen Rüstung verbirgt sich ein sehr großes Herz«, sagte er. »Ich habe keine Ahnung, ob Lizza wusste, was sie tut, als sie mich mit hierhergenommen hat. Aber dass Violet so vor den Kopf gestoßen und aus der Fassung war, war schlimm für mich.«

»Lizzas Absichten wird wohl nie jemand durchschauen«, sagte Desiree. »Und glaub mir, wenn es Violet nicht gut geht, tut das allen hier sehr weh. Sie ist uns unheimlich wichtig. Sie sieht, was andere in ihren Beziehungen brauchen, und bringt sie dazu, es sich zu holen. Bei ihr selbst scheint ihr Blick allerdings nicht ganz so klar zu sein.«

»Vielleicht ist das, was sie braucht, eher ungewöhnlich.« Wie sollte es bei ihrer Vergangenheit auch anders sein? Er hatte das Gefühl, Violet wusste recht genau, was sie wollte und was ihr guttat. Aber einerseits glaubte sie nicht, dass jemand ihr das geben würde, und andererseits war es nicht ihre Art, sich und ihre Wünsche und Bedürfnisse an die erste Stelle zu setzen. »Machst du dir Sorgen um sie?«

»Selbstverständlich. Sie ist meine Schwester.«

»Ich weiß nicht, was sie dir über uns erzählt hat. Aber was ihr mich heute Morgen habt sagen hören, ist wahr. Ich liebe sie immer noch. Sicher, wir haben einiges aufzuarbeiten. Aber unser Streit war ein Ausdruck von Schmerz und Liebe, nicht von Hass. Wenn du also glaubst, du müsstest hierbleiben, um auf sie aufzupassen, anstatt mit Rick zu eurer Hochzeitsreise aufzubrechen, kann ich dich beruhigen. Ich will auch, dass es Violet gut geht.«

Seufzend schaute Desiree noch einmal zur Galerie hinüber. »Sie wird sich vor dir zurückziehen, auch wenn sie das gar nicht wirklich will.«

»Sie wird es versuchen«, sagte er.

»Sie wird dir das Gefühl geben, sich um sie zu sorgen, wäre albern und unnötig. Und sie wird …«

Er legte ihr eine Hand auf die Schulter. »Ich weiß. Wir schleppen alle unseren Ballast mit uns herum. Und ich bin nicht hier, um in ihrem zu wühlen. Ich bin hier, um ihr beim Tragen zu helfen.«

Desiree warf die Arme um seinen Hals und umarmte ihn fest. »Danke«, presste sie hervor. »Sie hat Liebe und Zuwendung so sehr verdient.« Sie ließ ihn los. »Aber sag ihr das bloß nicht, sonst …«

»Sonst läuft sie davon. Schon klar. Ich verstehe immer besser, wie sie tickt.« Er winkte Rick zu, der gerade vom Resort nebenan über den Rasen auf sie zukam. Cosmos trabte fröhlich neben ihm her. »Sieht aus, als hätte dich jetzt jemand gern für sich«, sagte Andre zu Desiree. »Packt eure Sachen und genießt eure Hochzeitsreise, damit sich lohnt, dass eure Mutter gleich wieder weitergezogen ist.«

Rick blieb bei ihnen stehen und Cosmos sprang an Desiree hoch. Sie nahm ihn auf den Arm und er bedeckte ihr Gesicht mit nassen Hundeküssen.

»Was hat unsere Hochzeitsreise denn damit zu tun, dass Lizza gleich wieder abgereist ist?«, fragte sie. »Zu uns hat sie gesagt, sie geht, damit du und Violet endlich herausfinden könnt, was ihr wirklich wollt.«

Offenbar war ihm seine Verblüffung deutlich anzusehen. Denn Rick sagte: »Scheint, als würde Lizza genauso weitermachen wie immer. Uns hat sie jedenfalls erfolgreich zusammengebracht und vielleicht klappt es ja bei euch auch.« Er küsste Desiree auf die Wange. »Ich glaube, wir können wirklich bald los, meine Schöne. Daphne meint, ihre Schwester könnte Violet in der Galerie helfen. Harper kommt nämlich erst in drei oder vier Wochen zurück, wenn ihr Filmprojekt abgeschlossen ist.«

»Habe ich dir das noch gar nicht gesagt? Heute Morgen haben Violet und ich uns entschieden, die Galerie geschlossen zu lassen, während du und ich weg sind. Sie sagt, sie möchte mehr Zeit für ihre Kunst haben und neue Sachen herstellen. Wir haben den Sommer über richtig viel verkauft und brauchen das Geld gerade nicht so dringend.« Desiree lächelte Andre an. »Und vermutlich will sie die Zeit nicht bloß mit ihrer Kunst verbringen.« Sie flocht die Finger zwischen Ricks. »Lass uns morgen früh losfahren. Ich rufe im Monroe House an und frage nach, ob sie schon Platz für uns haben. Falls nicht, können wir unterwegs in einem B & B Halt machen.«

Während die beiden begannen, ihre Reise zu besprechen,

betrat Andre die Galerie. Er bewunderte den rustikalen Holzboden und die leuchtend gelb gestrichenen Wände und Deckenbalken. Überall hingen wunderschöne Gemälde. Die meisten trugen Desirees Signatur in der unteren Ecke. Er fragte sich, weshalb Violet ihm nie erzählt hatte, dass ihre Schwester eine so talentierte Malerin war. Zwischen den Bildern waren gebatikte Wandbehänge in verschiedenen Größen, Keramik-Wandschmuck, tönerne Pflanzgefäße und viele andere Töpferwaren. Jedes Stück war ein handgemachtes Unikat, und alle waren mit einer Glasur in wunderschönen Erdfarben und einer von Violets typischen Darstellungen von Bäumen, Büschen, Wellen und anderen Formen aus der Natur versehen. Auf mit bunten Batiktüchern bedeckten Tischen lagen handgemalte Postkarten, Muscheln und kunstvoll dekoriertes Treibholz. Auf Regalbrettern und in einem Bücherschrank standen weitere stilvolle Töpferarbeiten. Sein Blick blieb an ein paar kleinen Keramiktieren hängen. Sie erinnerten ihn an die Tiere, die Violet für die Kinder in der Klinik gemacht hatte, und ihr Anblick wärmte sein Herz. Er nahm eines davon und schaute es sich genauer an. Dass Violet es nicht signiert hatte, überraschte ihn nicht. Sie hatte ihm einmal gesagt, ihr ginge es nicht um persönliche Anerkennung. *Jedes Stück ist anders*, hatte sie betont. *Genau wie die Gefühle, die es auslöst. Dass ich es gemacht habe, ist dabei nicht wichtig.*

Aber da täuschte sie sich. Er wusste genau, wie viel von sich sie in alles einfließen ließ, was sie herstellte. Während er die kleine Tierfigur bewunderte, kam ihm die Erinnerung, wie er hinter ihr gestanden hatte, als er ihr beigebracht hatte, menschliche Formen zu modellieren. Noch immer konnte er ihre Hände unter seinen spüren, ihren Rücken an seiner Brust, während sie gemeinsam den Ton bearbeiteten und sich dabei mit jedem Handgriff mehr ineinander verliebten.

Plötzlich öffnete sich eine Tür ganz hinten in der Galerie. Violet trat heraus und zog sie hinter sich zu. Sie trug noch dieselben Sachen wie morgens, ein schwarzes Tanktop mit U-Boot-Ausschnitt und eng sitzende Jeans mit ausgefransten Rissen auf einem Oberschenkel und kurz unter einem Knie. Trotzdem sah sie jetzt völlig anders aus. Der düster trotzige Gesichtsausdruck war dem herausfordernden Blick gewichen, den er so gut kannte. Dahinter hatte sie sich in der ersten Woche ihrer gemeinsamen Zeit in Ghana immer versteckt. Dieser Blick signalisierte deutlich: *Denk nicht mal dran, dich mit mir anzulegen.* Ziemlich schnell hatte er gelernt, Violets unausgesprochene Botschaften zu lesen, und auch was zwischen den Zeilen stand, war klar. *Ich bin oft genug verletzt worden. Lass mich unsichtbar sein, dann kommen wir gut miteinander aus.*

Anweisungen zu befolgen, war nie seine Stärke gewesen. Außerdem wusste er, dass sie in Wahrheit gar nicht in Ruhe gelassen werden wollte. Zumindest nicht von ihm.

»Du signierst deine Stücke noch immer nicht.« Er stellte die kleine Tierfigur an ihren Platz zurück und ging zu ihr.

»Und so wird es auch bleiben.« Mit verschränkten Armen schaute sie ihm entgegen.

»Ich habe mich gerade mit Desiree und Rick unterhalten, und jetzt frage ich mich, wie Lizza dir erklärt hat, dass sie direkt nach der Feier wieder abgereist ist.«

»Sie wollte, dass Des und Rick zu ihrer Hochzeitsreise aufbrechen. Warum?«

Sanft löste er ihre Arme voneinander. »Weil ich anfange, Lizzas System zu verstehen. Ihr geht es auch nicht um Anerkennung für das, was sie tut.«

»Was soll das heißen, *auch nicht?*«

Er machte eine ausholende Geste. »Trägt irgendetwas hier drin deine Signatur? Deinen Stempel? Vielleicht auch nur ein verstecktes V?«

»Nein. Aber was hat das mit Lizza zu tun? Sie signiert alle ihre Kunstwerke unübersehbar.«

Er hob eine Schulter. Der Apfel fiel tatsächlich oft nicht weit vom Stamm. »Vielleicht gar nichts.« Er zog ihre Hände zu seiner Taille.

In ihren Augen blitzte Belustigung auf. »Du bist dir deiner Sache ziemlich sicher.«

»Was dich angeht, bin ich nur sicher, was *ich* fühle und denke. Aber davon lasse ich mich nicht aufhalten. Kennst du das Lied, das davon handelt, dass man nichts schwieriger machen soll als unbedingt nötig?«

»Nope.« Grinsend fügte sie hinzu: »Du willst jetzt aber nicht anfangen zu singen, oder? Nur falls du es vergessen hast: Ich hasse solchen Kitschkram.«

»Tust du nicht. Aber weil du das niemals zugeben würdest, schlage ich vor, ich lasse es, und wir unternehmen lieber etwas. Mein Motorrad ist heute gekommen. Lass uns ein bisschen durch die Gegend fahren, dann kannst du mir deine Lieblingsplätze zeigen. Und ich kann die neue Violet entdecken. Die Violet, die Wurzeln schlägt und erfolglos versucht, mich zu vergessen.« Er hauchte ihr einen federleichten Kuss auf die Wange und spürte, wie sich ihr Atem beschleunigte. »Was meinst du? Sollen wir zusammen herausfinden, ob es hier mit uns so gut läuft wie in Ghana?«

»Meine Lieblingsplätze – mein Motorrad«, sagte sie, ohne einen Muskel zu rühren. Und verdammt, es war schön zu erleben, wie sie die Kontrolle übernahm.

Er ließ die Hände auf ihren Hintern gleiten, zog sie näher,

knabberte an ihrem Ohrläppchen und hörte sie leise aufstöhnen. »Immer noch derselbe Kontrollfreak.«

»Immer noch so zupackend«, gab sie prompt zurück.

Er beugte sich ein wenig nach hinten, sah das Feuer in ihren Augen und sagte: »Ich freue mich schon darauf, dir das abzugewöhnen. *Noch einmal.*«

Das ist ein Fehler, dachte Violet, während sie ihr Motorrad auf dem Highway Richtung Harwich lenkte. Andre saß an sie gedrückt hinter ihr. Wie sollte sie sich auf irgendetwas anderes konzentrieren als darauf, wie gut es tat, ihm wieder so nahe zu sein? Selbst durch ihre Lederjacke hindurch fühlte er sich vertraut an, und wie er die Arme um sie schlang, gab ihr ein Gefühl von Sicherheit. Sie hatte fast vergessen, mit welcher Leichtigkeit er sie durchschaute. Und wie sehr ihr genau das gefiel. Viele Männer waren stark und muskulös – und in etwa so sensibel wie Büffel. Sie waren eiskalter Stahl, während Andre wie weiches, abgewetztes Leder war, an das sie sich sofort anschmiegen wollte. Nicht sein Aussehen machte ihn so unglaublich anziehend, obwohl er wirklich verdammt heiß war und ihr sein jetzt etwas längeres Haar und die Tätowierung, die ihn an sie erinnerte, sehr gut gefielen. Sie war vor allem von der verborgenen Kraft fasziniert, die in ihm schlummerte, und von seinem Selbstbewusstsein. Von seiner Fähigkeit, Wogen zu glätten und mit einem einzigen Blick oder einem einzigen Satz die Kontrolle zu übernehmen. Als sie einander kennengelernt hatten, war er ein vielbeschäftigter Arzt gewesen, ohne Zeit für irgendwelche Spielchen. *Vertrau mir oder vertrau mir. Eine*

andere Wahl hast du nicht. Innerhalb kürzester Zeit hatte er all ihre Schutzmechanismen außer Gefecht gesetzt, und zwar so unaufgeregt und gelassen, dass sie es erst gar nicht bemerkt hatte.

Sie bog ab auf eine ihrer Lieblingsstrecken, eine schmale Landstraße durch ein Waldgebiet, etwa eine Dreiviertelstunde von Wellfleet entfernt. Der Mann, nach dem sie regelrecht süchtig war, hielt sie umschlungen, und sie hatte sich längst wieder in ihm verloren. Lange hatte sie sich eingeredet, ihre Verbindung sei gar nicht so echt und so stark gewesen. Doch dieser Damm war jetzt gebrochen und ihre Gefühle fluteten sie. Sie trieb auf einem reißenden Fluss namens Andre dahin, wollte loslassen und sich von ihm forttragen lassen.

Fuck.

Schon wieder war es ihm gefühlt mühelos gelungen, ganz zu ihr durchzudringen.

Sie bog in eine noch schmalere Straße ein. Ihre Gedanken jagten, ihr Körper vibrierte und eines wusste sie ganz sicher: Auf keinen Fall würde sie jetzt nach Hause fahren.

Sie fuhr bis zum *Common Grounds Coffeehouse* und parkte vor dem unscheinbaren Gebäude. In ihre Nervosität mischte sich ein Gefühl von Erleichterung. Genau wie Justins Atelier war dieses Café für sie zu einem geheimen Rückzugsort geworden. Ihre Freunde in Wellfleet wussten nicht, wie oft sie hierherkam. Aber vor Andre hatte sie nie etwas verborgen. Jedenfalls nicht bis zu der schicksalhaften Nacht, in der sie ihn verlassen hatte. Und auch damals hatte sie nicht das Gefühl gehabt, dass sie sich oder etwas vor ihm versteckte. Sie hatte geglaubt, sie würde ihn freigeben. So richtig hatte das Verstecken und Verdrängen erst hinterher angefangen. Sich immer zu beschäftigen, ihre Gefühle tief in sich zu vergraben und keinen

Gedanken an Andre zuzulassen, war zur einzigen Möglichkeit geworden, den Kopf über Wasser zu halten und nicht im Strudel ihrer Gefühle zu ertrinken.

Andre stieg von ihrem Bike. In seinen dunklen Jeans und dem schlichten weißen T-Shirt unter der Lederjacke sah er umwerfend sexy aus. Er streckte ihr die Hand hin, um ihr von der Maschine zu helfen. Aus purer Gewohnheit wollte sie die unnötig fürsorgliche Geste zurückweisen. Doch der Wunsch, ihre Hand in seine zu legen, war größer. Sich helfen zu lassen, fühlte sich seltsam an. Denn eigentlich bestand ihr ganzes Leben daraus, niemals und unter keinen Umständen um Hilfe zu bitten oder welche anzunehmen.

Er zog sich den Helm vom Kopf und seine Ponyfransen fielen ihm auf die Brauen. Mit den gespreizten Fingern seiner Hand fuhr er sich durchs Haar und strich es sich aus dem schönen Gesicht. Während sie ihren Helm abnahm, überlegte Violet, wie es jetzt weitergehen sollte. Wie konnten sie neu anfangen, wenn ihr Herz und ihr Körper genau da weitermachen wollten, wo sie aufgehört hatten? Sie fühlte sich schutzlos und verletzlich, so als könnte Andre ihre Gedanken lesen. Ein scheußliches Gefühl, aber diesmal wollte sie nicht davonlaufen. Das hier war ihre zweite Chance mit dem Mann, den sie liebte, und nur der Himmel wusste, ob er ihr je wieder ganz vertrauen konnte, oder was am Ende seiner Zeit am Cape passieren würde. Aber sie hatte ihn viel zu sehr vermisst, um auf dieses Glück zu verzichten. Selbst wenn es vielleicht nur ein paar Wochen dauerte.

Sie legte ihren Helm auf den Sattel und griff nach seinem.

»Sollen wir die nicht mit hineinnehmen oder festketten?«, fragte er.

»Das ist hier nicht nötig.« Sein Helm landete neben ihrem.

Auf dem Weg ins Café nahm er weder ihre Hand, noch legte er ihr einen Arm um die Schultern. Das machte sie nur noch nervöser, aber dass es nicht leicht werden würde, hatte sie gewusst.

Er hielt ihr die Tür auf und Elliott Appleton begrüßte sie mit einem breiten Lächeln. Elliott war zwanzig, hatte halblanges strohblondes Haar und trug eine Brille mit Metallgestell. Seinem Charme und seiner Ausstrahlung konnte sich kaum jemand entziehen. Er hatte das Down-Syndrom und arbeitete zusammen mit einigen anderen Menschen mit Behinderungen seit ein paar Jahren im Café seiner Schwester.

»Violet!« Er gab ihr ein High Five.

»Hey, Hübscher. Wie läuft's?«

Elliott rückte seine Brille zurecht. »Prima. Gehst du heute Abend ans Mikrofon?«

»Mal sehen.« Sie wusste nicht, ob sie den Mut aufbringen würde, vor Andre zu sprechen.

Elliott beugte sich näher und raunte: »Der Typ hinter dir checkt dich ab. Ich kümmere mich um ihn.« Er straffte die Schultern und warf Andre einen drohenden Blick zu.

Violet berührte Andre am Arm und sagte: »Schon gut, El. Den habe ich mitgebracht. Andre, darf ich vorstellen, mein Freund Elliott, Weltklasse-Gastgeber. Und er backt wie ein Profi.«

»Freut mich.« Andre streckte die Hand aus.

Elliott schüttelte sie und musterte ihn dabei kritisch. »Normalerweise kommt Violet allein und geht auch alleine wieder.«

»Dann ist es eine große Ehre, dass sie mich heute mitgenommen hat.« Andre legte seine Hand auf Violets Rücken.

»Gehst *du* heute ans Mikrofon?«, fragte Elliot ihn und griff nach zwei Speisekarten.

»Hier ist jeden Abend von sechs bis zehn Open Mic«, erklärte Violet. »Manche Gäste lesen Gedichte vor, manche singen, andere plaudern einfach drauflos.«

»Wir nennen es ›Lass es raus‹«, fügte Elliot hinzu.

»Ah, verstehe«, sagte Andre. »Ich glaube, heute lieber nicht. Aber vielleicht ein andermal.«

Gabe, die Besitzerin des Cafés und Elliotts ältere Schwester, eilte auf sie zu. Sie trug ein pastellfarbenes Maxikleid, ihr langes rotes Haar fiel ihr über die Schultern. »Schön, dich zu sehen, Vi.« Sie war kurvig, ein paar Zentimeter größer als Violet und hatte ein Herz aus Gold.

»Violet hat einen Freund mitgebracht«, erklärte Elliott ihr und gab ihr die Speisekarten.

»Schön.« Sie lächelte. »Ich bin Gabe, mir gehört dieser Laden, und Elliott ist mein kleiner Bruder.«

»Ich bin Andre. Schön, dich kennenzulernen.«

Gabe ging voran zu einem Tisch. Vor dem Weggehen beugte sich Andre zu Elliott. »Violet hat ein Riesenglück, jemanden zu haben, der so gut auf sie aufpasst.«

Elliott grinste stolz, und Violet merkte, wie ihr Herz ein bisschen schmolz.

Gabe führte sie zu Violets Lieblingstisch, draußen direkt vor den offenen Terrassentüren. In der gemauerten Feuerstelle tanzten Flammen und an einigen Tischen erkannte Violet Bekannte, die Gabes Bruder Rod beim Gitarrespielen zuhörten.

»Hey, Vi!«, rief Rod ihr zu und sie winkte.

»Das ist mein Bruder Rod«, sagte Gabe zu Andre. »Der hauseigene Entertainer.«

»Und was sind dann wir?« Cory Blaze stand auf und kam hinter dem Tisch hervor, an dem er mit einem weiteren Freund und einer Freundin von Violet saß.

»Groupies«, scherzte Gabe.

Cory grinste und umarmte Violet. Sein zottiges dunkles Haar streifte ihre Wange. »Erzählst du uns heute was Spannendes?«

Violet war bekannt dafür, zum Mikrofon zu greifen und einfach darüber zu reden, was ihr gerade durch den Kopf ging. »Ich glaube, heute nicht. Cory, das ist Andre. Andre, meine Freunde Cory, Steph und Dwayne. Cory ist Glasbläser, Steph schreibt Gedichte und hat einen Kräuterladen in Brewster. Und Dwayne …«

»Muss nicht lange vorgestellt werden«, sagte Dwayne. Er war Justins Cousin, ein kräftiger Ex-Marine mit kurzgeschorenem blondem Haar, und brauchte höchstens zwei Sekunden, um jemanden einzuschätzen. Dabei wirkte er immer unglaublich entspannt. Von Justin und Steph wusste Violet, dass der Selbstmord seiner jüngeren Schwester Ashley ihn sehr verändert hatte. Er tat immer, als könnte ihn nichts erschüttern, aber jeder wusste, dass das nur Fassade war.

Dwayne musterte Andre. »Wie geht's, wie steht's?«

»Wenn du jetzt keinen Spruch von der Sorte ›Danke, gestern ging's noch‹ oder sonst eine blöde Antwort auf Lager hast, fragt er dich noch mal«, warnte ihn Steph. »Also bitte, lass dir was einfallen.«

»Hey, es ist nur zu deinem Besten, Zuckerpuppe.« Dwayne zwinkerte Steph zu. »Du willst deine Zeit schließlich nicht mit Kerlen vergeuden, die nichts vorzuweisen haben.« Er hob seine Tasse, als wollte er ihnen zuprosten, und nahm einen Schluck.

»Hör einfach nicht hin. Er ist wie eine Zecke, die man nicht loswird. Mein siamesischer Zwilling, seit ich sechs Jahre alt war. Und ich vermute, wenn ich sechzig bin, ist er immer noch da.« Steph stellte sich zu Violet. Die kurvige Brünette hatte große braune Augen und lila Strähnen im Haar. »Wie war Desirees Hochzeit?«

»Wunderschön. Nur Lizza hat mal wieder für Chaos gesorgt.« Nach einem kurzen Blick zu Andre fügte Violet hinzu: »Aber jetzt ist alles gut.«

Steph zog die Nase kraus. »Lizza wird sich nie ändern. Aber gut, dass alles gut ist. Hast du drin im Café Rowan gesehen? Gestern hat er nach dir gefragt.«

»Nein. Er muss schon gegangen sein. Ist alles in Ordnung?«, fragte Violet.

»Ja. Ich glaube, er wollte nur mit dir über Joni sprechen.«

»Rowan ist einer unserer Freunde und Joni seine Tochter«, erklärte Violet Andre. »Seine Freundin ist an Krebs gestorben, als Joni noch ein Baby war, und er zieht sie alleine groß. Joni ist ein tolles Mädchen, nur leider oft sehr angespannt und ein bisschen unberechenbar. Ich gebe ihr manchmal ein bisschen Kunstunterricht und das scheint ihr zu helfen.« Kunst hatte in Violets Leben immer eine große Rolle gespielt. Als Kind hatte sie ihr Halt gegeben, war in ihrem Nomadenleben eine Art Anker gewesen.

Er lächelte. »Schön, dass du immer noch mit Kindern arbeitest.«

»Ich habe nie damit aufgehört.« An Steph gewandt sagte Violet: »Andre ist Kinderarzt und Künstler. Wir haben uns vor ein paar Jahren im Ausland kennengelernt.«

»Wow. Ich mag dich jetzt schon.« Steph warf ihm ein warmes Lächeln zu. »Hier findest du jede Menge Leute, die etwas für Kunst und Kinder übrighaben.«

Steph setzte sich wieder an ihren Tisch und Gabe schob sich neben Andre. »Violet hat hier einen riesigen Fanclub.«

»Das wundert mich nicht.« Er streifte seine Lederjacke ab

und hängte sie über eine Stuhllehne.

Als er Violet aus ihrer Jacke half, hob Gabe anerkennend die Augenbrauen. »Du musst jemand ganz Besonderes für sie sein«, flüsterte sie.

Andre rückte Violet einen Stuhl zurecht und hängte ihre Jacke über die Lehne. Dann setzte er sich neben sie.

»Was darf ich euch zu trinken bringen?«, fragte Gabe.

»Das Übliche«, antwortete Violet.

Andre nickte Gabe freundlich zu. »Für mich dasselbe, bitte.«

»Ich mag Männer, die wissen, was sie wollen«, sagte Gabe, bevor sie davonging.

»Du weißt doch gar nicht, was ich bestellt habe«, sagte Violet.

»Wirklich nicht?« Er griff nach ihrer Hand. »Warum bist du so nervös?«

Die Lüge, das sei sie nicht, verkniff sie sich. Es hatte ja doch keinen Sinn. Trotz all der Zeit, die vergangen war – Andre kannte die echte Violet.

»Andre.« Sie seufzte. »Ich weiß nicht, wie das gehen soll. Wie fängt man noch mal von vorne an, wenn man sich schon so nahe war? Außerdem habe ich keine Ahnung, ob du mir je wieder vertrauen kannst. Für mich fühlt sich das alles an wie ein Tanz auf dem Hochseil.«

Er drückte die Lippen auf ihre und brachte sie mit einem süßen warmen Kuss zum Verstummen. Und es funktionierte. Ihre Nerven beruhigten sich, und sie spürte wieder, wie gut er für sie war. Nach dem Kuss schob er die Finger dicht über ihrem Ohr in ihr Haar und strich mit dem Daumen über ihre Wange. So hatte er seine Hand viele Male an ihr Gesicht gelegt, und sie wollte, dass sie dortblieb, wollte für immer in seine Augen schauen. Sie schob die Gedanken an Schmerzen und

Verletzungen beiseite. Auch darüber, ob er ihr noch einmal vertrauen konnte, wollte sie jetzt nicht nachgrübeln. Denn wenn er sie so anschaute und so berührte, fühlte sich alles genauso an, wie es sein sollte.

»Gott …«, seufzte sie. »Jedes Mal, wenn wir zusammen sind, verdrehst du mir mit deinem verdammten Zauber den Kopf.«

»Das war kein Zauber. Das war ein Kuss, Violet«, raunte er. »Ein Kuss, der dir sagt, dass wir zusammen übers Hochseil gehen, um uns neu zu entdecken. Lass uns einfach so sein, wie wir sind, und einen Schritt nach dem anderen machen.«

»Leichter gesagt als getan.«

Gabe kam mit den Getränken. Andre beugte sich vor und sagte: »Ingwer Chai. ›Alles andere ist entweder maßlos übertrieben, oder es lohnt sich nicht, es zu trinken.‹«

Du weißt das noch.

»Hey, das sagt Violet auch immer.« Gabe stellte die Tassen auf den Tisch. »Hast du dir die Karte schon angeschaut, oder isst du einfach das, was Vi normalerweise auch isst?«

»Für mich lieber keine Fisch-Tacos, danke«, sagte er mit einem Augenzwinkern.

Gabe lachte. »Wo hast du denn den bisher versteckt, Vi? Er kennt dich offenbar ziemlich gut.«

»Ein paar Geheimnisse hat sie noch«, beteuerte Andre. »Aber ich habe einen ganzen Monat, um sie ihr zu entlocken. Für mich bitte das Hühnchen-Panini mit Emmentaler und Pommes.«

»Einen Monat? So, so. Entweder sehen wir dich jetzt öfter hier oder Violet seltener.« Gabe zwinkerte zurück und ging davon.

»Du hast dich verändert«, sagte Andre. »In Ghana warst du

eine Einzelgängerin. Hier bist du geradezu gesellig.«

Sie schnaubte. »Wenn du das Desiree und den anderen sagst, lachen sie dir ins Gesicht. Sie wissen nicht mal, dass ich hierherkomme.«

»Wirklich? Warum hältst du das vor deinen Freunden geheim?«

»Ich weiß es nicht. Warum tue ich überhaupt, was ich tue?« Sie hoffte, er würde nicht weiterbohren. Dabei weckte er in ihr den Wunsch, selbst nach Antworten zu suchen. Was ein wenig beängstigend war.

»Das möchte ich gerne herausfinden.« Er nahm einen Schluck. »Dein Ingwer Chai ist besser.«

»Danke.«

Wieder ein langer Blick in ihre Augen. »Was erzählst du denn so, wenn du hier ans Mikrofon gehst?«

»Ich weiß nicht. Was immer mir in dem Moment gerade einfällt.«

»Wie zum Beispiel?«

Sie zuckte die Achseln, ließ den Blick über die Terrasse schweifen und dachte an das, was er in der Galerie gesagt hatte. Dass sie einander neu kennenlernen mussten. Seinen Fragen auszuweichen, brachte sie nicht weiter. Aber sich zu öffnen, war nicht leicht. Während Rod das nächste Lied anstimmte und eine Frau aufstand und sang, nahm sie ihren Mut zusammen. Wenigstens ein paar Fragen wollte sie beantworten.

»Du willst wissen, warum ich niemandem von diesem Café erzähle«, sagte sie leise. »Als ich beschlossen habe, mit Desiree am Cape zu bleiben, ging es mir erst mal ziemlich beschissen. Eines Abends bin ich durch die Gegend gefahren und habe am Straßenrand einen Food Truck mit einer Reifenpanne gesehen. Daneben stand Rowan, der Typ, von dem Steph gerade gesprochen hat, und er hatte einen Gips am Arm. Ich habe angehalten und den Reifen gewechselt. Wir haben uns unterhalten und er hat mich hierher eingeladen. Ich weiß nicht, ob dir das Schild über der Tür aufgefallen ist. Das, auf dem steht, *Common Grounds – lass die Vorurteile draußen*. Das hat mich gleich angesprochen. Rowan hat mir ein paar Leute vorgestellt, und irgendwie habe ich mich in ihn, Gabe, Rod und Elliot verliebt. Sie sind so offen und gastfreundlich und haben das Herz am richtigen Fleck.« Sie zeigte auf die Teetassen. »Hier wird kein Alkohol ausgeschenkt. Man trifft also nicht auf Leute, die sich hinter einer Flasche verstecken. Nach und nach habe ich auch ihre Freunde kennengelernt – Steph, Cory, Dwayne und die anderen. Und so ist das Café zu einem meiner Lieblingsplätze geworden.«

»Wie fest dich die Leute hier ins Herz geschlossen haben, merkt man sofort. Wieso bringst du deine anderen Freunde nicht einfach mal mit?«

»Musst du immer so schwere Fragen stellen?« Sie lächelte. »Wenn ich im Summer House Inn bin, habe ich oft widersprüchliche Gefühle. Eigentlich ist es ein wunderbarer Ort und Desiree liebe ich sehr. Wegen ihr bin ich zurückgekommen und geblieben, zusammen haben wir die Pension wieder in Schwung gebracht. Das ist ein schönes Gefühl, aber sie und das Haus erinnern mich auch immer daran, dass ich dich verlassen und uns beiden sehr wehgetan habe. Hier bin ich davon frei und vermutlich halte ich deshalb meine beiden Welten so streng voneinander getrennt.«

»Wenn du es so sagst, leuchtet es mir ein.«

»Danke. Das hilft ein bisschen gegen mein schlechtes Gewissen. Anders als in Bayside hatte ich hier vom ersten Moment an das Gefühl dazuzugehören. Es passt einfach wie von selbst.«

»Ein Gefühl, das du nicht oft hast«, sagte er nachdenklich. Er griff nach ihrer Hand und drückte sie. »Daran erinnere ich mich auch noch sehr gut.«

»Und ich weiß noch, wie leicht es für dich war, überall dazuzupassen. Ganz gleich, wer die Leute waren und woher sie stammten.«

»Vielleicht liegt das an der Art, wie ich aufgewachsen bin, Vi. Du musstest dich alle paar Monate an einem völlig neuen Ort, oft sogar in einem neuen Land, wieder behaupten. Du musstest stark und unabhängig sein, sonst wärest du an dieser Aufgabe zerbrochen. Nach allem, was du mir erzählt hast, warst du mit sechzehn schon erwachsener als ich mit fünfundzwanzig. Das gehört zu den vielen Dingen, die dich zu etwas Besonderem machen.«

»Du meinst, das ist der Grund, weshalb ich so verkorkst bin.«

Gabe brachte das Essen und Andre behielt Violet im Blick, bis Gabe wieder weg war. »Ein bisschen verkorkst ist doch jeder von uns. Das Leben hinterlässt blaue Flecken und Narben und auch ein paar zerbrochene Träume. Wichtig ist nur, was wir mit denen anstellen, die nicht zerbrochen sind.«

Seine Worte hatten sie schon immer getröstet und beruhigt. Aber jetzt weckten sie in ihr Schuldgefühle und ließen sie die Einsamkeit spüren, die sie so lange verdrängt hatte. »Es tut mir so leid, dass ich unsere Träume zerbrochen habe. Ich möchte alles tun, damit die Wunden heilen, die ich uns zugefügt habe. Ich war so unglaublich dumm, Andre.«

»Ach, und was ist mit mir? Schließlich bin ich der Trottel, der dir nach gerade mal drei Monaten einen Heiratsantrag gemacht hat.«

Ihr Herz klopfte so wild, dass sie Mühe hatte, sich nicht

kurzerhand auf seinen Schoß zu setzen und ihn so zu küssen, wie sie es sehnlichst wollte. Stattdessen griff sie nach ihrem Fisch-Taco. »Stimmt, du bist ein Trottel. Aber dein Fehler war nicht, *dass* du jemandem einen Heiratsantrag gemacht hast, sondern *wem* du ihn gemacht hast. War dir nicht klar, dass ich komplett durchdrehen würde?«

Sie aß einen Happen, er schnappte sich sein Panini und sagte: »Verdammt, nein. Du warst die coolste Frau, die mir je begegnet war.«

Sie zog eine Braue hoch. »Ach, und deshalb hast du mich *Daisy* genannt?«

»Auch wieder wahr«, gab er zu. »Mit solchen Widersprüchen muss man leben, wenn man dich liebt. Du bist die stärkste und die weichste, die süßeste und faszinierendste Frau, die mir je begegnet ist.«

»Hör auf. Du weißt, ich mag keinen Kitsch.«

»Okay. Aber zusammen sind wir einfach großartig und das weißt du. Vermutlich war mir irgendwie schon klar, dass du dich nicht nahtlos in mein Leben in Boston einfügen könntest. Aber ich war ganz verrückt vor Liebe und mein Hirn komplett ausgeknipst. Ich wusste nur, dass ich ein ganzes Leben mit dir wollte.«

Sie biss in ihren Taco. Dabei versuchte sie, sich auf Rod zu konzentrieren, der gerade die Gitarre sinken ließ, und nicht auf ihren jagenden Puls und Andres sehnsüchtige Blicke. Jetzt ging Cory ans Mikrofon. »Ich, ähm, ich habe etwas für meine Mom geschrieben«, begann er. »Viele von euch wissen, dass sie schon lange nicht mehr unter uns ist. Und wer sie nicht gekannt hat ... also, von ihr habe ich nicht bloß das Glasblasen gelernt, sondern auch, mich zu behaupten, selbst wenn ich dafür mal jemandem in den Hintern treten muss.«

Leises Gelächter und Gemurmel antworteten ihm.

»Das ist für dich, Mom«, sagte Cory. »Manchmal hast du an meinem Bett gesessen und dachtest, ich schlafe. So habe ich viel über dich erfahren. In den Dämmerstunden, wenn deine Stimme brüchig war und deine Finger sanft über meinen Rücken oder meine Stirn gestrichen haben …«

In Violets Kopf verhallte Corys Stimme und wurde von ihren eigenen Gedanken überlagert. Er hatte so viele liebevolle Erinnerungen an seine Mutter. Sie hingegen konnte solche Erinnerungen an einer Hand abzählen. Viel stärker hallten Andres geflüsterte Worte und seine Berührungen in ihr nach, wenn er in der Klinik in Ghana oder irgendwo draußen im Freien an ihr vorbeigegangen war. Sein Atem an ihrer Wange, als er ihr beigebracht hatte, menschliche Figuren aus Ton zu formen. Wie sie unter den Sternen gelegen und er ihr erzählt hatte, weshalb er Kinderarzt geworden war. *Um denen helfen zu können, die noch zu klein und schwach sind, um sich selbst zu helfen.* Und weshalb er so gern Menschen zeichnete und modellierte. *Weil Menschen von Liebe geformt werden, von Hass, Entscheidungen, Stärke und Unsicherheit. All das in einer Skulptur auszudrücken, ist einfach wunderschön.*

Applaus brandete auf und holte sie zurück in die Gegenwart.

»Eines Tages möchte ich dich auch gern am Mikro sehen.« Andre drückte ihre Hand. »Ich bin gespannt zu hören, was du mit anderen teilst.«

Diesen Gefallen wollte sie ihm gerne tun, aber langsam wurde ihr noch etwas anderes klar, und das machte sie erneut beklommen. Normalerweise stellte sie sich Herausforderungen mit großer Entschlossenheit. Doch wenn es um Andre ging, war sie längst nicht so mutig.

»Wir beide leben schon wieder in ganz unterschiedlichen Welten«, sagte sie schnell. »Ich hier zusammen mit Desiree und du … Ja, wo eigentlich?«

Er zuckte die Achseln. »›Wo immer der Wind mich hinweht.‹«

Sie grinste. »Klugscheißer. Das habe ich dir damals geantwortet, als du mich kurz nach unserer ersten Begegnung gefragt hast, wohin ich als Nächstes gehen würde.«

»Ich wünschte, ich hätte gewusst, dass der Wind dich hierher geweht hat.«

»Du hast mich trotz allem wiedergefunden. Aber macht dir diese neue Situation keine Angst? Was passiert denn in einem Monat?«

»Ich weiß nicht mal, was heute Nacht passiert oder morgen. Von *in einem Monat* ganz zu schweigen. Aber wenn das hier alles ist, was wir zusammen haben können, dann ist es jetzt schon mehr, als ich je für möglich gehalten hätte.« Er beugte sich näher. »Aus meinem erfolglosen Heiratsantrag habe ich etwas Wichtiges gelernt: Nichts überstürzen, sondern die Sache mit uns in kleinen Schritten angehen. Einer nach dem anderen.«

Nichts überstürzen? Ein Schritt nach dem anderen? Wie sollte sie das bloß schaffen?

Auf der Bühne übernahmen jetzt Steph und Dwayne das Mikrofon. Steph griff in die Saiten von Rods Gitarre, Dwayne begleitete sie auf der Mundharmonika.

Andre stand auf, zog Violet hoch und drückte sie an sich. »Wir können schon mal üben.« Er legte eine Hand fest in ihr Kreuz, die andere schob sich heiß und schwer unter ihr Haar, sodass sie sich von der Brust bis zu den Hüften berührten. »Mit *Tanz*schritten fangen wir an«, murmelte er verführerisch. »Wir bleiben ganz eng zusammen, spüren uns und machen nur Minischritte.«

Der Abend verging wie im Flug. Sie tanzten, plauderten mit Violets Freunden und Bekannten, hielten sich an den Händen und stahlen einander Küsse. Als Steph wissen wollte, wie sie sich kennengelernt und wiedergefunden hatten, war Violet froh, dass Andre für sie beide antwortete. *Wir sind uns in Ghana über den Weg gelaufen. Ich habe ehrenamtlich in einer Klinik mitgeholfen, Violet war zufällig gerade im selben Dorf. Und kürzlich hat mich das Schicksal wieder vor ihre Tür geweht.*

Wie konnte ein Mann, bei dem alles so simpel klang, zugleich bewirken, dass sie ihr Innerstes nach außen kehrte? Mühelos holte er sie aus ihrer Komfortzone und brachte sie dazu, Dinge zu tun, die sie stets vermieden hatte. Wie Tanzen zum Beispiel. Vor ihm hatte sie nie mit einem Mann getanzt. Sie war seit ihrem siebten Lebensjahr nicht mehr in einer regulären Schule gewesen. Eine Zeit lang hatte Lizza sie selbst unterrichtet, dann aber die Lust daran verloren. So hatte Violet ihre Bildung selbst in die Hand genommen und sich vor allem online mit Informationen versorgt. Highschool-Partys und Abschlussbälle kannte sie nur aus Erzählungen, hatte also auch nie wie andere Teenager getanzt. Doch eines Abends hatte Andre sie in seine Arme gezogen und plötzlich hatte sie sich zum ersten Mal mit einem Mann im Takt gewiegt. Dabei hatte es gar keine Musik gegeben und auch keine anderen Paare, von denen sie sich etwas hätte abschauen können. Nur sie beide und das Verlangen in seinen Augen. Nie im Leben hätte sie geglaubt, dass sie sich einmal einem Mann so nahe fühlen würde. Doch in dieser Nacht war die Liebe zum Tanzen in ihr erwacht. Mit Andre.

»Sollen wir, Babe?«, fragte er.

Sie stellte fest, dass alle anderen bereits in ihre Jacken schlüpften. Aber sie wollte nicht, dass dieser Abend endete. Dass ihre Freunde Andre zum Abschied umarmten, ihm auf den Rücken klopften und ihm sagten, wie sehr sie sich schon auf ein Wiedersehen freuten, war ein schönes Gefühl. Als Elliott ihm an der Tür ein High Five gab, durchrieselte Wärme ihre Brust.

»Ich mag deine Freunde«, sagte Andre, während sie Hand in Hand zu ihrem Motorrad gingen.

»Das ist schön.« Sie zog die Motorradschlüssel aus der Tasche, holte tief Luft und hielt sie ihm hin – und zwar nicht, weil es sie fast um den Verstand gebracht hatte, wie er sie auf der Herfahrt von hinten umschlungen hatte. Nein, Andre ihr Motorrad fahren zu lassen, war ihre Art, ihm zu zeigen, wie sehr sie ihm vertraute. Noch nie zuvor hatte sie die Maschine irgendjemandem überlassen.

»Was ist? Willst du meine wanderlustigen Hände lieber am Lenker haben?«

»Das auch«, antwortete sie, denn manches war einfach zu schwer zuzugeben.

Sieben

Andre war auf dem besten Weg, den Verstand zu verlieren. Auf dem Heimweg schmiegte sich Violets warmer Körper fest an seinen. Sie hielt die Hände still und tat auch sonst nichts, um sein Verlangen anzufachen. Aber weibliche Verführungskünste hatte sie nie nötig gehabt. Allein ihre Nähe genügte. Und nach diesem Abend, an dem sie einander an den Händen gehalten, er immer wieder ihre schönen Lippen geküsst und die Stimme gehört hatte, die er so vermisst hatte, wollte er ihr nicht einfach Gute Nacht sagen. Auf dem Weg die Einfahrt entlang und auch, als er das Bike parkte, überlegte er angestrengt, wie er die Zeit mit ihr verlängern konnte. Ein Spaziergang am Strand, gemeinsam den Sternenhimmel bewundern, sich mehr über ihr Leben erzählen lassen. Verdammt, ihm war jeder Vorwand recht. Aber er hatte schon einmal zu sehr aufs Tempo gedrückt und es damit gründlich vermasselt. Ein zweites Mal durfte ihm das nicht passieren.

Er half ihr von der Maschine. »Sie fährt sich traumhaft.« Dass sie ihn ihr Motorrad fahren ließ, war etwas ganz Besonderes. Das war ihm bewusst und es machte ihm den Abschied noch schwerer.

Sie nahmen die Helme und gingen zu ihrem Cottage. Unterwegs sagte sie: »Du bist der Erste, dem ich sie anvertraut habe.«

»Wow. Ich danke dir.«

Er legte seinen Helm auf die Stufe an der Tür, nahm ihren und legte ihn daneben. Dann zog er sie in seine Arme. Diesmal musste er ihre Hände nicht an seine Taille legen. Sie schaute ihn mit einer Mischung aus Verlangen und Unsicherheit an und sofort überfielen ihn Erinnerungen. Selbst nach drei gemeinsamen Monaten war sie noch furchtbar nervös gewesen, als sie sich endlich geliebt hatten. Nie würde er ihr atemloses Flüstern vergessen, das Gefühl ihrer heißen Hände auf seiner Haut, nie all die intensiven Empfindungen, als er tief in ihr versunken war. So als hätte sein ganzes Leben nur auf diesen unvergleichlichen Moment zugesteuert. Er sehnte sich unendlich danach, ihr wieder so nahe zu sein.

»Das war ein schöner Abend.« *Und ich will nicht, dass er zu Ende geht.* »Hast du morgen auch ein bisschen Zeit für mich? Ich würde gern dein Töpferatelier sehen.«

»Mhm«, sagte sie. »Das zeige ich dir gern.«

Er legte die Lippen auf ihre, küsste sie langsam und tief und saugte das Gefühl ihrer süßen Kurven an seinem harten Körper in sich auf. Violet zu küssen, war himmlisch. Wieder aufhören zu müssen die Hölle. Federleicht streifte er nach dem Kuss ihre Lippen mit seinen und flüsterte: »Du hast mir gefehlt.«

»Du mir auch.« Ihre Finger gruben sich in seinen Rücken, als würde es auch ihr schwerfallen, ihm Gute Nacht zu sagen.

Mit der Zungenspitze zeichnete er den sinnlichen Schwung ihrer Lippen nach und sie drängte sich an ihn. Offenbar war sie so hungrig wie er. Ihr Mund war warm und süß, und als er sie noch einmal küsste, schob sie die Hände unter seine Lederjacke und dann an seinem Rücken nach oben. Dabei stöhnte sie auf.

Fuck. Dieser sinnliche Laut durchzuckte ihn und zog ihn noch heftiger in ihren Bann. Er grub die Finger in ihr Haar, küsste sie fester und rauer und liebte ihren Mund so, wie er ihren ganzen Körper lieben wollte. Nicht kurzerhand alle Zurückhaltung über Bord werfen zu können, war süße Folter. Aber die Angst, etwas zu überhasten und sie dann endgültig zu verlieren, bremste ihn.

Widerstrebend hob er den Kopf.

»Morgen?«, fragte er zwischen zwei Küssen.

Sie antwortete mit einem Laut zwischen Protest und Bestätigung und er musste sie einfach weiter verschlingen. Ihre Zungen umtanzten einander, er drängte seine Härte an ihren Bauch. Wieder ein verführerischer Laut, der Hitzewellen durch ihn hindurchjagte. Während er ihren Mund mit tiefen Küssen erforschte, verhedderten sich seine Gedanken. Es langsam angehen sah anders aus.

Verdammt. Die Realität war wie ein Kübel Eiswasser. »Morgen!«, wiederholte er wie einen Befehl.

Ihre Wangen waren gerötet und von seinen Stoppeln wundgekratzt, ihre Augen glasig. »Morgen«, sagte sie mit einem verführerischen Lächeln, das ihm verriet, wie gut sie wusste, was sie mit ihm machte. Und wie gut ihr das gefiel.

Nach einem weiteren schnellen Kuss nahm er seinen Helm und trat einen Schritt zurück. Sie hob eine Braue und streckte die Hand aus. Erst jetzt fiel ihm ein, dass er noch ihre Schlüssel hatte. Er zog sie aus seiner Tasche und legte sie ihr in die Hand. Dabei fühlte er sich wie ein liebeskranker, vor Lust halb verrückter Teenager.

Sie schloss die Tür auf und schaute ihn über die Schulter hinweg an. Der Blick aus ihren schönen Augen glitt über ihn wie ein Streicheln und prompt zuckte sein Schaft hinter seinem

Reißverschluss.

»Gute Nacht.« Sie nahm ihren Helm, schlüpfte durch die Tür und machte sie hinter sich zu.

Er ließ stöhnend den Kopf in den Nacken fallen, schloss die Augen und hoffte, dass die kühle Nachtluft ihn beruhigen würde. Wie zum Teufel sollte er das bis morgen aushalten? Geschweige denn mehrere Wochen lang?

Als er sein Cottage betrat, hätte er schwören können, dass ihr Duft ihn noch immer umwehte. Er lehnte sich von innen gegen die Tür und überlegte, ob er gegen jede Vernunft einfach zu ihr hinübermarschieren sollte. Was war das Schlimmste, was passieren konnte?

Sie kann morgen früh weg sein.

Dieser Gedanke sorgte dafür, dass er von der Tür weg-schnellte. Er ging um die Kisten mit seinem Künstlerbedarf herum, legte den Helm auf eine davon und zog seine Jacke aus. Gerade hatte er sie in den Sessel neben seinem Laptop fallen lassen, da überraschte ihn ein Klopfen an der Tür. Er machte sie auf und schon warf sich Violet in seine Arme. Ihre Münder prallten aufeinander. Nach einer Schrecksekunde durchlief ihn eine Welle aus Erleichterung und Verlangen.

»Ich brauche das jetzt einfach«, presste sie zwischen zwei fiebrigen Küssen hervor. »Ich muss in deinen Armen sein.«

»Da hast du immer hingehört.«

Er streifte ihr die Jacke ab, und sie fielen übereinander her, tasteten, packten zu, knabberten und saugten, als wäre das ihre letzte Chance. Sie zerrte an seinem Shirt und er zog es sich über den Kopf. Genauso schnell riss er ihr ihres herunter. Der Anblick der bunten Tattoos auf ihrer seidigen Haut nahm ihm den Atem. Ihre Brüste hoben sich unter ihrem durchsichtigen schwarzen BH, und verdammt, den wollte er ihr auch ausziehen, um dann jeden Zentimeter ihres Körpers zu berühren und zu lieben, wie er es jahrelang in seinen wildesten Träumen getan hatte. Wie er es mit aller Macht wollte. Doch er zwang sich, das Tempo zu drosseln und nahm ihre Hand.

»*Daisy.* Du bringst mich um«, sagte er und stieß den Atem aus. »Ich dachte, wir wollten es mit kleinen Schritten versuchen. Ich will dich nicht noch einmal verlieren.«

»Ich will nur in deinen Armen liegen, so wie früher. Nur küssen.«

Monatelang hatten sie nackt das Bett geteilt, ohne miteinander zu schlafen. Aber jetzt, wo er wusste, wie wunderbar sie harmonierten, wie ihre Körper und Herzen zusammenfanden, würde es noch zehnmal schwerer sein, sich zurückzuhalten. Er hatte keine Ahnung, wie er das schaffen sollte. Aber der Wunsch, sie in den Armen zu halten, war größer als der Drang zu atmen. Verdammt, irgendwie würde es ihm schon gelingen.

Er küsste sie lange und zärtlich, versank in ihrem Mund, bis die Laute, die er so sehr liebte, aus ihrer in seine Lunge glitten. Schließlich führte er sie um die Kisten herum ins Schlafzimmer.

»Was sind das alles für Sachen?«, fragte sie atemlos. »Sieht aus, als wolltest du für immer hier wohnen.«

»Alles Zeug für meine Kunst«, antwortete er. Über die Kisten konnte er jetzt nicht nachdenken, mit ihr wäre er sogar durch ein Minenfeld gegangen.

Mondlicht fiel schimmernd auf ihren schönen Körper und einen Moment lang sog er nur ihren Anblick in sich auf. Alles, was weich war an ihr, das Verlangen in ihren Augen, das fast unmerkliche Zittern ihrer Hände. Er trat so nahe an sie heran, dass seine Erektion praktisch aus seinen Jeans drängte, um sie zu erreichen. Gott, sie war atemberaubend und so die Seine. Diesmal würde er es nicht in den Sand setzen. Er nahm ihr

Gesicht zwischen die Hände und küsste sie tief. Wie lange hatte er sich nach diesem Moment gesehnt? Nach der Chance, sie zu sehen, zu berühren und noch einmal zu küssen? Sie zu lieben, wie sie es verdiente? Eigentlich hätte er panische Angst haben müssen, dass sie wieder die Flucht ergriff. Aber er war zu hungrig, zu verliebt in sie und zu glücklich.

Ganz langsam küsste er ihren schlanken Hals, saugte liebevoll an der zarten Haut am Übergang zu ihrer Schulter und hakte dabei ihren BH auf. Er spürte, wie sie erschauerte, als er ihr die Träger von den Armen streifte und ihre herrlichen Brüste von der Umhüllung befreite. Die Luft wich hörbar aus ihrer Lunge. Mit der Zungenspitze streichelte er den Rand des Tattoos, das knapp oberhalb der Rundung ihrer Brüste endete, und drückte dann einen Kuss auf die Stelle. Zärtlich umschloss er ihre Brüste mit den Händen, strich mit den Daumen über die harten Spitzen und hauchte zarte Küsse auf ihr Dekolleté. Doch das war noch längst nicht genug. Wenn Küssen wirklich alles war, was sie tun konnten, würde er Violet küssen bis zum Mond und zurück. Er verwöhnte ihre Brüste, küsste sich über ihren Bauch und die Tattoos auf ihren Rippen. Sie legte die zitternden Finger an seine Schultern, und als er zu ihr hinaufschaute, waren ihre Augen geschlossen und ein seliger Ausdruck umspielte ihre Lippen. Nachdem er ihre Jeans aufgeknöpft hatte, küsste er die warme Haut dort und streifte ihr die Hose von den Hüften. Mit der Zunge strich er am Rand ihrer schwarzen Spitzenpanties entlang. Violet duftete wie seine liebste Erinnerung, und je tiefer er ging, desto schwerer atmete sie. Während er ihr die Jeans vollends herunterzog, küsste er ihre Oberschenkel und malte mit der Zunge die Konturen jedes kunstvollen Tattoos nach. Schließlich nahm er Violet an den Händen, damit sie sich aufs Bett setzen und er ihr die Stiefel,

Socken und die Jeans abstreifen konnte.

Ihre geheimnisvollen Katzenaugen schauten zu, wie er sich bis auf den Slip auszog. Dann richtete sie sich auf dem Bett auf die Knie auf und sie streckten gleichzeitig die Hände nacheinander aus. Er wollte sie auf den Mund küssen, doch sie war schneller, küsste ihn auf die Wange, den Hals und dann auf die *Faith in Love*-Tätowierung. Hitze jagte von dort über seine Brust und dann direkt zwischen seine Beine.

»Es tut mir so leid«, flüsterte sie. »Ich wollte dir nie wehtun.«

»Ich weiß.« Er küsste sie leidenschaftlich. Ihre Brüste streiften seine nackte Brust, sein Körper bebte vor Verlangen. »Und ich wollte dir nie Angst machen«, murmelte er an ihren Lippen.

Sanft drückte er sie auf die Matratze und schob sich über sie. Seine Härte presste sich an ihre Mitte, sein Mund lag auf ihrem. Er küsste sie verführerisch langsam und teuflisch tief. Dabei strichen ihre Finger über die Narbe an seiner linken Flanke. Sie stammte von einem Vorfall bei einem ehrenamtlichen Auslandseinsatz vor drei Jahren. Die Schreie einer Frau hatten ihn damals aus dem Schlaf gerissen und er hatte Flammen aus einer nahegelegenen Hütte schlagen sehen. Ohne zu zögern, war er in das Feuer gerannt und hatte die Frau und ihren vierjährigen Sohn gerettet. Allerdings hatte sich der Kleine aus Angst vor den Flammen unter einem Tisch versteckt. Als Andre auf Händen und Knien nach dem Kind gegriffen hatte, war ein Teil des brennenden Dachs auf ihn gefallen und hatte ihn erwischt. In den Monaten bevor er und Violet sich zum ersten Mal geliebt hatten und ihre Herzen und Körper zu einer Einheit verschmolzen waren, hatten sie oft nackt beieinander gelegen und sich gegenseitig verwöhnt. Dabei hatten ihre Fingerspitzen ihn genauso berührt und gestreichelt wie jetzt.

Violets Hüften hoben sich und sie rieb ihre sinnliche Weichheit an ihm. Er schaute in ihre lustvollen Augen. »Nur küssen?«

Sie nickte, doch ihr Grinsen war sündig sexy.

»Ich muss ein Masochist sein.«

Erneut küsste er sich an ihr nach unten, für ihre Brüste ließ er sich besonders viel Zeit. Mit der Zunge umkreiste er ihre Nippel und entlockte ihr damit Laute voller Verlangen. Während er einen ihrer Nippel küsste, drückte er den anderen zwischen Zeigefinger und Daumen. Sie reckte sich ihm entgegen und er streichelte, küsste und leckte ihre Brüste hingebungsvoll. Als er die Lippen um eine der harten Spitzen schloss und kräftig daran saugte, vergrub Violet die Hände in seinem Haar und drängte sich an seinen Mund.

»Andre …«

»Das war ein Zungenkuss«, sagte er grinsend und wandte sich der anderen Brust zu. Er tastete, saugte und rieb sich dabei an ihr.

»Fuck«, stöhnte sie.

»Nein. Nur küssen.«

»Hör auf zu reden und mach weiter.« Sie zog seinen Mund zu ihrer Brust. »Warum war Aufhören so viel leichter, bevor wir richtig miteinander geschlafen haben?«

Er schob sich tiefer, drückte ihre Nippel zwischen den Fingern, küsste ihren Bauch und hörte sie lustvoll stöhnen. »Das war die Angst. Du hattest Angst vor den Gefühlen, die wir freisetzen würden.«

Er hielt sie an den Hüften und drückte feuchte Küsse auf die Innenseiten ihrer Oberschenkel. Sie spreizte ihre Beine noch weiter – eine Einladung, die er sehr gerne annahm. Frech drängte er einen Finger unter den Rand ihrer Panties, hob den feuchten Stoff an und schob ihn zur Seite. Ihre süße Erregung schickte heiße Blitze zwischen seine Beine.

»Fuck, Baby. Deinen Geschmack habe ich nie vergessen.«

Er küsste die empfindliche Haut direkt neben ihrer feuchten Mitte und sie atmete scharf ein. Erfreut über diesen sexy Laut küsste er weiter. Er wusste, wie er Violet mit den Fingern oder einem Saugen an der richtigen Stelle in kürzester Zeit zum Höhepunkt bringen konnte. Doch seine Angst, in einem leeren Bett aufzuwachen, war zu groß.

Dieser unaussprechliche Gedanke brachte ihn dazu, aufzuhören und sich aufzurichten. Er schaute in ihre verwirrten Augen.

Atemlos vor Verlangen fragte sie: »Warum hörst du auf?«

»Wenn wir jetzt weitermachen, wenn ich mit dir in meinen Armen einschlafe, woher weiß ich dann, dass du morgen früh noch da bist?«

»Weil mir diesmal klar ist, welche Konsequenzen es hat, dich zu lieben. Ich bin ein Nervenbündel, weil ich genau weiß, dass ich mich in dir verlieren werde. Trotzdem ist Aufhören keine Option. Und es langsam anzugehen auch nicht.«

Vor Glück und Erleichterung fiel sein Kinn auf seine Brust. Ihr Name kam über seine Lippen wie ein Gebet. »*Daisy.*«

»Das ist doch normal, oder? Wegen so etwas nervös zu sein?« Sie schaute beiseite. »Verdammter Mist. Habe ich es jetzt vermasselt?«

Er drehte ihr Gesicht zu ihm, sodass er ihr in die Augen schauen konnte. »Nein. Du hast es gerade noch besser gemacht.«

»Und ich dachte, jetzt ist womöglich alles im Eimer. Vielleicht liebst du mich jetzt am besten, bis ich keinen Ton mehr rauskriege und zu erschöpft bin, um mich noch zu rühren.«

Er lachte und küsste sie tief. »Du weißt, ich liebe Herausforderungen.«

»Aber erst musst du mir noch einen Gefallen tun.«

»Gegen die Nur-küssen-Regel verstoßen? Gern.«

Sie schüttelte den Kopf und drückte eine Hand gegen seine Brust. »Auf den Rücken mit dir, Großer.«

Er ließ sich auf den Rücken fallen und sie zog ihm den Slip aus. Seine Erektion reckte sich ihr entgegen. Es gab keinen schöneren Anblick, als wenn Violet ihn liebte. Die Erinnerung an ihren lustvollen Blick, wenn sie ihn mit dem Mund oder den Händen verwöhnte, hatte ihn in den letzten Jahren unzählige Male überfallen, oft ausgelöst vom Duft von Jasmin.

Sie kniete sich zwischen seine Beine und beugte sich über ihn. Ihr Haar fiel um ihre Gesichter wie ein Vorhang. Plötzlich legte sie die Stirn in Falten und sagte: »Hör auf, mich so anzusehen.«

»Wie denn?«

»Ach, egal. Mach einfach die Augen zu.«

Er schloss die Lider und sie küsste sich über seine Brust und seine Bauchmuskeln. Ihre Finger legten sich um seinen Schaft, dann leckte sie ihn vom Ansatz bis zur Spitze. Andre stöhnte lustvoll auf, öffnete verstohlen die Augen und beobachtete, was Violet mit ihm anstellte. Mit geschlossenen Lidern saugte und leckte sie ihn und tat magische Dinge mit ihren Fingern. Die sinnlichen Laute, die sie dabei ausstieß, machten ihn ganz verrückt.

Er ballte die Hände zu Fäusten. »Fuck, Baby«, stieß er hervor. »Das fühlt sich unglaublich gut an.« Sie saugte kräftiger. »Ja! Gott, Baby. Dein Mund ist der Himmel.«

Sie hob den Kopf. »Hör auf, süßes Zeug zu sülzen.«

»Warum?«

Sie funkelte ihn an. »Weil ich dann schmelze. Und wenn ich schmelze, kann ich dich nicht um den Verstand bringen.«

»Ich bin hart wie Stein, Babe. Offenbar funktioniert es ganz gut.«

Sie warf ihm einen stechenden Blick zu und er gluckste.

Erneut nahm sie ihn in den Mund und saugte ihn tief in sich ein. Seine Hüften zuckten und er vergrub die Hand in ihrem Haar. »Ja, Baby. Großer Gott, einfach traumhaft.«

Sie hielt abrupt inne und fixierte ihn finster.

»Ich kann nicht anders.« Er lachte. »Das süße Gesülze kommt einfach so aus mir raus. Was soll ich denn sagen? *Blas mir einen, du Schlampe?*«

Sie warf ihm einen Killerblick zu.

»Ein Dazwischen gibt es nicht, Babe. Ich liebe dich. Und das hört man eben.«

»Oh Mann!« Sie schnappte sich sein Shirt vom Boden. »Muss ich dich erst knebeln?«

Mit einer geschmeidigen Bewegung zog er sie unter sich und schob sich auf sie. Jetzt lachten sie beide.

»Du hast es mit deinem Kitsch versemmelt«, sagte sie glucksend. »Ich wollte, dass die Erde unter dir bebt.«

»Das schaffst du mühelos. Schluss mit dem Versteckspiel. Ich mag meine zart schmelzende Violet genauso gern wie die wilde. Und jetzt, meine Süße …« Er küsste sie energisch und tief. »Jetzt werde ich dich gut und hart lieben und dabei süßes Zeug seufzen, bis du aufgibst und vor Weichheit zerfließt. Klar so weit?«

Erfolglos versuchte Violet, ein Lächeln zu unterdrücken. »Aufgeben? Ich? Träum weiter.«

Seine Augen verdunkelten sich. »Vorsicht, Babe.« Er senkte den Kopf und fing wieder an, ihre Brüste zu küssen. »Denk daran, ich liebe Herausforderungen.«

Sie holte Luft und wollte ihm eine flapsige Antwort geben. Doch heraus kam nur eine ganze Reihe lustvoller Laute, weil er ihr die Panties abstreifte, sie mit dem Mund und den Händen verwöhnte und ihr damit fast die Sinne raubte. »Du bist so süß, meine Liebste. Du hast mir so gefehlt«, flüsterte er, trieb sie unaufhaltsam dem Gipfel der Lust entgegen und hielt sie dort in der Schwebe.

Seine zärtlichen Worte machten alles noch viel intensiver und liebevoller. Sie lösten die Knoten voller Angriffslust, die sie stets in sich trug, und sprengten die Rüstung, mit der sie sich schon fast ihr ganzes Leben lang abschleppte.

Außer, wenn sie mit Andre zusammen war.

Zwar gab sie sich alle Mühe, ihm gegenüber genauso stachelig zu sein wie bei jedem anderen. Aber seine Liebe war zu mächtig, ihr Verlangen nach ihm unbeherrschbar. Genüsslich betrachtete er ihre bebende Mitte und seine Gefühle brachen aus ihm heraus wie Wasserkaskaden in einem klaren Fluss. »Ich liebe deinen Geschmack und wie du dich bewegst.« Plötzlich hatte sie nicht mehr das Gefühl, die Kontrolle behalten zu müssen. Sie lieferte sich seiner Liebe aus und krallte die Finger in das Laken. Bei jedem Streicheln seiner Zunge, jedem zärtlichen Wort grub sie die Fersen in die Matratze. Und als er die verborgene Stelle liebkoste, bei der alle ihre Gedanken zerstoben, schrie sie seinen Namen und ließ sich von den Wellen der Leidenschaft mitreißen. Während er sie gekonnt von Orgasmus zu Orgasmus trieb, klammerte sie sich an seine

Schultern, und er blieb bei ihr bis zum letzten kleinen Nachbeben.

Am Ende fiel sie ermattet auf die Matratze und atmete schwer, während er ihre Oberschenkel küsste. »Ich kann nicht warten, Andre. Liebe mich«, stieß sie atemlos hervor.

Als er sich zur Seite beugte und die Nachttischschublade öffnete, legte sie ihre Hand auf seine und spürte, dass auch er ein wenig zitterte. »Was tust du?«

»Ich habe Kondome besorgt.«

»Beim letzten Mal haben wir auch keins benutzt. Muss ich mir Sorgen machen?«

»Verdammt, nein. Ich würde dich nie in Gefahr bringen. Aber ich wollte auch nicht einfach davon ausgehen, dass es für dich okay ist, keines zu benutzen.«

Sie zog ihn zu sich und lächelte ihn an. »Du bist der einzige Mann, mit dem das für mich je okay war. Und jetzt mach schnell und zeig mir, warum.«

»Ich habe Jahre auf diesen Moment gewartet und dachte, er würde niemals kommen«, raunte er. »Auf gar keinen Fall werde ich irgendwas im Eiltempo tun.«

Sein liebevoller Blick ließ ihren ganzen Körper kribbeln. Er legte sich auf sie, stützte sich auf die Unterarme, nahm ihr Gesicht zwischen die Hände und küsste sie tief. Sie hob die Hüften, und in dem Moment, in dem er in sie drang, fügten sich alle zerbrochenen Teile in ihr zu einem Ganzen. Als er tief in ihr vergraben war, spürte sie, wie ihr ganzer Körper ausatmete.

Sie schlang die Arme um ihn. »Bleib so liegen. Du hast mir unendlich gefehlt. Ich will dich einfach nur spüren. Nur eine Minute lang, genau so.«

Zart strich er mit den Lippen über ihre. »Und noch ganz

viele weitere Minuten an ganz vielen Tagen.«

Später lag Violet in Andres starken Armen und lauschte seinen friedvollen Atemzügen. Selbst nach all der Zeit, die sie getrennt gewesen waren, klangen sie tröstlich vertraut. Vorsichtig machte sie sich los, setzte sich auf die Bettkante und versuchte, ihre Gedanken und Gefühle zu ordnen. Sie betrachtete die auf dem Fußboden verstreuten Kleider, sein Shirt, das als Knäuel am Kopfende des Betts lag, seit sie gedroht hatte, ihn damit zu knebeln. Lächelnd betrachtete sie den geduldigen, entschlossenen Mann, der nicht zuließ, dass sie sich hinter ihrer Stacheligkeit versteckte. Er war wunderschön – innerlich und außen. Zart küsste sie ihn auf die Wange, stand auf und ging leise ins Badezimmer.

Als sie zurückkam, schlief er immer noch fest.

Sie warf einen Blick zur Tür und ihr Puls beschleunigte sich. *Wie konnte ich dich je verlassen?* Schnell schlüpfte sie neben ihm ins Bett und zog die Decke über sie beide. Mit einem schläfrigen Laut legte er den Arm um ihre Taille und zog sie dicht zu sich.

»Du bist nicht gegangen«, murmelte er schlaftrunken und flocht die Finger zwischen ihre.

Sie schmiegte sich an ihn. »Warum sollte ich gehen, wo ich doch endlich verstanden habe, dass hier bei dir der Platz ist, an den ich am meisten gehöre.«

Acht

Violet schnitt in der Küche des Summer House Inn frisches Obst fürs Frühstück und schaute zu, wie Andre einen Pancake wendete. In seinen Jeans und dem tannengrünen Shirt sah er einfach zum Anbeißen aus. Sie konnte noch gar nicht glauben, dass das hier wirklich passierte. Er war echt, er war hier und er hasste sie nicht. Wunderbar! Denn ihr Selbsthass reichte vermutlich für sie beide. Sie musste verrückt gewesen sein, diesen Mann zu verlassen.

Er legte gerösteten Speck auf ein Küchentuch und zwinkerte ihr zu. Sofort flog in ihrem Magen ein ganzer Schwarm Schmetterlinge auf. Schon seit Sonnenaufgang konnte sie nicht mehr aufhören zu lächeln. Gleich beim Aufwachen hatte es zärtliche Küsse gegeben und so kitschig süßes Geflüster, dass man davon Karies kriegen konnte – *Gott, wie ich das liebe.* Über eine Stunde lang hatten sie im Bett gelegen, sich geküsst und leise geredet. Dann hatten sie beschlossen, Desiree und Rick mit einem Frühstück zu überraschen, bevor die beiden heute zu ihrer Hochzeitsreise aufbrachen.

Sie stellte den Teller mit dem Obst beiseite und dachte an die Kisten und Schachteln voller Künstlerbedarf in Andres Cottage. »Nach dem Frühstück zeige ich dir mein Atelier oben.

Wenn du möchtest, kannst du deine Sachen dort unterbringen und das Atelier mitbenutzen.« Sie hörte Desiree und Rick draußen reden und nahm schnell zwei große Tassen aus einem Schrank.

»Guten Morgen«, begrüßte sie die beiden, die händchenhaltend in die Küche kamen. Sie sahen noch glücklicher aus als sonst, was eigentlich kaum möglich war. Denn die zwei waren die glücklichsten Menschen, die sie kannte.

»Holla.« Desiree zeigte mit großen Augen auf die Teller voller Pancakes, Obst, Speck und Rührei. »Bin ich hier im richtigen Haus?«

Rick grinste und senkte die Stimme. »Ich glaube, ich habe Violet noch nie kochen sehen.« Er tat, als wäre dieser Kommentar nur für Desirees Ohren bestimmt.

»Ich koche nicht.« Violet nickte zu Andre hinüber. »Dafür ist er da.«

»Violet wollte euch vor eurer Abreise überraschen«, erklärte Andre.

Sie wandte sich ab. Den liebevollen Ausdruck in den Augen ihrer Schwester hatte sie trotzdem gesehen.

»Du wolltest uns überraschen?« Desiree schob sich in Violets Blickfeld und studierte ihr Gesicht. »Und du lächelst. Oh, Violet!« Sie warf die Arme um sie. »Dass du glücklich bist, ist das allerschönste Hochzeitsgeschenk!«

Violet machte sich los, Rick gluckste leise und fing sich dafür einen düsteren Blick von ihr ein. »Du stachelst sie an. Das weißt du, oder?«

»Sie liebt dich, Vi. Das ist doch schön. Außerdem sind wir ja bald weg, und ich muss die Zeit nutzen, um dich ein bisschen auf die Palme zu bringen.« Rick schnappte sich ein Stück Speck und lehnte sich neben Andre an die Küchentheke. »Sehr lecker,

Kumpel. Danke. Und dir auch danke, Violet, für die tolle Idee.«

Violet verdrehte die Augen. »Wie wär's, wenn du dich nützlich machst und die Sachen zum Tisch rausträgst, bevor die Aasgeier hier einfallen?«

»Zu spät!«, rief Emery. Zusammen mit Dean schob sie sich durch die Küchentür. Sie hatten beide Sportsachen an. »Wir sind schon da und … *Heiliger Bimbam!* Violet hat Andre noch nicht in die Flucht geschlagen?«

Violet drückte ihr den Obstteller in die Hände. »Du kannst dir ein Stück Obst in den Mund stecken und still sein oder eine gewischt kriegen. Ganz wie du willst.«

»Hunde, die bellen, beißen nicht.« Kichernd trug Emery den Teller nach draußen.

»Hey, Mann«, sagte Dean zu Andre. »Ist dieses Toller-Sex-führt-zu-besonders-leckerem-Frühstück-Ding hier im Summer House Inn eigentlich ansteckend?«

Rick und Desiree lachten.

»Fuck«, murmelte Violet. Andre schaute verwirrt von einem zum anderen. Sie gab Dean den Teller mit den Pancakes. »Nein, ist es nicht.« Rick hielt sie den Teller mit dem Rührei hin und zeigte zur Tür. »Raus.«

»Bin schon weg«, sagte Rick und trug zusammen mit Desiree Essen und Geschirr hinaus. Violet und Andre blieben allein zurück. *Endlich.* Dass sie sich mit der Tratschtruppe würde herumschlagen müssen, hatte sie völlig vergessen.

Andre zog sie in seine Arme. »Du siehst heiß aus in lila.«

Sie schaute auf ihr dunkellilafarbenes Tanktop hinunter. »Danke.«

»Aber Pink steht dir noch besser.« Er küsste sie auf die Wange, und erst jetzt merkte sie, wie warm ihr Gesicht war. Vermutlich war sie knallrot. »Was ist dieses Toller-Sex-führt-zu-besonders-leckerem-Frühstück-Ding, von dem Dean gesprochen hat?«

»Desiree kocht gern und sehr gut. Aber wenn sie und Rick in der Nacht zuvor besonders viel Spaß gehabt haben, ist ihr Frühstück immer absolut sensationell.«

Ein Grinsen huschte über Andres Gesicht. »Sieht aus, als müsste ich mich noch ein bisschen mehr anstrengen.«

»Noch ein bisschen mehr und ich kann nicht mehr laufen.« In der vergangenen Nacht hatten sie sich dreimal geliebt, und sie hatte fast so etwas wie Muskelkater davon.

Er kniff die Augen zusammen. »Ich habe von meinen Frühstückskochkünsten gesprochen.« Er packte ihren Hintern und drückte die Lippen auf ihre.

»Nehmt euch ein Zimmer.« Chloe platzte in die Küche. »Ich hole mir bloß Kaffee. Hey, Andre, du hast nicht zufällig einen Bruder, der Single ist?«

»Nicht dass ich wüsste. Aber Justin soll Single sein.«

Chloe schenkte sich Kaffee ein. »Nein, danke. Mit den Bad Boys bin ich durch. Ich hätte gern jemanden, der hin und wieder lächelt.«

Andre flocht die Finger zwischen Violets. »Manchmal muss man für ein Lächeln hart kämpfen. Aber das macht es dann zu etwas ganz Besonderem.«

»Großer Gott!«, schimpfte Violet, als Chloe mit ihrem Kaffee die Küche verlassen hatte. »Kannst du bitte nicht so kitschiges Zeug über mich sagen?«

»Wer sagt denn, dass ich von dir gesprochen habe?« Er lachte über ihren düsteren Blick. »Wie gesagt – du wirst mich nicht in die Flucht schlagen, und ich werde nicht ändern, wie ich meine Liebe für dich zeige. Also gewöhn dich besser daran, dass du fast die ganze Zeit innerlich ziemlich geschmolzen sein wirst.«

»Fast die ganze Zeit? Klingt grauenhaft.«

»Du liebst das. Und abgesehen davon …« Er schob sie rückwärts gegen die Wand und hielt sie dort mit seinem harten Körper fest. Seine Augen wurden nachtschwarz, als er das Becken an ihres drängte und mit einer Hand in ihr Haar griff. »Ich habe *fast* gesagt. Ich habe deine weichere Seite gesehen, und die gehört genauso zu dir wie die harte, stachelige, die du allen anderen zeigst. Wenn du irgendwann nicht mehr dagegen ankämpfst, wenn du dir erlaubst zu schmelzen und geliebt zu werden wie damals in Ghana, wenn ich weiß, dass du dich nicht mehr dagegenstemmst, lassen wir auch die wilde, raue Violet ab und zu zum Spielen raus. Knebel, seidene Fesseln, was immer du willst, Baby – ich bin dabei.«

Mit Violet und ihren Freunden zu frühstücken, machte Andre einen Riesenspaß. Die Frauen waren lebhaft und schlagfertig und zogen Violet unbarmherzig damit auf, wie häuslich sie plötzlich geworden war. Was fast zwangsläufig zu Scherzen über ihr Liebesleben führte. Violet ertrug es tapfer, ignorierte die meisten Kommentare und gab flapsige Antworten, wenn es ihr zu viel wurde. Rick und Desiree erzählten von ihren Reiseplänen, Drake und Dean fragten Andre, ob er Lust hätte, morgens mit ihnen zu laufen. Emery fand, er und Violet sollten lieber mit ihr Yoga machen. Es sei denn, es hielt sie davon ab, ein anständiges Frühstück auf den Tisch zu bringen. Inzwischen verstand er sehr gut, weshalb Violet es geschafft hatte, hier sesshaft zu werden.

Einen so lustigen und unbeschwerten Morgen hatte er lange nicht erlebt. Schon der Anfang war wunderbar gewesen, denn er war mit Violet in seinen Armen aufgewacht. Ein paar neue Dinge hatte er heute auch bereits über sie gelernt. Zum Beispiel, dass sie sich nicht gerne umarmen ließ. Außer von ihm und, wie er widerwillig feststellen musste, von Justin. Und dass sie für rein gar nichts, was sie tat, Lob, Dank oder Anerkennung haben wollte. Ihre Kunstwerke nicht zu signieren, war nur ein kleiner Teil davon. Rick und Desiree taten ihm fast ein bisschen leid. Violet hatte die beiden zum Abschied nur ganz kurz gedrückt und so getan, als würde sie sie in den nächsten Wochen ganz sicher nicht vermissen. Danach hatte sie mit einer Mischung aus Glück und Sehnsucht in den Augen in der Einfahrt gestanden und ihnen hinterhergeschaut. Abgewandt hatte sie sich erst, als der Wagen um die Ecke gebogen war. Aber ihm konnte sie nichts vormachen. Die beiden würden ihr definitiv fehlen, trotz all ihrer markigen Worte. *Endlich. Jetzt haben wir das Inn die nächsten dreieinhalb Wochen für uns. Außer wenn die Schnorrer zum Frühstück antraben.*

Auf dem Weg nach oben in ihr Töpferatelier ging ihm durch den Kopf, dass sie für das Überraschungsfrühstück für Desiree und Rick ebenfalls keinen Dank erwartet hatte. Und ihm fiel etwas ein, was Steph ihm gestern Abend im Café erzählt hatte. Offenbar ließ Violet alles stehen und liegen, wenn Rowans Tochter Joni ihre Hilfe brauchte. Und für Steph war sie zu einer Art Ersatzschwester geworden. Stephs jüngere Schwester Bethany war Ashleys beste Freundin gewesen. Und nach Ashleys Selbstmord hatte Bethany sich in Drogen geflüchtet. Ab und zu tauchte sie auf, nur um dann genauso plötzlich wieder zu verschwinden. Für Steph war Violet ein Geschenk des Himmels, denn sie half ihr, mit dem Gefühlstumult klarzukommen, den die Besuche ihrer Schwester in ihr auslösten.

Zu gerne hätte er all das von Violet selbst erfahren. Aber vermutlich musste schon ein Wunder geschehen, damit diese Frau sich einmal selbst auf die Schulter klopfte. Ihm die Tür zu ihrer geheimen Welt zu öffnen, von der nicht einmal Desiree etwas ahnte, war ein riesiger Schritt gewesen und zeigte, wie groß ihr Vertrauen zu ihm war. Wie sehr sie ihren beiden Freundeskreisen am Herzen lag, war deutlich zu spüren. Er wünschte nur, die Trennung von ihm hätte nicht zu einer solchen Zerrissenheit in ihrem täglichen Leben geführt.

»Da sind wir.« Sie öffnete die Tür des Ateliers.

Der hohe Raum war lichtdurchflutet. In den Duft von Räucherstäbchen mischte sich der Geruch von Ton und Farbe. Hier sah es aus, als wäre die Renovierung noch nicht ganz abgeschlossen. Sofort fiel sein Blick auf das Durcheinander von halbfertigen Arbeiten auf der rechten Seite. Auf Holztischen standen Tonvasen, Becher und Bleistifthalter. Daneben lagen Skizzen und Werkzeug. All das sagte viel über die Frau, die hier arbeitete, und fühlte sich sehr vertraut an. Alte Zeitungen und Zeitschriften lagen auf Tischen und auf dem Holzfußboden neben einem Berg Abdecktücher. Auf einem runden Tisch in einem Erker mit fast raumhohen Fenstern mit Blick auf die Bay stapelte sich Stoff, und an waagerechten Holzstangen, die an langen Seilen von den Deckenbalken hingen, trockneten gebatikte Tücher. Die wenigen hölzernen Stühle trugen hier und da Krusten von getrocknetem Ton von den Händen der Künstlerin.

Er wollte die Geschichte dieser Spuren hören und wünschte, er wäre dabei gewesen, als sie entstanden waren. Wie in einem Film sah er vor sich, wie Violet an der Töpferscheibe arbeitete oder vor dem Brennofen in der Ecke hockte und ihre Stücke vorsichtig hineinstellte. Doch etwas fehlte, und das tat ihm weh: Nirgendwo in diesem Raum gab es auch nur eine einzige größere Skulptur.

Die linke Seite des Ateliers war wie eine andere Welt. Dort waren Farbdosen und -tuben nach Farbtönen, Leinwände und Pinsel nach Verwendungszweck und Größe sortiert. Auf einer Staffelei stand ein halbfertiges Bild. Es zeigte einen Mann von hinten auf einem Dock stehend, die Umrisse eines Bootes waren bereits sichtbar.

Nur den rustikalen Holzboden hatten die beiden Seiten dieses Raumes gemeinsam. Er war vernarbt und zerkratzt, voller Tonspritzer und Farbflecken. So erzählte er davon, wie Desiree und Violet zusammengefunden hatten.

Andre griff nach einer schönen Tonschale mit einem gewellten Rand. »Das alles wirkt so vertraut und doch fremd.«

»Es ist ja auch lange her.« Violet deutete nach links. »Desirees Bereich. Sie malt, wie du ja weißt. Und das Atelier teilen wir uns.« Sie zeigte auf eine geschlossene Tür. »Unser Vorratslager.« Dann nickte sie zu einer zweiten Tür hin. »Die Toilette.«

»Und deine Skulpturen? Hast du damit aufgehört? Du warst ein absolutes Naturtalent, und ich habe mir immer vorgestellt, wie du einmal die Kinder nachbildest, denen du geholfen hast.«

Sie ging zu den hohen Fenstern und schaute aufs Wasser hinaus. »Ich arbeite tatsächlich noch an größeren Stücken. Nur nicht hier.«

»Aber warum denn nicht?« Er ging zu ihr.

Sie zuckte mit den Schultern und spielte mit dem Saum ihres Tanktops. Das dunkle Lila ließ auch ihr Haar noch dunkler erscheinen und das Grün ihrer Augen noch intensiver strahlen. Er fragte sich, ob sie ihre Kleidung noch immer je nach Stimmung und Gefühlslage auswählte.

»Skulpturen waren *unser* Ding«, sagte sie. Ihre gepresste Stimme verriet, dass es ihr nicht leichtfiel, darüber zu sprechen. »Jetzt sind sie etwas Privates, etwas, was ich nur für mich mache.«

Er schob die Finger in ihr Haar, legte die Hand an ihre Wange und fragte sich, ob sie wusste, wie viel ihm das bedeutete. »Ich bin so froh, dass du nicht aufgehört hast. Wo sind denn deine Skulpturen? Dieses andere Atelier würde ich auch gerne sehen.«

Ihr Blick huschte zum Fenster, dann zu ihm zurück. Sie schaute ein bisschen reumütig drein. »Bei Justin.«

Das fühlte sich an wie ein Faustschlag in die Magengrube und er atmete erst einmal tief durch. »Du hast Geheimnisse vor deiner Schwester und deinen Freundinnen, aber nicht vor Justin? Weiß er auch von deinen Besuchen im Common Grounds Coffeehouse?«

Sie schüttelte den Kopf. »Wir haben ein paar gemeinsame Bekannte, und Dwayne ist sein Cousin, aber ins Café geht er eigentlich nie.«

Er wich einen Schritt zurück. »Ich versuche wirklich, dich zu verstehen, Babe. Aber falls es etwas gibt, was ich über dich und Justin wissen müsste, dann sag es mir bitte.«

»Da ist nichts.« Sie verschränkte die Arme. »Als ich hier angekommen bin, habe ich Desiree kaum gekannt. Sie war nicht viel mehr als eine Vorstellung in meinem Kopf. Eine Halbschwester, die ich nur in meiner Kindheit hin und wieder für ein paar Tage gesehen habe. Und auch die waren alles andere als fröhlich und unbeschwert. Ich hatte keine Ahnung, ob wir uns verstehen würden und eine echte Verbindung zueinander aufbauen konnten. Sie ist diejenige, die unser Vater behalten hat.«

Der Schmerz in ihrer Stimme schnitt Andre ins Herz. »Das tut mir leid, Babe. Ich dachte, Lizza hätte das entschieden.«

Er streckte die Hand nach ihr aus. Sie schüttelte den Kopf, wich aber nicht zurück.

»Wenn du eine Stieftochter hättest, würdest du dann zulassen, dass jemand sie einfach mitnimmt?« Sie wartete seine Antwort nicht ab. »Ach, nicht so wichtig. Du hast gefragt, weshalb ich nicht hier an Skulpturen arbeite. Hier gab es viel zu tun und ich hatte viel zu verarbeiten. Mit Desiree, dem Inn und dem verdammten Chaos, das Lizza uns hinterlassen hat. Meine Erinnerungen an dich wollte ich nicht auch noch dazupacken. Gleichzeitig wollte ich weder dich vergessen noch wie es sich angefühlt hat, mit dir zusammen zu sein. Als ich Justin davon erzählt habe, hat er mir angeboten, in seinem Steinmetzatelier zu arbeiten. Zeitlich passt das prima. Im Frühjahr und Sommer ist er meist tagsüber und an den Wochenenden dort. Da habe ich sehr wenig Zeit. Wegen der Arbeit in der Galerie und der Pension kann ich mich meist erst spät abends mit meinen Skulpturen beschäftigen. Dieses Jahr haben wir wegen der Hochzeit ab September keine Reservierungen mehr angenommen. Aber normalerweise ist hier bis in den Spätherbst hinein ziemlich viel los. Im Herbst und Winter kehren sich Justins und meine Zeitpläne dann um.«

Der Stich, den es ihm gab, dass sie mit diesem Mann so viel teilte, war nur halb so schmerzhaft wie das, was sie ihm gerade über Ted, ihren Stiefvater, erzählt hatte. Andre hatte ihn bei der Hochzeit kennengelernt, und der Mann hatte von Violet gesprochen wie von einer geliebten Tochter, nicht wie von einer Verstoßenen. So gern er ihr das jetzt gesagt hätte, ihr Ton und ihre Körpersprache zeigten, dass sie im Moment nicht weiter darüber reden wollte. Er hoffte, dass sich bald eine Gelegenheit ergeben würde und sie dann offener über diesen Teil ihres Lebens sprechen konnte – so wie schon über ein paar andere.

Zugleich war er voller Bewunderung für diese starke Frau, der es gelungen war, ihn in ihrem Herzen zu behalten, während sie gleichzeitig ihre Beziehung zu Desiree wiederbelebt und mit ihr die Pension in Schwung gebracht hatte, obwohl sie noch hundert andere Dinge beschäftigten.

»Schön, dass du einen Ort hast, an dem du dich mit deinen Skulpturen gut aufgehoben fühlst. Ich hoffe, deine Kreativität kann dort so richtig sprudeln.« Er küsste sie zärtlich auf die Lippen.

»Das Angebot vorhin war ernst gemeint. Du kannst gern alle deine Stolperfallen aus dem Cottage heraufbringen und hier arbeiten. Sollen wir ein bisschen Platz für dich schaffen?«

»Holla, Mädel. Sachte! Bietest du mir wirklich an, mit in dein Atelier zu ziehen? Das ist ein riesiger Schritt«, scherzte er.

Sie lächelte. »Größer als zuzulassen, dass ich innerlich schmelze, während du mich um den Verstand vögelst?«

Er küsste sie gleich noch einmal. »Du hattest keine andere Wahl. Meine Qualitäten als Liebhaber sprengen deine harte äußere Schale. Also ja. Dieser neue Schritt ist größer. Wenn auch vielleicht nicht ganz so groß, wie mich dein Motorrad fahren zu lassen.«

»Verdammt«, zischte sie. »Du hast recht. Falsche Reihenfolge.«

Er nahm ihre Hand und zog sie zur Tür.

»Warum so eilig?«

»Machst du Witze? Ich will Fakten schaffen, bevor du es dir anders überlegst.«

Neun

Andres Werkzeug und sein Material im Atelier neben ihren Sachen liegen zu sehen, erinnerte Violet an den Abend in Ghana, an dem er ihr geholfen hatte, all ihr Material in dem Zelt unterzubringen, in dem er an seinen Skulpturen gearbeitet hatte. Das hatte sich damals schon genauso gut angefühlt wie jetzt.

»Der Rest des Hauses sieht aus, als wäre hier erst kürzlich renoviert worden. Warum habt ihr das Atelier so unfertig gelassen?«, fragte er, während er ein paar schöne Tongefäße mit gewellten Rändern zu einem anderen Tisch trug.

»Lizza hatte Cape Renovators, die Firma von Justins Vater und seinen Brüdern, mit den Arbeiten beauftragt. Aber Lizzas unausgegorene Ideen hätten den Charakter des Summer House Inn komplett zerstört. Rick ist Architekt und mit seiner Hilfe haben Desiree und ich die Renovierung neu geplant. Lizzas Atelier zu verändern, haben wir allerdings nicht übers Herz gebracht.«

»Ich dachte, sie war nicht bei euch, wenn ihr als Kinder die Sommerferien hier verbracht habt.«

»Das stimmt, aber später hat sie mal eine Weile hier gewohnt.« Violet stellte eine Werkzeugkiste ab. »Und in unserem

Haus in Oak Falls hatte sie früher auch ein Atelier.«

»Wie war es denn dort?«

»Als sie mit mir weggegangen ist, war ich erst sieben. Allzu viel weiß ich also nicht mehr. Aber man könnte sagen, alles lief recht normal. Des und ich haben gespielt, sind zur Schule gegangen, wir haben alle gemeinsam zu Abend gegessen …«

»Zusammen mit Lizza und Ted? War sie damals noch öfter zu Hause?«

»Ich glaube schon. Aber ich erinnere mich vor allem daran, was ich verloren habe, als sie mich von dort in die weite Welt geschleppt hat. Die süße, perfekte Desiree und Ted, den einzigen Vater, den ich je gekannt habe. Meine Erinnerungen an Lizza sind anders als Desirees. Schwer zu sagen, was ich mir im Nachhinein zusammengereimt habe, weil ich es nun mal glauben wollte.«

»Ihr wart beide noch so klein. Sicher habt ihr euch vieles ausgedacht und zurechtgebogen. Das machen Kinder, um mit schwierigen Situationen klarzukommen, um zu überleben. Wie unterscheiden sich denn deine Erinnerungen von Desirees?«

Sie unterdrückte den Impuls, die Frage mit einem Achselzucken abzutun. So ungern sie die alten Geschichten ans Licht zerrte, jedes verborgene Teil von ihr, das sie mit Andre teilte, machte ihr inneres Gepäck ein bisschen leichter.

»Desiree erinnert sich vor allem daran, dass sie ständig um Lizzas Aufmerksamkeit gekämpft hat. Und dass Lizza immer sehr mit ihrer Kunst beschäftigt war und ärgerlich reagiert hat, wenn sie gestört wurde. Ich habe viele Jahre eng mit Lizza zusammengelebt. Und es stimmt schon, sie versinkt in ihrer Kunst. Aber ist das nicht fast bei jedem Künstler so?«

»Wahrscheinlich schon. In Ghana warst du immer am ruhigsten und sehr bei dir, wenn du gezeichnet, mit Stoff oder an

Skulpturen gearbeitet hast.«

»Das ist immer noch so.«

»Ähnlich glücklich und mit dir im Reinen hast du nur gewirkt, wenn du mit den Kindern zusammen warst.«

Das stimmte, und sie staunte, was ihm alles aufgefallen war. »Ich liebe die Arbeit mit Kindern. Aber ich weiß auch noch, dass Lizza bei all ihrer Versunkenheit in ihre Kunst immer Sachen für uns hingelegt hat, damit wir auch kreativ sein konnten. Wenn sie gemalt hat, hat sie in ihrer Nähe Leinwände, Pinsel und geöffnete Farbdosen und -tuben für uns deponiert. So hat sie uns ohne Worte ermutigt mitzumachen.«

»Vielleicht habt ihr Schwestern ja dieselben Erinnerungen und deutet sie nur unterschiedlich.«

»Gut möglich, aber trotzdem ziemlich frustrierend. Schade, dass wir nicht einfach Denkblasen über unseren Köpfen hängen haben. Dann gäbe es weniger Missverständnisse.«

»Was würde denn in deiner Denkblase stehen?«

»Ziemlich häufig bloß *Verpiss dich!*« Sie lachte. »Als Kind war mein größter Wunsch, mit Desiree zusammen zu sein. Aber wenn wir dann wirklich ein paar Wochen lang beide bei unserer Großmutter waren, war das auch nicht das pure Glück. Desiree hat mich immer daran erinnert, was ich verloren habe und was mir fehlte. Auch deshalb bin ich ziemlich viel allein losgezogen. Sie sagt, sie wollte immer gern freier sein, mehr so wie ich. Und ich hätte alles dafür gegeben, weniger frei und dafür mit ihr zusammen zu sein. Aber selbst als Kind und als Jugendliche hatte ich nicht die Kraft und den Mut, einfach dazubleiben und durchzuhalten. Lizza hat geglaubt, sie würde für uns beide das Richtige tun. Dabei hat sie jede von uns in ein eigenes emotionales Gefängnis gesteckt. Zum Glück hat Ted Desiree geholfen zu lernen, wie man liebt und sich lieben lässt.«

»Und wer hat dir das beigebracht?« Er rückte näher an sie heran und sie legte die Arme um seinen Hals. »Du bist ein sehr liebevoller Mensch, Babe.«

»Ja, aber nicht leicht zu lieben. Ich kann ziemlich ruppig und verletzend sein. Ich verschwinde aus Desirees Leben, aus deinem. Ich bin bissig, fluche, benutze Wörter, die …«

»Damit schützt du dich, weil du dich immer selbst schützen musstest. Und du schützt auch andere mit harten Worten und Drohungen, weil du eine fürsorgliche, starke und großherzige Frau bist. Nur ganz bestimmte und sehr hartnäckige Personen schaffen es, an den Schlüssel zu kommen, mit dem sie die Daisy in dir freilassen können.« Er drückte die Lippen auf ihre. »Inzwischen kenne ich schon einige deiner Freundinnen und Freunde, und ich glaube, du hast bereits mehr Schlüssel verteilt, als du denkst. Ich selbst gehöre auch zu den Glücklichen, die einen abbekommen haben.«

Sie spürte, wie ihre Wangen heiß wurden. »Ich weiß nicht, ob du da wirklich von Glück sagen kannst. Es gibt jede Menge Frauen, die deinen Antrag liebend gern angenommen hätten, ohne Angst zu haben, dich zu enttäuschen oder sich zu verlieren.«

»Du könntest mich nie enttäuschen. Und dass du dich verlierst, lasse ich nicht zu. Außer vielleicht im Bett.«

Sie war froh, dass er ein bisschen Leichtigkeit in das Gespräch brachte. »Oh ja, du bist auch beim Vögeln ein echter Künstler.«

»Wo wir gerade davon sprechen …«

Mit einem flammenden Blick zog er sie an sich und legte den Mund überraschend zärtlich auf ihren. Seine Zunge spielte in einem provozierend langsamen erotischen Rhythmus mit ihrer und schien anfangs fast schüchtern. Sie hielt den Atem an, wollte, dass er sich mehr nahm. Doch er blieb ganz weich und sinnlich. Gerade als sie glaubte, sie müsste zerfließen, küsste er sie härter und fordernder. Bebend vor Verlangen stellte sie sich auf die Zehenspitzen. Andre griff in ihr Haar, bog ihren Kopf ein wenig nach hinten und küsste sie tiefer. Ihre Zungen und Hüften bewegten sich im selben Rhythmus, dann schob er eine heiße Hand unter ihr Shirt und umfasste ihre Brust. Sie stöhnte in die immer wilderen Küsse, während er mit dem Daumen ihren Nippel neckte – und dann ganz plötzlich aufhörte.

Über ihren leisen Protestlaut schmunzelte er. »Weißt du noch, wie es war, als wir uns nur geküsst haben?«

Bevor sie antworten konnte, küsste er sie berauschend rau und besitzergreifend. Seine Hände waren überall zugleich, griffen in ihr Haar, packten ihren Hintern und rieben ihre Brüste. Hitze jagte durch ihre Adern, füllte ihre Brust und sammelte sich in ihrer Mitte. Sie schob die Hände unter sein Shirt, wollte ihm noch näher sein. Doch erneut zog er sich zurück und gab damit einen Rhythmus vor, der sie um den Verstand brachte. Sie wollte nicht, dass diese süßen Qualen endeten. Als er kurzerhand mit dem Arm seine Zeichensachen von einem Tisch wischte, wusste sie, dass sie sich darum keine Sorgen machen musste.

Er drückte sie noch fester an sich, rieb seine Härte an ihr und griff unter ihren Lederminirock. Fiebrig riss er ihr die Panties herunter, dann den Rock, das Shirt und ihren BH. Während er sich auszog, warf sie ihre Stiefel ab. Gütiger Himmel, er war heiß. Als er sie auf den Tisch hob, ragte sein harter Schaft zwischen ihnen auf. Sie packte Andres Kopf, damit sie sich weiter küssen konnten, und schon drang er mit einem einzigen harten Stoß in sie ein. Wilde Lustwellen jagten an ihrem Rückgrat entlang nach oben. Sie schlang die Beine um seine Hüften und krallte sich an seinen Rücken und seine Schultern, während er in sie hineinstieß. Gierig verschlangen sie einander, und sie packte seinen Hintern, damit er noch tiefer in sie dringen konnte. Ihr Orgasmus war zum Greifen nah, ihre Arme und Beine kribbelten, ihr Atem ging flach. Sie spürte, wie sich die Welle verheißungsvoll in ihr aufbaute. In diesem Moment schob er die Hand zwischen sie beide, fand mit absoluter Präzision ihren magischen Punkt und katapultierte sie auf Wolke sieben. Sie riss den Mund von seinem weg, grub ihre Zähne in seine Schulter, und schon folgte er ihr auf ihrem Höhenflug und wurde von einem heftigen Orgasmus geschüttelt.

»Fuck, Baby«, stieß er atemlos hervor, als er seine Stimme wiedergefunden hatte. »Großer Gott, ich liebe dich.«

Sie nahm den Mund von seiner Schulter. Kleine Abdrücke von ihren Zähnen lagen wie ein Kranz um sein Tattoo.

Zart strich er mit seinen Stoppeln über ihre Wange. »Weißt du noch, dass du mich genauso gebissen hast, als wir uns zum ersten Mal geliebt haben?«

»Es ist mir gerade eben wieder eingefallen.«

Sie hatte geglaubt, sie würde sich an jede Sekunde dieser verzauberten Nacht erinnern. Aber immer wieder kam ein neues Puzzlestück hinzu. Damals hatte die Macht ihrer Gefühle sie absolut überwältigt. Diese erste Liebesnacht war eine geradezu unirdische Erfahrung gewesen und manches lag hinter Nebelschleiern. Aber gebissen hatte sie bis dahin noch nie einen Mann. Wie hatte sie das vergessen können?

»Bei unserem ersten Mal hast du so weich in meinen Armen gelegen, du warst so offen, so voller Gefühle, und ich konnte nur denken, dass ich nie zulassen würde, dass dir je wieder jemand wehtut.« Er küsste ihren Hals und hielt sie so fest, dass sie seinen Herzschlag an ihrer Brust spürte. »Und dann hast du gesagt: *Hör niemals wieder auf.*«

»Wirklich?« Auch daran erinnerte sie sich nicht, nur daran, dass sie genau das gehofft hatte.

»Ja. Und dann war es, als würdest du dich selbst von der Leine lassen. Du bist ein bisschen wild geworden und dann wir beide. Dabei hast du mich so heftig gebissen, dass es sogar geblutet hat.«

»Verdammt.« Sie lächelte an seiner Schulter.

»Das war die intensivste Erfahrung, die ich je hatte. Zu erleben, wie du ganz loslässt, hat mich dazu gebracht, auch ganz loszulassen. Und gleich danach habe ich dir den Antrag gemacht.«

Er hob sie vom Tisch und gemeinsam legten sie sich auf einen Stapel Abdecktücher. Satt und glücklich schmiegte sie sich in seine Arme. Dann küsste er sie so intensiv, dass ihr ganzer Körper sofort wieder kribbelte.

Nach dem Kuss lachte er leise. »Ich bin ein Idiot.«

Er küsste sie brav, dann stand er auf und nagelte sie mit einem glühenden Blick genau dort fest, wo sie war. Ihr Herz setzte einen Schlag lang aus. Er fixierte sie so lange, dass die Luft zwischen ihnen knisterte. Gerade, als sie aufstehen und zu ihm gehen wollte, wandte er sich ab und marschierte nackt, wie er war, zur Toilette. Ganz so, als hätte er nicht gerade ihre Welt aus den Angeln gehoben.

Du bist so verdammt sexy. Und die Idiotin bin ich.

Als der Mond über dem Wasser aufging, lagen sie im Atelier

zwischen flackernden Kerzen, duftenden Räucherstäbchen und den Zeichnungen, die sie voneinander gemacht hatten, zusammen auf einer Decke. Cosmos schlummerte friedlich auf einem der Abdecktücher. Durchs offene Fenster wehte eine kühle Brise herein und jagte eine Gänsehaut über Violets Beine. Sie kuschelte sich an Andres nackte Brust und schob ihr Bein über seine. Ihre Panties und sein Shirt reichten nicht, um sie zu wärmen. Aber seine Körperwärme half. Die Haare an seinen Beinen kitzelten sie, doch nie hatte sie sich wohler gefühlt, nie war sie glücklicher gewesen. Den ganzen Tag hatten sie im Atelier verbracht, sich geliebt, geredet und gezeichnet. Verlassen hatten sie es nur, um sich aus einem Wäscheschrank im Flur Decken und aus der Küche ein paar Snacks zu holen. Cracker, Obst und Käse, dazu ein halber Laib italienisches Brot, Wasser und eine halbleere Flasche Wein standen neben ihrem Liebeslager.

Andre küsste sie auf die Schläfe. »Ist dir kalt? Sollen wir ins Cottage gehen? Oder uns unten einen Tee machen?«

»Auf gar keinen Fall. Ich will für immer hierbleiben. Das hat mir so sehr gefehlt. Nicht nur mit dir zusammen zu sein, auch einfach nur *zu sein*. Weißt du noch, wie wir nachts vor unseren Zelten gesessen und den Geräuschen des Dorfs gelauscht haben?«

»Oh ja. Oder wie wir mit den Bewohnern am Feuer gesessen haben und ich dir gezeigt habe, wie man Menschen zeichnet. Ziehst du immer noch so süß die Nase kraus, wenn du dich beim Zeichnen auf ein menschliches Gesicht konzentrierst?«

»So was mache ich nicht.« Sie stützte sich auf seiner Brust ab. »Hör sofort auf zu grinsen.«

»Okay, Nasekrauszieherin.« Er küsste sie auf die Nasenspitze. »Manchmal habe ich mir eingeredet, das mit uns beiden hätte ich nur geträumt. Mir alles nur ausgedacht. Aber dann kam die Erinnerung daran, wie du dich anfühlst, und ich hatte den Geschmack deiner Haut auf den Lippen und wusste, dass ich mir etwas so Schönes unmöglich bloß einbilden konnte.«

Sie bettete ihre Wange an seine Schulter und strich über die Haare auf seiner Brust. Auch sie hatte sich manchmal gefragt, ob es diesen Mann wirklich gab. Doch dann hatte sie wieder den Schmerz und die Sehnsucht gespürt und gewusst, dass Andre so real war wie das Wasser in der Bay. »Dieses *einfach nur sein* hatte ich lange nicht. Seit ich hier bin, gab es immer viel Arbeit mit den Gästen. Und es war anstrengend, nicht daran zu denken, wie sehr du mir fehlst. Ich hätte nie geglaubt, wie leer man sich fühlen kann. Aber jetzt fühle ich mich ganz voll und habe keine Ahnung, wie ich ohne dieses Gefühl weiterleben konnte. Ohne dich. Nicht, dass ich einen Mann brauche, um mich wie ein ganzer Mensch zu fühlen.«

Schon als sie die Worte aussprach, wusste sie, dass sie nicht stimmten. Sie waren eher eine Art Reflex, mit dem sie ihre Unabhängigkeit unterstreichen wollte. Aber bei Andre musste sie das nicht. Sie hob ihr Gesicht, damit sie ihm in die Augen schauen konnte. »Ich habe immer gedacht, mir fehlt nichts. Aber als ich von dir weggegangen bin, habe ich ein Stück von mir zurückgelassen. Ein großes Stück. Eines, von dem ich nicht einmal wusste, dass ich es hatte und verlieren konnte.«

Ein kleines Lächeln spielte um seine Lippen. »Ich habe es gut aufbewahrt. Als ich aufgewacht bin und du weg warst, dachte ich zuerst, eins der Kinder aus dem Dorf hätte dich geholt, damit du ihnen eine Geschichte erzählst, mit ihnen spazieren gehst oder mit ihnen kleine Tiere aus Stoff oder Ton machst. Und ich hatte auch immer geglaubt, ich wäre ein ganzer

Mensch. Aber als mir dann klargeworden ist, dass du nicht wiederkommst, war die Leere in mir wie ein schwarzes Loch. Ich dachte, in Boston wäre ich so beschäftigt, dass ich über uns beide hinwegkommen würde. Aber dort war es sogar noch schlimmer. Dann dachte ich, vielleicht könnte Operation SHINE die Lücke füllen. Aber auch bei meinen Einsätzen in fernen Ländern wurde ich ständig daran erinnert, was ich verloren hatte. So habe ich gelernt, dass sich ganz zu fühlen, nichts mit Stärke oder dem zu tun hat, was man tut oder kann. Es kommt von hier.« Er legte eine Hand auf seine Brust. »Ich habe dich die ganze Zeit im Herzen getragen und geglaubt, ich könnte mich nie wieder als ganzer Mensch fühlen. Dass wir beide gemerkt haben, dass wir füreinander nicht zu ersetzen sind, überrascht mich nicht. Wir hatten nicht nur umwerfenden Sex und gute Gespräche. Wir hatten viel mehr.«

Er wedelte mit den Händen. »Wir hatten dieselben Ziele, wollten anderen helfen, wollten genießen, was die Tage und Nächte für uns bereithielten. Während andere Leute um Likes in den sozialen Medien gekämpft oder nach dem besten neuen Smartphone gesucht haben, sind wir meilenweit durch den strömenden Regen gewandert, haben Verbandsmaterial und Medikamente in abgelegene Dörfer gebracht. Oder wir haben in der Stille unseres Zelts gelegen und waren einfach bloß zusammen.«

Er küsste sie zärtlich. »Vermisst du das Reisen?«, fragte er nach einer Weile.

»Oh ja. Andere Kulturen zu erleben und von ihnen zu lernen, fehlt mir sehr.« Sie war nicht wie Andre zu einem organisierten Hilfseinsatz in Ghana gewesen, sondern zufällig mit einer Familie aus einer anderen entlegenen Siedlung ins Dorf gekommen. Von Kindesbeinen an hatte sie gelernt, nicht

Teil einer Meute zu sein, nicht breiten Straßen, sondern schmalen Pfaden zu folgen, um denen zu helfen, die sonst niemand sah. Manchmal hatte sie ehrenamtlich bei einer Hilfsorganisation mitgearbeitet, aber meist war sie allein losgezogen und geblieben, solange sie irgendwo gebraucht worden war. »In vielen Siedlungen, die ich kennengelernt habe, gab es kaum genug zu essen. Von medizinischer Versorgung, wie wir sie kennen, ganz zu schweigen. Dort verlässt man sich auf Heilkundige und auf Heilmittel aus der Natur. Dieses Wissen wird von Generation zu Generation weitergegeben. Nicht dass ich irgendjemandem medizinische Hilfe vorenthalten möchte, aber nicht immer alles zu haben, was man will oder braucht, war sehr lehrreich. Man musste sich etwas einfallen lassen, musste von dem leben, was die Natur gerade hergab, und ein löcheriges Dach mit dem reparieren, was man vorgefunden hat.«

»Glaubst du, du wirst irgendwann wieder so leben?«

»Und von Desiree weggehen?« Allein bei dem Gedanken beschleunigte sich ihr Puls.

Er strich ihr über den Rücken. »Nicht für immer, nur zeitweise.«

»Ich weiß nicht«, antwortete sie ehrlich. »Endlich habe ich eine Familie, Freunde, ein echtes Zuhause.« Sie setzte sich auf und schnappte sich einen Cracker. Sie brauchte eine Ablenkung. »Erzähl mir von Operation SHINE. Dass SHINE Kliniken baut und betreibt, weiß ich. Aber wie kommt es, dass du so lange frei hast? Müsstest du nicht in deinem Büro sitzen, Bewerbern auf den Zahn fühlen und Lieferungen koordinieren?«

»Eine weise Frau hat einmal drei Monate damit verbracht, mir zu erklären, dass ich Tausenden von Menschen helfen könnte, die ansonsten durch die Maschen fallen, anstatt mein Leben in einer schicken Praxis zu verplempern und nur die zu behandeln, die zufällig am richtigen Ort geboren sind.«

Sie vergrub das Gesicht an seinem Hals. »Wirklich peinlich, dass ich solche Predigten geschwungen habe. Wie hast du mich denn überhaupt ertragen?«

Er drehte sich lachend mit ihr zur Seite, sodass sie sich ins Gesicht schauen konnten. Dann packte er ihren Hintern. »Du hattest einen süßen Arsch. Alles andere war zweitrangig.«

»Gut zu wissen.«

»Babe, du hattest recht. Nicht jeder kann ohne Luxus leben. Aber als ich wieder in Boston war, habe ich alles mit anderen Augen gesehen. Die Kinder, die mit teuren Smartphones und Videospielen in meinem Wartezimmer saßen, während ihre Eltern E-Mails lasen oder auf Social Media unterwegs waren. Mit jedem Tag ist mir klarer geworden, wovon du gesprochen hast. Bevor wir uns kennengelernt haben, ist mir vieles gar nicht aufgefallen. Es gab oft Eltern, die sich beklagt haben, weil sie zwanzig oder dreißig Minuten warten mussten. Der Grund für die Verspätung hat sie nicht interessiert. Manchmal brauchte die Familie vor ihnen einfach noch etwas mehr Zeit, weil ihr Kind eine schlimme Diagnose bekommen hatte. Manchmal hatten Eltern Fragen oder Ängste, über die wir reden mussten. Gleichzeitig gab es ein paar tausend Meilen entfernt Familien, die einen ganztägigen Fußmarsch auf sich nahmen, um in eine Klinik zu kommen. Manchmal ging es dabei um Leben und Tod. Deine Predigten haben das Leben vieler Menschen verbessert.«

Er strich mit dem Daumen über ihre Wange. »Du hast mir gesagt, vor Ort könnte ich deutlich mehr tun als in einem Büro. Und das ist völlig richtig. Die Verwaltung und Logistik von

Operation SHINE liegt in den Händen eines fähigen, sehr professionellen Teams. So bleibt mir genügend Zeit, das zu tun, was ich tun sollte: dort medizinisch helfen, wo es am nötigsten ist.«

»Du hast die Organisation übernommen und jetzt treffen andere wichtige Entscheidungen? Macht dir das kein Kopfzerbrechen?«

»Nein, Babe. Ich habe vollstes Vertrauen zu meinen Leuten, und das ist ein sehr befreiendes Gefühl.« Er drückte die Lippen auf ihre. »Und wie viel freie Zeit ich zwischen zwei Projekten habe, ist sehr unterschiedlich. Mal sind es zwei Monate, mal sechs, mal irgendetwas dazwischen. Kommt ganz darauf an, wann und wo ich jeweils die nächste Klinik eröffnen kann. Wenn ich hier in den Staaten bin, sitze ich natürlich nicht untätig herum. Diese Woche muss ich zum Beispiel einige Anrufe erledigen und Berichte lesen. Und am Donnerstag treffe ich mich mit einem Kollegen. Ab kommender Woche helfe ich in der Outer Cape Health Clinic aus. Bis ich zu meinem nächsten Projekt aufbreche, arbeite ich dort montags, mittwochs und freitags. Mein Flug nach Kambodscha, wo wir die nächste Klinik eröffnen, geht am fünfzehnten Oktober.«

Noch am Morgen hatten sich dreieinhalb Wochen wie eine halbe Ewigkeit angefühlt. Jetzt war es, als wären sie kaum mehr als ein Wimpernschlag.

»Und du?«, fragte er. »Desiree hat erzählt, dass ihr die Galerie und die Pension vorübergehend geschlossen habt, weil du an neuen Kunstwerken arbeiten willst.«

»Ich, ähm …« *Kann im Moment nur daran denken, dass unsere gemeinsame Zeit am fünfzehnten Oktober vorbei ist.* »Ich arbeite an einer Skulptur für die Familie eines verstorbenen kleinen Mädchens. Und am Donnerstag habe ich auch einiges zu tun. Das passt ganz gut, weil du dich dann mit deinem Kollegen triffst. Außerdem will ich Rowan finden. Falls seine kleine Tochter mich braucht, muss ich mir Zeit für sie nehmen.«

»Ihn finden?«

»Er fährt mit seinem Food Truck durch die Gegend und hasst Handys noch mehr als ich. Er hat zwar eines, schaltet es aber selten ein und liest seine Nachrichten noch seltener. Ich hoffe, ich treffe ihn am Samstag in Herring Cove an. Beim Helferfest für die Ehrenamtlichen der Suppenküche von Provincetown. Ich bin mir ziemlich sicher, dass er dort sein wird. Und es wäre schön, wenn du mitkommst.«

»Ein Ausflug zum Strand mit meinem Mädchen und dort den Typ treffen, der ihr das Café gezeigt hat, das jetzt einer ihrer Lieblingsplätze ist? Das lasse ich mir nicht entgehen.«

Sie drehte sich auf den Rücken und starrte hinauf zur Decke. »Wir haben nur dreieinhalb Wochen?«

Er schob sich über sie und flocht die Finger zwischen ihre. Sein Gewicht war ihr bereits wieder sehr vertraut und gab ihr ein Gefühl von Geborgenheit. »Nein«, murmelte er an ihren Lippen. »Wir *haben* dreieinhalb Wochen. Hörst du, wie viel besser das ohne Fragezeichen klingt?«

Sie nahm seine Unterlippe zwischen die Zähne und sofort trat Glut in seinen Blick. Er streckte ihre Arme so weit über ihren Kopf, wie es ging, und sagte: »Sprich mir nach: Wir *haben* drei Wochen.«

»Wir *haben* drei Wochen.«

»Um uns unsterblich ineinander zu verlieben.«

Sie konnte nicht aufhören zu grinsen. »Um uns unsterblich ineinander zu verlieben.«

»Und dann …«

Violets Herz übernahm. »Dann laufen wir nicht weg und wir verstecken uns auch nicht.« *Heilige Scheiße*, das fühlte sich gut an. Sie reckte den Kopf, um ihn küssen zu können. Doch er lehnte sich mit einem listigen Blick zurück.

»*Daisy?* Bist du das?«

Sie kniff die Augen zusammen und spielte das Spiel dieses frechen, geduldigen Mannes, in den sie sich gerade noch tiefer und echter verliebte als zuvor, einfach mit. »Daisy macht sich Sorgen wegen irgendeines Zeitlimits. Du sprichst mit *Violet* und die kann ziemlich schwierig sein. Ich schlage vor, du nutzt, dass du im Moment die volle Kontrolle über meine Hände hast, bevor ihr klar wird, wie verdammt groß ihre Angst ist, dich noch einmal zu verlieren, und sie etwas komplett Idiotisches tut oder sagt.«

»Keine Sorge, Babe. Ich habe alles im Griff.« Er drückte die Lippen auf ihren Mundwinkel und küsste sich von dort aus an ihr nach unten. »Ich werde dir einen Chip mit einem GPS-Tracker verpassen.«

<h1 style="text-align:center">Zehn</h1>

»Sieht fast aus, als müsste doch noch jemand von uns kochen lernen.« Serena rührte lustlos in ihrer Schale mit Frühstücksflocken. »In einer Dreiviertelstunde treffe ich mich mit Gavin bei einem potenziellen neuen Kunden und wollte eigentlich für den Pitch Energie tanken.«

Es war Donnerstagmorgen, die Frauen wollten frühstücken, aber Andre war noch mit den Jungs beim Laufen. Violet behielt den Pfad durch die Dünen im Auge, hoffte, dass er bald zurück sein würde, und schwelgte dabei in Gedanken an gestern. Sie hatten lange geschlafen, dann einen Strandspaziergang gemacht und anschließend mit Musik und bei offenen Fenstern im Atelier gearbeitet. Cosmos war zufrieden umhergetappt, während Violet an der Töpferscheibe gesessen und Andre eine Skizze für eine Skulptur angefertigt hatte, mit der er am Wochenende beginnen wollte. Später waren sie zum Common Grounds Coffeehouse gefahren und bis zum Schluss geblieben. In Andres Armen einzuschlafen und morgens von ihm wachgeküsst zu werden, war einfach himmlisch. Aber das Beste war nicht, was sie miteinander taten, das Beste war, einfach zusammen zu sein. Er gab ihr eine Ruhe, von der sie nicht gewusst hatte, dass sie sie brauchte. Und sie hatte das Gefühl, dass sie ihn auf eine Art erdete, die für ihn neu war.

Emery stand auf und zupfte ihre Yogahose zurecht. »Oder du lässt jeden Morgen ein paar von Abbys *Perpetual-Bliss-Donuts* liefern«, sagte sie zu Violet. Serena und Drake hatten sich mit Abby Crew angefreundet, der Besitzerin von Kane's Donuts in Boston, und die Liebe der beiden hatte Abby zu den Donuts mit dem klangvollen Namen *Perpetual Bliss* – ewige Glückseligkeit – inspiriert. Diese köstlichen Kalorienbomben waren mit belgischer Schokocreme gefüllt, mit Taza-Schokolade glasiert und cremigen weißen und knusprigen dunklen Schokoladenperlen verziert. Serena war absolut süchtig nach den Dingern.

Violet schaute aufs Wasser hinaus und fragte sich, ob Cosmos die Männer gerade in den Wahnsinn trieb. Der struppige kleine Kerl war so vernarrt in Andre, dass der ihn mit zum Laufen genommen hatte.

»Super, Em. Jetzt kriege ich die Donuts nicht mehr aus dem Kopf.« Serena hob einen Löffel mit Frühstücksflocken. »Daph, du bist Mutter. Kannst du denn nicht kochen?«

Daphne biss von ihrem Toast ab und schüttelte den Kopf. »Ich kann Cheerios in eine Schale schütten.«

»Ein super Rezept, um dir einen Ehemann zu angeln«, scherzte Chloe.

»Ich will mir keinen Ehemann angeln, aber ein bisschen Romantik wäre ganz nett. Im Buchclub lesen wir diesen Monat einen erotischen Liebesroman und – oh mein Gott …« Daphne seufzte und flüsterte: »*Heiß!*«

»Einen erotischen Liebesroman?«, fragte Serena. »Ich dachte, in Buchclubs beschäftigt man sich mit Literatur.«

»Nicht in unserem.« Daphne stand auf und wischte sich die Krümel von ihrem Pulli und den Jeans. »Wir sind sowieso anders als andere Online-Buchclubs, weil wir uns nicht nur virtuell treffen, sondern einmal im Monat irgendwo zusammenkommen.«

»Wer das Buch aussucht, das wir lesen, sucht auch den Treffpunkt aus«, erklärte Chloe. »Einzige Bedingung ist, dass es dort einen Strand geben muss. Deshalb heißt der Club ja auch Oceanside Book Club.«

»Mit dem Namen könntet ihr euch auch auf einer Klippe, an einer Flussmündung oder in einer Felsenbucht treffen«, sagte Violet geistesabwesend. Cosmos sauste den Pfad entlang auf sie zu, sie richtete sich auf und sah Andre näherkommen.

»Sie kann sprechen?« Emery grinste in die Runde.

Violet warf ihr einen wenig erheiterten Blick zu.

Emery verdrehte die Augen. »Na hör mal, seit wir hier sind, starrst du schweigend auf die Dünen.«

»Ich muss los«, sagte Daphne. »Ich muss noch ein paar Anrufe erledigen, bevor es im Büro hektisch wird.« Sie ging zum Gartentor. »Chloe, vielleicht sollten wir uns wirklich noch mal Gedanken über den Namen unseres Buchclubs machen. Irgendwie hat Vi recht. Bis später, Mädels.«

»Ich kümmere mich darum«, rief Chloe hinter ihr her. Sie schaute Violet kopfschüttelnd an. »Besten Dank auch, Vi. Wir haben einen ganzen Monat gebraucht, um uns auf den Namen zu einigen.«

Violet hörte kaum zu. Ihre ganze Aufmerksamkeit galt Andre, der sich gerade sein Shirt auszog. Cosmos rannte zu ihm zurück und Violet wäre am liebsten mitgelaufen. Aber das würde ihr die Tratschtruppe für den Rest ihrer Tage unter die Nase reiben. Andres breite Brust und seine starken Schultern schimmerten in der Sonne. Er wischte sich mit dem Unterarm den Schweiß von der Stirn, schaute zu ihr herüber und sofort wurde ihr ganz heiß.

»Violet!« Serena tippte mit dem Finger auf den Tisch.

Sie schüttelte den Kopf, wie um ihr Gehirn in Gang zu setzen. »Was ist?«

»Ich habe gerade ein paar neue Namen für den Buchclub vorgeschlagen. Aber du hast nur Augen für Dr. Dreamy. Dass ich dich mal so erlebe, hätte ich nicht mal im Traum gedacht.« Serena schwenkte ihr Saftglas. »Unsere knallharte Violet, bezähmt durch die Macht des heiligen Schwanzes.«

»Dann können wir uns auf wahre Frühstücksorgien freuen.« Emery angelte über den Tisch hinweg nach einer Scheibe Toast. »Sie hat so einen befriedigten Blick.«

Was du nicht sagst, Sherlock. Violet lächelte vor sich hin. Ihre Gefühle für Andre und was er in ihr auslöste, konnte sie nicht verbergen. *Befriedigt* war gar kein Ausdruck für das, was diese Liebe mit ihr machte. Er würde ihr heute fehlen. Vormittags wollte er Anrufe erledigen und Berichte lesen, nachmittags einen Kollegen treffen. Eigentlich perfekt, denn sie war auch nahezu den ganzen Tag unterwegs.

Die Männer kamen durchs Gartentor und der Blick, den Andre ihr aus seinen dunklen Augen zuwarf, war heiß genug, um Metall zu schmelzen.

»Dr. Drückt-die-richtigen-Knöpfe sieht aus, als wäre er direkt aus einer Fitnesszeitschrift für Männer gejoggt«, raunte Chloe.

Emery beugte sich zu ihr. »Was glaubst du, warum sich Vi dermaßen besabbert?«

Er lässt jedes Zeitschriftenmodel blass aussehen. Ihr habt ja keine Ahnung, was wirklich in diesem Mann steckt. Violet stand auf und knurrte: »Finger weg, Mädels. Der gehört mir.« Sie marschierte zu Andre, der sie schwungvoll in seine Arme riss, und küsste ihn fest.

»Holla«, sagte Dean im Vorbeigehen. »Ein Mann ist zu Vi durchgedrungen.«

Serena lachte. »War aber auch Zeit.«

»Und warum essen wir dann Cornflakes?« Drake setzte sich neben Serena.

Violet zog ihre Schlüssel aus der Tasche. »Themawechsel. Jetzt.«

Andre lachte. »Morgen gibt es etwas besonders Leckeres. Versprochen.«

Chloe kicherte und flüsterte Emery etwas zu.

»Sein Traumkörper steht nicht auf der Speisekarte«, blaffte Violet. Zu Andre sagte sie in einem viel weicheren Ton: »Ich muss los. Kommst du mit den Aasgeiern klar?«

»Keine Sorge«, versicherte Dean.

»Im Ernst jetzt?«, fragte Serena. »Du ziehst wieder zu einem deiner mysteriösen Ausflüge los? Die Pension und die Galerie sind doch gerade geschlossen. Wohin willst du überhaupt?«

»Meine Welt ist größer als das Summer House Inn«, antwortete Violet und Andre drückte ihre Hand.

Emery schnalzte mit der Zunge. »Du willst wirklich weg und diese heiße Schnitte alleinlassen? Ich glaube, du brauchst Beziehungsberatung. Ich stehe gern zur Verfügung. Und das sagt einiges, denn bevor mir Dean begegnet ist, habe ich Beziehungen regelmäßig in den Sand gesetzt.«

»Ich habe heute viel zu tun«, sagte Andre. »Und ein paar Stunden halte ich es auch ohne Violet aus. An die Leine legen darf man sie sowieso nicht.«

»Sagt der Typ, der sich seine Beziehungsratschläge ausgerechnet von Brindle Montgomery holt – der Königin der On-off-Liebschaft.« Emery schüttelte den Kopf. »Du und Vi, ihr passt perfekt zusammen.«

»Wenn du das sagst ...« Violet schaute Andre entschuldigend an. »Dann bis später?«

»Unbedingt.« Der lange leidenschaftliche Kuss, den er ihr gab, brachte ihm ein paar Seufzer vom Publikum ein und etliche Aufforderungen, sie sollten sich ein Zimmer nehmen.

Einige Zeit später wurde Violet von lauter Musik begrüßt, die gegen das Kreischen der Säge ankämpfte, mit der Justin einen Steinblock zuschnitt. Sie warf ihre Schlüssel auf den Tisch im Atelier, schnappte sich eine große Metallschüssel und ging zum Waschbecken. Heute wollte sie die Torso-Skulptur glasieren.

Nachdem sie ihr Werkzeug zurechtgelegt hatte, befeuchtete sie ein Stück Schleifpapier und stellte fest, wie sehr ihr die Arbeitsschritte bereits in Fleisch und Blut übergegangen waren. Ein gutes Gefühl. Bevor sie sich hier am Cape niedergelassen hatte, hatte es in ihrem Leben keinerlei feste Strukturen gegeben, und damals hatte ihr das gefallen. War es wirklich möglich, sich in zwei so unterschiedlichen Welten wohlzufühlen? In einer, in der sie jederzeit alles hatte, was sie wollte oder brauchte, und in einer anderen, in der sie oft nicht einmal wusste, wo sie abends schlafen würde?

Sorgfältig führte sie das Schleifpapier über den Hals der Skulptur, arbeitete sich von dort über die Schultern und den Rücken. Zwischendurch musste sie das Papier noch einmal befeuchten. Konzentriert führte sie es um die Narbe links neben dem Kreuz des Torsos herum. Die etwa handflächengroße Stelle ließ sie rau und wie verletzt. Bei dem Gedanken daran, wie Andre den kleinen Jungen und seine Mutter aus der brennenden Hütte gerettet hatte, überlief sie ein Schauer.

»Hey, Babe. Alles in Ordnung?«, fragte Justin.

Violet blinzelte ein paarmal. Sie war tatsächlich ganz weit weg gewesen. »Ja. Alles gut.« Eigentlich hätte sie inzwischen an all die lebhaften Erinnerungen gewöhnt sein müssen, die sie jedes Mal überfielen, wenn sie an einer Torsoskulptur arbeitete. »Ist Dixie oben im Haus?«

»Nein. Sie ist schon seit ein paar Tagen wieder weg.«

»Ist sie bei der Gedenkfeier für Ashley dabei?«

»Nope. Sie ist ziemlich beschäftigt und viel unterwegs. Und dass du so bald wieder hier auftauchst, hätte ich nicht geglaubt. Jetzt, wo dein Kerl hier am Cape ist.« Er verschränkte die Arme und musterte sie ernst. »Ist wirklich alles in Ordnung? Du siehst ein bisschen blass aus.«

»Ja, wirklich. Und hör auf, mich anzugucken, als wolltest du mich analysieren.«

Er grinste. »Ich möchte mich nur vergewissern, dass dein Herz aus Stahl nicht gebrochen ist.«

»Dem Herzen geht's gut.« Mehr als das. Mit Andre zusammen zu sein, fügte die Scherben wieder zusammen. »Sorry wegen neulich morgens.«

»Das war schon ein bisschen schräg, oder? Aber mit uns beiden ist alles okay? Tut mir leid, dass ich einfach so aufgekreuzt bin, aber …«

»Alles okay, wirklich. Und leidtun muss dir gar nichts.«

Er ließ die Arme hängen, dann verschränkte er sie wieder, und sie wusste, dass ihn etwas beschäftigte.

»Spuck's aus, Jus.«

»Eigentlich ist es nichts Besonderes. Mir ist bloß aufgefallen, dass ich vorher noch nie tagsüber bei euch drüben war. Kommen Chloe und die anderen jeden Morgen zum Frühstück?«

Sie lächelte. »Ja, stimmt. Und ja, fast jeden Morgen. Als es zwischen Des und Rick gefunkt hat, haben wir auch die anderen kennengelernt. Kurz danach ist Emery von Oak Falls hergezogen, hat sich in Dean verliebt …«

»Ja, ich weiß.« Wieder ein Grinsen. *Langschniedel?*«

Sie lachten beide.

»*Das* war vielleicht ein lustiger Morgen«, sagte Violet sarkastisch, obwohl sie immer noch dankbar war, dass Justin die Nacht davor bei ihr verbracht hatte.

Am Abend bevor Emery ihn in der Küche gesehen hatte, war Violet mit ihren Freunden im Undercover gewesen. Die anderen hatten so heftig geturtelt, dass sie sich erst an die Bar gesetzt und später in Justins Atelier geflohen war. Wie immer hatte die Arbeit an einer Skulptur Erinnerungen an Andre in ihr geweckt. Je länger sie weitergemacht hatte, desto trauriger war sie geworden. Die Nacht, in der sie ihn verlassen hatte, hatte über ein Jahr zurückgelegen, und sie hatte sich gefragt, weshalb ihre Schuldgefühle und die Sehnsucht nach ihm sie noch immer so sehr quälten. Der zerstörerische Schmerz war bis in ihre Knochen gedrungen und sie hatte ihm nicht entkommen können. Genauso hatte es sich auch damals angefühlt, als sie von Lizza aus dem Leben gerissen worden war, in dem sie sich als Kind zu Hause gefühlt hatte. Düstere Gedanken waren über sie gekommen wie ein Monsun, unaufhaltsam und beängstigend. Und als hätte eine höhere Macht ihm zugeflüstert, dass sie ihn dringend brauchte, war plötzlich Justin ins Atelier spaziert. Ein Blick hatte genügt, und er hatte die Kontrolle übernommen, ihr geholfen, das Werkzeug wegzuräumen und die Skulptur abzudecken. Er hatte Violet mit zu sich nehmen wollen, damit er auf sie aufpassen konnte. Doch sie hatte unbedingt in ihrem eigenen Bett schlafen wollen. Also hatte er sie nach Hause gefahren und bei ihr gesessen, doch sie hatte nicht in den Schlaf gefunden, immerzu nur geweint und geschluchzt. Dass niemand Andre ersetzen konnte, war ihr bewusst gewesen. Aber sie hatte dringend noch etwas anderes spüren müssen als Schmerz. Geborgenheit? Liebe? Nicht einmal jetzt konnte sie es sagen. Sie hatte den Freund, dem sie am meisten vertraute, gebeten, sich zu ihr zu legen und sie so festzuhalten, wie Andre es immer getan hatte.

»Ich bin froh, dass ich damals bei dir geblieben bin. Obwohl Emery morgens Schnappatmung bekommen hat«, sagte er. »Als sie plötzlich in der Küche gestanden hat, war ich erst halb wach und habe nicht daran gedacht, dass ich nichts anhabe.«

»Dir ist nicht seltsam vorgekommen, dass sie dich angestarrt und dabei Milch über die ganze Arbeitsplatte gegossen hat? Ich liebe meine Freundinnen, aber der Anblick von Nackten bringt sie schon sehr durcheinander.«

»Sie sind nun mal nicht so freizügig aufgewachsen wie du.«

»Du aber auch nicht.«

»Ich bin ein Kerl. Und Kerle sind da robuster.«

Sie schaute den Mann an, der seit ihrem zwölften Lebensjahr für sie da war, und fühlte sich reich beschenkt. Nicht nur, weil er ihr Freund war, sondern auch, weil er sie einfach so nahm, wie sie war. Und natürlich erst recht, weil Andre mit einer Situation klarkam, die viele andere Männer überfordert hätte.

»Ich habe keine Ahnung, weshalb ich gleich zwei absolut wunderbare Kerle in meinem Leben habe. Aber danke, dass du kein Arschloch bist.«

Er gluckste. »Hey, du weißt, ich kann eines sein.«

Sie hob eine Hand und hielt Zeigefinger und Daumen nahe zusammen. »Aber nur ein ganz kleines.« Lächelnd setzte sie erneut das Schleifpapier an. »Wäre es okay für dich, wenn ich

Andre mal mit hierherbringe? Ich würde ihm gern zeigen, wo ich an meinen Skulpturen arbeite.«

Er zog eine Braue hoch. »Wäre es okay für dich, wenn ich mich mal zu eurer Frühstücksparty einlade? Das ist sicher netter, als allein eine Schüssel Cornflakes runterzuwürgen.«

»Du meinst, kannst du vorbeikommen und versuchen, Chloe abzuschleppen?«

Er grinste. »Ist das ein Ja?«

»Fürs Frühstück schon. Aber Chloe?« Sie ließ das Schleifpapier sinken und schaute ihm fest in die Augen. »Sie ist cool und ich mag sie sehr. Also überleg es dir gut, bevor du deine Schlange in ihr Gras legst. Verstanden? Wenn du sie nämlich verletzt, werde ich dafür sorgen, dass du deinen Frühstücksausflug bereust. Dasselbe gilt übrigens für Daphne. Wir wissen beide, wie unternehmungslustig deine Schlange ist.«

Er marschierte zurück zu seinem Arbeitstisch. »Hast du noch ein paar andere unvergebene Freundinnen, die ich auf meine To-do-Liste setzen könnte?«

»Ha! Träum weiter.« Sie fing wieder an zu schleifen. »Vielleicht solltest du wirklich mal nach Maryland fahren.«

Der Rest des Vormittags verging mit freundschaftlich flapsigen Kommentaren in langen Abständen, während sie sich beide auf ihre Arbeit konzentrierten. Nachdem Violet den Torso glasiert und ihre Sachen aufgeräumt hatte, schnappte sie ihre Schlüssel. »Ich bin dann mal weg.«

»Zu deinem Kerl für einen leckeren kleinen Nachmittagsimbiss?«, frotzelte Justin.

»Schön wär's.« Sie ging zur Tür. »Ich habe heute noch zu tun.«

»Dann bis morgen früh in alter Frische. Was kann ich mit zum Frühstück bringen? Von dem Python in meiner Hose mal abgesehen?«

Violet warf ihm einen düsteren Blick zu. »Denk daran, was ich gesagt habe, oder es wird dir leidtun.«

Sein Glucksen folgte ihr bis zur Tür.

Andre saß Dr. David Posillico gegenüber, dem Leiter der Kinderstation des Hyannis Hospitals und einem langjährigen Freund seiner Familie. Sie kannten sich, seit Andre ein kleiner Junge gewesen war. Und viele Jahre später, während Andres Zeit als Assistenzarzt am Massachusetts General, hatte David ihn dort unter seine Fittiche genommen. Für Andre war er ein Mentor, genau wie seine Eltern. Er hätte David gern öfter gesehen, aber meist schafften sie es nur ein-, zweimal im Jahr, sich zu treffen.

»Dass du nach der vielen harten Arbeit die Sicherheit deiner eigenen gutgehenden Praxis aufgegeben hast, habe ich noch nicht ganz verdaut.« David war Anfang sechzig, hatte dichtes graues Haar und weise braune Augen. Noch immer zeigte er mit dem Finger auf Andre wie früher, als Andre noch ein Junge gewesen war. Und noch immer mit dem stolzen Lächeln eines Lieblingsonkels. »Du bist eine Inspiration, weißt du das? Ich will alles über SHINE hören. Wohin geht es als Nächstes? Wie stellst du dir die Zukunft vor?«

»Danke. Du bist auf deine Art mindestens genauso inspirierend.«

»Red keinen Quatsch. Erzähl mir von SHINE. Und du darfst ruhig ein bisschen angeben.«

Andre lachte. »In ein paar Wochen fliege ich nach Kambodscha. Je nachdem, wie es läuft, verbringe ich dort drei bis fünf Monate. Und was die Zukunft angeht: Im Moment halte ich mich an den ursprünglichen Plan, immer im Zeitraum von achtzehn Monaten zwei neue Kliniken zu eröffnen. Falls ich allerdings genügend gute Leute finde und wir ausreichend Gelder zusammenkriegen – wer weiß. Danke übrigens für deine großzügige Spende. Wann kommst du denn mal mit?«

Ein tiefes Lachen rollte aus Davids Brust. »Ich bin zu alt, um durch die Welt zu ziehen. Das überlasse ich euch jungen Leuten.«

»Jetzt komm schon, David. Du bist lebendiger als viele Dreißigjährige. Nimm dir mal ein paar Wochen frei und schau dir an, was dein Geld alles bewirkt.«

»Ich überlege es mir. Dein alter Herr liegt mir seit Jahren in den Ohren, ich soll endlich mal mit zu einem der Einsätze kommen, die er und deine Mom so lieben.« Andres Eltern arbeiteten schon, seit er denken konnte, immer wieder einige Wochen lang ehrenamtlich für PAW und andere Organisationen. »Seit er dich letztes Jahr in Brasilien besucht hat, lässt er mir gar keine Ruhe mehr. Aber ich bin nicht wie du und deine Eltern. Ich habe es gern ein bisschen bequemer.«

»Auslandseinsätze sind wirklich nicht jedermanns Sache. Aber falls du doch mal Lust bekommst, die Tür ist immer offen.« David wusste durchaus, was ihn erwartete. Je nach den örtlichen Gegebenheiten wohnten die Helfer in Hütten oder Zelten. Wenn die Klinik in der Nähe einer größeren Ortschaft lag und sie Glück hatten, kamen sie manchmal bei Gastfamilien unter.

»Mit meinem Vater habe ich erst heute Morgen gesprochen«, sagte Andre. »Nächstes Wochenende bin ich mit Mom und ihm in Boston zum Lunch verabredet. Ich richte ihm aus, er soll dich in Ruhe lassen.« Andre grinste. »Ich kann ihn aber auch bitten, dir ein paar nützliche Tipps für deinen ersten Einsatz zu geben.«

»Ja, ja, mach du nur.« David lachte.

»Wie geht es deiner Mary? Macht sie immer noch diese wunderschönen Quilts?«

»Oh ja, dieses Hobby wird meine liebe Frau sicher niemals aufgeben. Und danke, es geht ihr gut. Du weißt, meine jüngste Tochter Alicia ist immer noch Single.« David ließ die Brauen tanzen.

Andre hob die Hände. »Ich bin nicht mehr auf dem Markt.«

»Du warst nie auf dem Markt, mein Sohn. Aber heißt das, du hast eine ganz spezielle kleine Lady?«

»Wenn sie das hört, könnte das deine Lebenserwartung beträchtlich verkürzen.« Beim Gedanken an den Killerblick, den sich David dafür von Violet einfangen würde, musste Andre grinsen.

»Gut. Ein Streuner wie du braucht eine starke Frau.« Er gluckste. »Freut mich zu hören, dass du glücklich bist. Vielleicht kannst du ja deine Eltern mit ein paar Enkeln versorgen. Dann müssen sie meine nicht mehr nach Strich und Faden verwöhnen.«

»Die Babys haben noch ein bisschen Zeit. Aber ich werde daran denken.«

Eine Weile plauderten sie noch, und David hörte mit Freude, dass Andre in der Outer Cape Health Clinic aushelfen würde, solange er in der Gegend war. Andre versprach, seinen Vater damit aufzuziehen, dass er bei der letzten gemeinsamen Runde Golf gegen David verloren hatte.

»Ich bringe dich raus.« David kam hinter seinem Schreibtisch hervor. »Fast hätte ich vergessen, dir von unserem Angebot für unsere kleinen Langzeitpatienten zu erzählen. Kunsttherapie. Sie nimmt ihnen viel von ihrer Angst und Anspannung. Unsere bisherigen Erfahrungen sehen vielversprechend aus.« Er deutete auf eine Kinderzeichnung in seinem Bücherregal. »Die hat mir ein kleiner Junge bei seiner Entlassung geschenkt. Das bin ich.« Er zeigte auf das Strichmännchen mit dem riesigen Kopf. »Kinder sind einfach umwerfend.«

»Wundervoll!« Andre entdeckte die kleinen Kunstwerke auf dem Regalbrett darunter. Zwischen einem Buch und einer Elefantenfigur stand eine Giraffe in Gelb mit lila Flecken. Der Elefant bestand aus grüner Knetmasse. Er dachte an die Tiere, die Violet in Ghana für die Kinder gemacht hatte, und war versucht nachzufragen, ob diese hier von ihr stammten. Aber vermutlich arbeiteten alle Kunsttherapeuten mit Tierfiguren aus Knete und Ton. »Sind die auch in den Therapiestunden entstanden?«

»Ja.« Jemand klopfte an die Tür.

David machte auf, und draußen stand Shelley, seine Assistentin. »Tut mir leid, dass ich störe. Ich wollte Sie nur an Ihre Besprechung in der Onkologie in fünfzehn Minuten erinnern.«

»Danke, Shelley. Ich bringe Andre noch kurz raus.«

Sie folgten ihr aus dem Büro. »Danke. Ich finde den Weg auch allein«, sagte Andre.

David legte ihm seine Hand auf die Schulter. »Ich sehe dich so selten. So viel Zeit muss sein.«

Mit dem Fahrstuhl fuhren sie ins Erdgeschoss. Zu Andres grenzenloser Verwunderung bog dort gerade Violet um die Ecke und entdeckte ihn exakt in dem Moment, in dem David sagte: »Da ist ja eine unserer ehrenamtlichen Kunsttherapeutinnen.«

Einen Moment lang stand Violet ihre Verblüffung ins Gesicht geschrieben.

»Hallo, Violet«, sagte David.

»Dr. Posillico, hi.« Sie musterte Andre fragend.

»Gerade eben habe ich meinem Freund Andre von Ihnen und der Kunsttherapie mit unseren kleinen Patienten erzählt. Violet gestaltet mit den Kindern zusammen bunte Krankenhauskittel. Die Tiere in meinem Büro hat sie mit einem kleinen Mädchen gemacht. Die Kinder lieben Violet. Andre ist ein guter Freund der Familie. Er ist Kinderarzt und zugleich ein talentierter Künstler.«

Andre streckte die Hand aus. »Andre Shaw. Schön, Sie kennenzulernen.«

»Dr. Shaw. Ganz meinerseits.« Sie spielte sein Spiel kurzerhand mit.

»Ich war gerade auf dem Weg nach draußen«, sagte Andre. »Vielleicht können wir zusammen einen Kaffee trinken und Sie zeigen mir, wo die Tätowierungen enden, die aus Ihrem Ärmel herausschauen.«

David wurde blass. »Andre … ähm …«, stammelte er. »Großer Gott, du kannst doch nicht … Es tut mir wirklich leid, Violet.«

Andre klopfte David lachend auf den Rücken. »Violet ist meine Freundin. Sorry, aber ich musste dir noch den Mr.-Patterson-Streich heimzahlen, den du mir in meiner Assistenzarztzeit gespielt hast.«

David atmete laut aus. »Ich glaube, du hast mich gerade zehn Jahre meines Lebens gekostet.«

»Tut mir leid.« Andre streckte ihm die Hand hin.

David ignorierte die Geste und umarmte ihn stattdessen. Dabei gab er ihm einen Klaps auf den Rücken. »Du bist ein Unhold. Aber ich hab dich trotzdem lieb.« Er lächelte Violet an. »Ich würde Ihnen ja erzählen, was für ein toller Kerl er ist. Aber dann verlieren wir Sie womöglich, weil Sie ihm nachreisen, wenn er wieder ins Ausland verschwindet. Vielleicht lüge ich lieber zum ersten Mal in meinem Erwachsenenleben.«

Sie verabschiedeten sich und auf dem Weg durch die Tür fragte Violet: »Wie sah denn dieser Mr.-Patterson-Streich aus?«

»Mr. Patterson war ein Patient, ein älterer Herr, der gern mal seine Hose vergessen hat. David hat es so hingedreht, dass ich die Aufnahmeuntersuchung machen musste. Und als ich ins Untersuchungszimmer gekommen bin, hatte Patterson den Untersuchungskittel vorn offen und rein gar nichts darunter.« Andre lachte leise. »Aber sag mal, warum hast du mir nicht erzählt, dass du hier bei der Kunsttherapie mithilfst?«

»Habe ich das nicht?«

»Nein. Du hast gesagt, du arbeitest immer noch mit Kindern und außerdem an einer Skulptur. Ach ja, und mit Joni. Aber ein Krankenhaus hast du nie erwähnt.«

»Oh, okay. Ja, ich bin regelmäßig hier im Einsatz. Aber was hat dich denn hergeführt?«

Auf dem Weg zu ihrem Motorrad nahm er ihre Hand. »Ich habe David besucht. Er ist ein alter Freund der Familie und ich kenne ihn schon ewig. Ach ja, übrigens, am Wochenende sind wir mit meinen Eltern zum Lunch verabredet. Du glaubst gar nicht, wie stolz ich bin, dich ihnen als meine Freundin vorstellen zu können. Und wenn ich gewusst hätte, dass du hier hilfst, hätte ich dich auch mit zu David genommen.«

»Moment mal. Was? Du willst mich deinen Eltern vorstellen?«

»Ja. Kommendes Wochenende beim Mittagessen. Wir nehmen die Fähre nach Boston und …«

»Müsstest du mich nicht erst mal fragen, ob ich das möchte?«

»Warum? Damit du dir einen Vorwand suchen kannst, um nicht mitzumüssen? So ist es viel unkomplizierter, Babe, glaub mir. Aber kann ich dich etwas anderes fragen?«

»Wäre es nicht unkomplizierter, das zu lassen?« Sie lächelte. »Okay. Was ist?«

»Als die Mädels heute Morgen von deinen mysteriösen Ausflügen gesprochen haben, warum hast du da nicht einfach gesagt, wohin du fährst?« Er hatte das Gefühl, dass sie ihre Einsätze im Krankenhaus genauso geheim hielt wie ihre Besuche im Common Grounds Coffeehouse, ihren zweiten Freundeskreis und dass sie an Skulpturen arbeitete.

»Weil es niemanden etwas angeht.«

»Wissen sie überhaupt, dass du dich um die Kinder hier kümmerst?«

Sie blieb vor ihrem Motorrad stehen und verschränkte die Arme. »Warum die vielen Fragen? Stört es dich, dass ich so viel ehrenamtlich mache? Oder willst du einfach nur wissen, wo ich zu jeder Zeit bin?«

»Hey, das ist nicht fair. So einer bin ich nicht, das weißt du. Ich freue mich, dass du immer noch mit Kindern arbeitest, und war nur neugierig, ob deine Freunde etwas davon ahnen. Oder Desiree. Oder Justin.«

Ihre Züge verhärteten sich und erst nach längerem Schweigen sagte sie: »Ich mache diese Arbeit nicht, um hinterher damit anzugeben. Ich bin hier, weil ich gern Kindern helfe. Was ist denn dabei?«

»Ich versuche nur zu verstehen, weshalb du dich mit einer so geheimnisvollen Aura umgibst. Du tust etwas Gutes, etwas ganz Wunderbares, nicht nur hier, sondern auch für Joni. Deine Freundinnen und Freunde lieben dich, wissen aber so vieles nicht.«

Sie schaute an ihm vorbei.

»Mit den Menschen, die dir wichtig sind, Schlechtes *und* Gutes zu teilen, das ist Freundschaft, Babe. Davon leben Beziehungen. Mit Angeben hat das nichts zu tun, sondern mit Nähe.« Er machte einen Schritt auf sie zu, löste ihre Arme voneinander und nahm sie an den Händen. »Lass dein Licht leuchten, Babe. Sei stolz auf das, was du tust, und lass auch andere stolz auf dich sein.«

»Ich *bin* stolz. Das reicht mir. Den Stolz von anderen brauche ich nicht.«

Was sie sagte, gab ihm einen Stich, denn er glaubte, den Grund für ihr Verhalten zu kennen. Und selbst auf die Gefahr hin, dass es ihr nicht passte, wollte er ehrlich mit ihr sein. »Wir tun alle das, was wir irgendwann gelernt haben und woran wir gewöhnt sind. Und ich glaube, deine guten Seiten zu verstecken, hast du dir von Lizza abgeschaut. Es klingt vielleicht hart, aber bei ihr habe ich den Verdacht, dass sie bei Desiree und dir gern den Eindruck erwecken möchte, sie wäre egoistisch. Obwohl sie das oft gar nicht ist. Ich weiß nicht, Babe. Willst du mit deiner Geheimniskrämerei deiner Schwester und deinen Freunden weismachen, du würdest immerzu nur wilde rebellische Dinge tun? Vielleicht machst du es ja genau wie Lizza, was nicht unbedingt schlecht sein muss.«

Sie riss ihre Hände weg. »Bullshit. Ich bin nicht wie sie.«

»Bitte, Vi, hör mir zu. Dir hat Lizza gesagt, sie würde gleich wieder verschwinden, damit Desiree und Rick zu ihrer Hochzeitsreise aufbrechen können. Aber gegenüber Desiree hat sie behauptet, sie ginge, damit du und ich endlich finden könnten, wonach wir suchen.«

Violet blinzelte ein paarmal und schüttelte den Kopf. »Wie bitte?«

»Klingt komisch, ich weiß. Aber überleg doch mal. Du und deine Schwester, ihr hattet keine echte Beziehung zueinander, bis Lizza euch mit einem Trick ans Cape gelotst und euch Gründe gegeben hat zu bleiben.«

»Lizza tut anderen Menschen weh«, entgegnete sie aufgebracht. »So was mache ich nicht. Es sei denn, sie haben es verdient.«

»Das weiß ich doch. Aber ich glaube, auch Lizza will niemanden verletzen. Sie hat nur eine ganz eigene Art, Gutes zu tun. Und aus irgendeinem Grund will auch sie keine Anerkennung dafür. Sie lenkt von ihren Verdiensten ab und dabei verletzt sie eure Gefühle. Aber genau genommen hat sie euch die Tür geöffnet, sodass ihr beide glücklich sein könnt. Auch ohne sie.«

»Was willst du damit sagen? Dass ich ihr dankbar sein soll, weil sie mich um die halbe Welt geschleppt hat, weit weg von der Familie, in der ich mich zuhause gefühlt habe?«

»Nein, Babe. Ich sage dir nur, wie ich sie sehe. Und dass ich glaube, dass du genau wie sie andere unabsichtlich verletzen könntest, indem du ihnen all das Gute und Richtige verschweigst, was du tust. Sie ahnen, dass du nicht nur ziellos durch die Gegend fährst. Aber was du wirklich machst, ist ein riesiges Geheimnis. Dabei könnten sie leicht den Eindruck bekommen, sie wären es nicht wert, eingeweiht zu werden.«

Sie machte den Mund auf, wie um etwas zu entgegnen. Dann machte sie ihn wieder zu und sah plötzlich traurig aus.

»Ich will dich nicht quälen, Babe. Aber ich mache mir Sorgen, dass du dir selbst schadest, indem du einen wichtigen Teil von dir verbirgst und in deinem Leben so vieles ganz streng auseinanderhältst. Du willst kein Lob und keine Anerkennung, aber damit nimmst du den anderen die Chance zu sehen, wie wunderbar du wirklich bist.«

»Ich brauche keinen Beifall.«

»Aber du verdienst ihn«, sagte er nachdrücklich. »Auf einen geliebten Menschen stolz sein zu können, fühlt sich gut an. Und Desiree liebt dich, weiß aber nicht, was du alles Gutes tust. In Ghana hast du mir gesagt, dass du schon sehr lange mit Kindern arbeitest. Desiree war Vorschullehrerin, und Rick hat mir erzählt, dass sie noch immer Kindern Kunstunterricht gibt. Hat sie irgendeine Ahnung, dass ihr beide etwas ganz Ähnliches macht?«

Tränen stiegen ihr in die Augen und wieder schaute sie weg. Er wollte nach ihr greifen, doch sie wich zurück. »Ich weiß, was passieren kann, wenn man sich öffnet. Als Kind habe ich das ganz arglos getan. Und schau, was aus mir geworden ist.«

Obwohl sie sich im ersten Moment wehrte, legte er die Arme um sie. Er wollte ihr die Angst und den Schmerz nehmen, die er in ihrer Stimme hörte. »Deine Schwester und deine Freunde werden dich nicht verlassen. Haben sie dir das nicht längst deutlich gezeigt? Du zeigst ihnen höchstens ein Drittel von dem, was du wirklich bist. Und schon dafür lieben sie dich bedingungslos.«

Jetzt glitten ihr die Tränen über die Wangen und er küsste sie weg. »Stell dir doch nur mal vor, wie es erst sein könnte, wenn sie die ganze Violet sehen.«

Elf

Am Samstagmorgen strich Violets Hand über ein leeres Laken. Sie schlug die Augen auf und fand ein Gänseblümchen auf Andres Kopfkissen. *Daisy.* Sie drehte den Stiel zwischen den Fingern und dachte an gestern. Zuerst waren sie den Pier in Wellfleet entlangspaziert, hatten dort etwas zu Mittag gegessen und den Booten im Hafen zugeschaut. Später waren sie zu Drakes Musikladen gefahren. Dann hatte Andre sehen wollen, wo ihre anderen Freunde arbeiteten, und sie hatten eine Art Rundfahrt gemacht. Dabei hatte sie festgestellt, dass sie Serenas und Gavins neues Büro noch gar nicht gesehen hatte. Genauso wenig wie die Einrichtung für betreutes Wohnen, wo Chloe arbeitete. Sie hatten sich bei Ben und Jerry's ein Eis geholt und danach in einem ihrer Lieblingsgeschäfte, dem Earth House, in der Musikabteilung gestöbert und sich Kleidung aus Hanffasern angesehen. Das wunderbare Herbstwetter war wie gemacht für einen Motorradausflug und nach einem Bummel durch ein paar kleine Ortschaften waren sie ins Common Grounds Coffeehouse gefahren. Selten hatte sie einen entspannteren und unbeschwerteren Tag erlebt. Sie hatten sich geküsst, an den Händen gehalten und all die kitschigen Sachen gemacht, über die sie sonst immer die Nase rümpfte. Doch seit Neuestem wollte sie mehr davon.

Cosmos sprang aufs Bett und schob sich auf dem Bauch zu ihr. Sie vergrub eine Hand in seinem struppigen Fell. Es war feucht und sandig. *Oh je.* Vermutlich war Andre schon frühmorgens mit den anderen Männern laufen gewesen – und mit Cosmos. Der kleine Hund leckte ihren Arm.

»Vermutlich muss ich jetzt das Bettzeug waschen. Und dich gleich mit.«

Cosmos leckte unverdrossen weiter. In letzter Zeit war er sehr anhänglich, folgte ihnen überall hin und schlief in ihrem Zimmer. »Dir fehlt Desiree, oder?«

Der kleine Kerl legte den Kopf schief und winselte.

»Ja, mir auch«, sagte sie zu ihrer Verblüffung. »Sie ist bloß verreist und kommt bald zurück. Dann kannst du ihr Bett sandig machen.«

Was Andre am Donnerstag auf dem Krankenhausparkplatz zu ihr gesagt hatte, ging ihr nicht mehr aus dem Kopf. Die Vorstellung, sie könnte Desiree unabsichtlich wehtun, machte ihr zu schaffen. Eigentlich wollte sie ihre Schwester während der Hochzeitsreise nicht stören, brannte aber darauf zu erfahren, wie es ihr ging. So als hätte Violet es mit ihren intensiven Gedanken heraufbeschworen, hatte Desiree ihr gestern Abend eine Textnachricht geschickt. Aufgeregt hatte sie über Ricks Überraschung für sie, die Reise nach Portugal, berichtet und Fotos von der Pension mitgeschickt, in der sie im Augenblick noch wohnten, und von Paige Bentley, deren Familie die Pension gehörte. Desiree hatte sich bereits mit Paige angefreundet, sie ins Summer House Inn eingeladen und erfahren, dass sie Daphne und Chloe aus ihrem Online-Buchclub kannte. Wie kontaktfreudig Desiree auf Fremde zuging, zeigte einmal mehr, wie unterschiedlich sie und Violet waren, und mit Andres

Worten im Hinterkopf war ihr ein Licht aufgegangen.

Eigentlich hatte Violet nie das Gefühl gehabt, dass sie sich vor irgendetwas versteckte. Sie war geradlinig, wich Schwierigkeiten nicht aus und nahm selten ein Blatt vor den Mund. Doch langsam sah sie sich auch ein bisschen mit Andres Augen und fragte sich, ob er recht hatte und sie tatsächlich mit ziemlich viel Aufwand Teile von sich selbst verbarg. Vielleicht waren die unterschiedlichen Gefühle, die ihre separaten Freundeskreise in ihr auslösten, nicht der einzige Grund, weshalb sie sie so streng voneinander trennte. Vielleicht war das nur ganz zu Anfang so gewesen.

Aus der Küche drangen Geräusche und Cosmos sprang vom Bett. Violet war froh, dass sie ihren Freunden gesagt hatte, heute müsste das gemeinsame Frühstück ausfallen. Sie wollte einen ruhigen Morgen mit Andre, bevor sie nach Herring Cove zum Helferfest aufbrachen, wo sie sich mit Rowan und Joni treffen wollten.

Violet zog sich eines von Andres weichen Shirts über, putzte sich die Zähne und trug das Gänseblümchen in die Küche, um es dort ins Wasser zu stellen.

»Hey, schöne Frau.« Andre zog sie an sich. In seinen Boxerbriefs sah er wieder mal zum Anbeißen aus.

»Mmh.« Sie vergrub die Nase an seinem Hals. »Du riechst gut.«

Er drückte die Lippen auf ihre und streichelte ihren nackten Hintern. »Als ich vom Laufen zurückgekommen bin, hast du fest geschlafen. Deshalb habe ich mich unter die Outdoordusche auf der Terrasse gestellt.«

»Und ich habe es verpasst! Vielleicht muss ich dich noch mal schmutzig machen.«

»Klingt verlockend.« Mit zarten, verführerischen Küssen auf

ihren Hals bescherte er ihr eine Ganzkörpergänsehaut. »Gerade wollte ich dir das Frühstück ans Bett bringen.«

Sie entdeckte das Tablett mit einem Teller voller French Toast, einer Schale Obst und einer Tasse Kaffee. Als sie das Gänseblümchen dazulegte, sah alles plötzlich aus wie auf einer romantischen Postkarte. Für Postkartenromantik hatte sie eigentlich nichts übrig. Aber langsam fragte sie sich, ob sie sich selbst so gut kannte, wie sie immer geglaubt hatte. »Danke. Das sieht wunderbar aus. Hast du schon etwas gegessen?«

»Nein.« Er rieb seine Stoppeln an ihrer Wange, legte die Lippen an ihren Hals und saugte kräftig. Dabei drückte er seine Erektion an ihren Bauch. »Und ich bin ganz schön hungrig.« Sein heißer Atem streifte ihre Haut, und mit tiefen Küssen sorgte er dafür, dass sie schon feucht war, als sich seine Finger zwischen ihre Beine stahlen.

Nach vielen weiteren leidenschaftlichen Küssen wanderte sein Mund an ihrem Hals nach unten und nahm ihr damit den allerletzten klaren Gedanken. Er zog ihr Shirt hoch, seine Lippen spielten mit ihrer Brust. Gleichzeitig drängte er seine Finger in sie. Sie stöhnte lustvoll auf.

»Vergiss das Frühstück im Bett.« Violet riss sich das Shirt herunter.

Andre stieß einen tiefen gierigen Laut aus, drückte den Mund auf ihren und schob sie rückwärts gegen die Arbeitsplatte. Mit einer Hand rieb er ihre Brüste, die Finger der anderen zauberten zwischen ihren Beinen. Bei seinem nächsten wilden Kuss drängte sie ihre Hand in seine Briefs und packte seinen Schaft. Er stöhnte in den Kuss und dieser durch und durch männliche, verdammt heiße Laut fachte ihre Leidenschaft noch weiter an. Widerstrebend löste sie ihren Mund von seinem und eine versengende Sekunde lang trafen sich ihre Blicke. Dann ging sie auf die Knie und saugte ihn Zentimeter für köstlichen Zentimeter in ihren Mund. Stöhnend vergrub er die Hände in ihrem Haar.

»Fuck, Baby«, stieß er zwischen seinen zusammengebissenen Zähnen hervor, während sie ihn saugte, rieb und so hemmungslos verschlang, wie sie es schon in Ghana gern getan hätte, aber noch nicht gewagt hatte.

Er war so gut zu ihr, so geduldig und gleichzeitig fest entschlossen, sie nicht denselben Fehler zweimal machen zu lassen, dass er damit tief in ihr etwas freisetzte. Er machte es ihr möglich, ihre innere Wildkatze aus sich herauszulassen und zugleich die weichere, anschmiegsame Seite zu akzeptieren, die nur zum Vorschein kam, wenn sie mit ihm zusammen war. Sie streichelte, leckte und saugte ihn, bis sein Körper vor mühsam im Zaum gehaltenem Verlangen bebte. Dann packte sie seinen Hintern und zog seinen Schaft tiefer in ihren Mund. Er stieß schneller zu, seine Hände schlossen sich in ihrem Haar zu Fäusten. Das Ziehen an ihrer Kopfhaut durchjagte sie als lustvoller Schmerz.

»Mach so weiter und ich komme, Baby«, warnte er.

Sie ließ ihn aus ihrem Mund gleiten und leckte seine breite Spitze. Ihr gefiel, wie sein Atem flacher wurde und wie er sie mit einem Raubtierblick fixierte.

»Dann musst du dir etwas einfallen lassen, damit ich hinterher auch kommen kann.« Ihre Zunge spielte mit seinen Hoden. Sie hörte ihn aufstöhnen und fügte hinzu: »*Zweimal.*«

Damit saugte sie ihn wieder in ihren Mund und beschleunigte den Rhythmus ihrer Zärtlichkeiten. Als er die Führung übernahm und, die Arm- und Beinmuskeln zum Zerreißen gespannt, tief in sie hineinstieß, krallte sie sich an ihm fest. Mit ihm so frei und hemmungslos zu sein, fühlte sich unglaublich gut an. Ohne das geringste Zögern überließ sie sich seiner Dominanz. Und er gab jede Zurückhaltung auf, nahm ihren Mund, als gehörte er ihm, und stieß bebend und stöhnend zu. Nach kürzester Zeit zuckten seine Hüften und er kam.

»Daisy«, stöhnte er voller Leidenschaft und Liebe und klang dabei durch und durch männlich und befriedigt.

Ein letzter Schauer durchlief ihn, dann zog er sich zurück, streichelte ihr Gesicht und strich ihr zärtlich durchs Haar. Sie stand auf und drückte den Mund auf seinen. Zitternd vor Verlangen ließ sie sich von ihm auf die Küchentheke heben.

Er lehnte sich zurück und durchbohrte sie mit einem Blick aus seinen dunklen Augen. »Ich liebe dich so verdammt sehr – auf keinen Fall werde ich dich zweimal zum Kommen bringen.«

»Das wollen wir doch mal sehen«, erwiderte sie herausfordernd.

Lächelnd legte er seinen Mund auf ihre Brust und saugte so kräftig, dass sie es zwischen den Beinen spürte. Ein gieriges Stöhnen brach aus ihr heraus. Ihre Finger schlossen sich um die Kante der Arbeitsplatte. »Andre … bitte …«

Als er den Mund von ihrer Brust nahm, schnappte sie nach Luft. Doch die Küsse, die er auf ihren Bauch und ihre Oberschenkel regnen ließ, verschlugen ihr erneut den Atem. Andres Liebe war nicht von dieser Welt. An den Stellen, wo er sie geküsst hatte, ließ die kühle Luft ihre feuchte Haut prickeln wie unter Strom. Als Andre ihre Beine weit auseinanderdrückte, verging sie fast vor Verlangen. Sie schloss die Augen und wartete atemlos, dass sein talentierter Mund dort landete, wo sie ihn am meisten haben wollte. Doch er legte seine Lippen zu einem weiteren seelentiefen Kuss auf ihre.

Als er den Kopf hob, wollten ihre brennenden Lippen mehr. »Zweimal wäre niemals genug«, raunte er.

Noch bevor ihr Gehirn seine Worte verarbeitet hatte, glitt seine Zunge über ihre Mitte. Dann bedeckte sein Mund sie ganz. Das Blut rauschte durch ihre Adern, ihr Verlangen wurde übermächtig. Sein Mund war so unglaublich talentiert, seine Zunge ein Instrument orgasmischer Freuden. Er stürzte sie in einen wilden Strudel aus Ekstase und katapultierte sie von dort in die Wolken. Ganz weit oben hielt er sie fest, bis sie wieder und wieder kam.

Später am Vormittag stiegen sie in Herring Cove von seinem Motorrad. Die salzige Meerluft trug die Stimmen spielender Kinder und das Geplauder der Erwachsenen zu ihnen.

»Der Pick-up, an dem die vielen Magnete mit den Brustkrebs-Schleifen befestigt sind, gehört Rowan.« Violet zeigte auf ein Fahrzeug ganz in der Nähe, an dem tatsächlich ziemlich viele der rosa Schleifen leuchteten, mit denen auf Brustkrebs aufmerksam gemacht wurde. »An seinem Food Truck hat er auch jede Menge davon.«

Seit Violet ihn in Ghana verlassen hatte, hatte Andre geglaubt, er wüsste, was Schmerz ist. Doch nachdem er sich nun noch tiefer in sie verliebt hatte, gab die Vorstellung, dass der Tod sie auseinanderreißen könnte, dem Wort Schmerz eine neue Bedeutung. Er war sich nicht sicher, ob er so etwas überleben konnte.

Nachdem er die Helme ans Motorrad gekettet hatte, nahm er Violets Hand und hatte dabei das Gefühl, dass noch nie ein Mensch auf der Welt jemanden so geliebt hatte wie er sie in diesem Moment. Doch als er in ihre Augen schaute, wusste er, dass er sich täuschte.

»Hast du bei der Suppenküche auch mitgeholfen?«, fragte er.

»Nur ein paar Mal.«

»Wärest du zu diesem Helferfest heute gegangen, wenn du nicht mit Rowan hättest reden wollen?«

Einen Moment lang war sie still, dann schüttelte sie den Kopf.

»Weil du keinen Dank möchtest?«

»Das Wort Ja liegt mir auf der Zunge«, gab sie ein wenig unwirsch zurück. »Aber dank dir will ich jetzt herausfinden, weshalb das so ist. Vielleicht, weil ich in meiner Kindheit kein schöneres Gefühl gekannt habe, als wenn Ted mir gesagt hat, wie stolz er auf mich ist, oder wenn er sich bei mir bedankt hat. Zum Beispiel wenn ich auf Desiree aufgepasst oder beim Tischdecken geholfen habe. Das Lob hat mir gutgetan und ich wollte mir immer um jeden Preis seine Anerkennung verdienen. Doch als Lizza mit mir weggegangen ist, hat es sich angefühlt, als wäre all das Lob nie echt gewesen. Wie kann man jemanden lieben und schätzen und ihn dann einfach gehen lassen?« Sie schnappte zittrig nach Luft und atmete dann langsam wieder aus. »Aber ich habe dich geliebt und geschätzt und bin trotzdem gegangen. Meine Gefühle für dich waren echt, und langsam geht mir auf, dass es im Leben nicht nur Schwarz und Weiß gibt. Und dass das, was ich immer geglaubt habe, nicht unbedingt wahr sein muss.«

»Ted hat dich sehr lieb, Babe. Die Wärme in seinem Blick und den Stolz in seiner Stimme, wenn er von dir spricht, könnte niemand je vortäuschen.«

»Ich hoffe, du hast recht. Aber ich bin wirklich ganz schön verkorkst. Einfach für mich selbst wäre ich jedenfalls nie hierhergekommen. Aber keine Sorge. Ich will wirklich rauskriegen, warum das so ist.«

Er küsste sie zärtlich. »Du kannst dir gar nicht vorstellen, wie glücklich mich das macht. Ich wünsche mir, dass du dein Licht strahlen lässt, damit jeder es sehen kann.«

»Wenn Desiree zurück ist, erzähle ich ihr alles. Von meiner ehrenamtlichen Arbeit, der Arbeit mit Joni, von meinen Skulpturen ...«

Er schaute sie überrascht an. »Wirklich?«

»Jap. Ein paar Wochen habe ich ja noch, um den Mut dafür zusammenzukratzen. An dir ist ein Therapeut verloren gegangen. Du bringst mich dazu, meinen ganzen inneren Mist an die Oberfläche zu holen.« Sie zog ihn hinter sich her über den Parkplatz. »Und jetzt los. Ich fühle mich schon ganz nackt.«

Er gluckste.

»Lach ruhig. Ich habe einen ganzen Laden voller Sexspielzeug, und wenn es sein muss, werde ich es benutzen.«

»Solange es kein Ersatz für mich ist, kein Problem«, gab er zurück.

»Ich meine, ich werde dich damit beglücken.«

Er blieb stehen.

Lachend führte sie ihn zu einem sandigen Pfad, der durch die Dünen zum Strand führte. »Jetzt ist dir ganz mulmig, stimmt's?« Sie blieben am Anfang des Pfades stehen und zogen ihre Stiefel aus. »Aber garantiert nicht halb so mulmig wie mir jedes Mal, wenn du mich dazu bringst, über etwas nachzudenken, woran ich gar nicht denken will.«

»Shit, Baby. Das tut mir leid.«

»Die wirklich guten Dinge im Leben kriegt man eben nicht geschenkt.« Auf dem Weg durch die Dünen fügte sie hinzu: »So heißt es doch immer, oder?«

Um seine Lippen spielte ein listiges Grinsen. »Ich weiß nicht. Einen richtig guten Orgasmus schenke ich dir immer gerne.«

»Violet!«

Sie blickten auf und sahen ein kleines Mädchen in einem blauen Hemd und einem grünen Rüschen-Tutu auf sie zurennen. Die Kleine breitete ihre dünnen Ärmchen weit aus, das feine braune Haar fiel ihr über die Schultern. Am anderen Ende des Pfads stand ein Mann in Shorts und einem bunt gestreiften Baja-Hoodie.

»Merk dir deinen Gedanken«, sagte Violet. »Das sind Joni und Rowan.« Sie schnappte das aufgeregte kleine Mädchen und wirbelte es herum. »Hey, Peanut Butter!«

Kleinmädchengekicher füllte die Luft. »Hey, Jelly! Gefällt dir mein Tutu?«

»Es ist ein Traum!«, rief Violet. »Hast du es einem Gorilla geklaut?«

Joni vergrub kichernd das Gesicht an Violets Hals. »Nein.« Sie hob den Kopf. »Einer Meerjungfrau im Zoo!«

Jetzt lachten sie alle gemeinsam. Joni war unglaublich süß mit ihren schiefen Milchzähnen und den strahlenden braunen Augen. Ihre Liebe zu Violet war mit Händen zu greifen, und Andre wünschte, Violet würde allen diese wärmere, sehr lebendige Seite von ihr zeigen.

»Joni, das ist mein Freund, Andre«, sagte Violet.

»Hi!«, sagte Joni. »Wo hast *du* denn dein Shirt her?«

Andre beugte sich zu ihr und senkte die Stimme, als würde er ihr ein Geheimnis verraten. »Das hat mir eine Giraffe geschenkt.«

Joni wand sich kichernd aus Violets Armen, fasste sie und Andre an den Händen und zog sie zu Rowan. »Los, kommt! Es gibt Hamburger und Hot Dogs und Eidechsen und Schlangen.«

Während Joni weiter Tiere aufzählte, sagte Violet: »Ihre Fantasie ist einfach grenzenlos.«

Auf halbem Weg ließ Joni ihre Hände los und rannte zu Rowan. Er war eine beeindruckende Erscheinung, gut über eins neunzig groß, mit zerzaustem Haar, einem kurzen Bart und freundlichen Augen. Schwungvoll hob er seine Kleine hoch und küsste sie auf die Wange. »Ich hab dich lieb, Jojo.«

»Ich dich auch, Daddy«, antwortete sie, als sie wieder im Sand stand.

»Wie läuft's bei dir, Sugar?« Rowan legte Violet einen Arm um die Schultern und zog sie an seine Seite.

Sugar?

Er streckte Andre die Hand hin. »Hi. Ich bin Rowan. Und du bist sicher Andre.«

»Nein, Daddy.« Joni schüttelte den Kopf. »Er heißt *Brezel*.«

Andre nickte. »Stimmt. Aber wenn du magst, kannst du mich Andre nennen.«

Joni nahm Violet an der Hand. »Können Peanut Butter und ich runter ans Wasser gehen?«

»Du kennst die Regeln.« Rowan zwinkerte seiner Tochter zu.

Joni schaute Violet mit großen hoffnungsvollen Augen an. »Möchtest du unten am Wasser mit mir spielen?«

Violet drehte sich zu Andre. »Kommst du ein paar Minuten ohne mich klar?«

»Sicher. Kein Problem«, antwortete er.

»Jippi!« Joni zog Violet zum Wasser, wo bereits ein paar andere Kinder umherwateten und durch den Sand rannten.

»Sie ist wirklich süß«, sagte Andre zu Rowan.

»Wer? Violet oder Joni?« Rowan lächelte. »Das war Spaß.

Joni ist ein tolles Mädchen und Vi einfach wunderbar. Komm, wir holen uns etwas zu trinken.«

Sie gingen den Strand entlang zu einer Gruppe von Leuten, die auf Liegestühlen und Decken im Halbkreis saßen, aßen und sich unterhielten. Manche waren in den Zwanzigern, andere eher im Rentenalter. In der Nähe der Dünen standen drei Pick-ups mit gigantischen Reifen. Auf einer der Ladeflächen waren Kühlboxen aufgereiht, ein paar Schritte weiter hatte jemand drei Grills aufgebaut. Klapptische bogen sich unter Platten voller Burger und Hotdogs und Schüsseln mit Salaten und Nudelge-richten. Daneben standen Teller mit Gebäck und anderen leckeren Sachen.

Andre und Rowan holten sich Limos, und Rowan stellte ihn einigen der anderen Helfer und Helferinnen vor, dann setzten sie sich in den Sand und redeten. Rowan war ein kluger und lockerer Typ. Sein Blick hing an seiner Tochter, die gerade mit Violet eine Sandburg baute.

»Okay, wer fängt an?«, fragte er schließlich.

»Womit?«

»Du weißt schon. Mit dem, was unausgesprochen in der Luft hängt und vielleicht erst mal geklärt werden sollte.« Rowan nahm einen Schluck von seiner Limo.

»Ach so. Woher ihr euch kennt, hat mir Violet schon er-zählt. Du hast einen Food Truck und ziehst Joni alleine groß. Das mit deiner Frau tut mir sehr leid.«

»Carlotta und ich waren nicht verheiratet. Aber danke. Ich vermisse sie immer noch jeden Tag. Und es sieht aus, als wärst du mir gegenüber im Vorteil. Mehr als deinen Namen hat Vi mir nämlich nicht verraten.«

»Das überrascht mich nicht.«

»Sollte es auch nicht, wenn du sie so gut kennst, wie ich

glaube.« Rowan stellte seine Getränkedose in den Sand und schaute hinüber zu Violet.

Joni saß auf ihrem Schoß und spielte mit ihrem Haar. Violet wiegte sie hin und her, und es sah aus, als würde sie singen. In Ghana hatte Andre sie mit vielen Kindern zusammen gesehen, und mit ihnen hatte sie genauso entspannt und glücklich gewirkt wie jetzt mit Joni.

»Ehrlich gesagt«, fuhr Rowan fort, »weiß ich schon alles über dich, was ich wissen muss, weil Violet dich mit ins Coffeehouse genommen hat. Vor ein paar Tagen habe ich Steph und Cory getroffen, und sie haben mir erzählt, dass du ein paarmal mit ihr dort warst. Aber selbst wenn ich nicht davon gehört hätte – allein Violets Blick eben, bevor sie mit Joni runter ans Wasser gegangen ist, hätte genügt. Sie vertraut dir und du bist ihr unglaublich wichtig. Denn normalerweise tut sie einfach, was sie will, ohne nachzufragen oder irgendetwas zu erklären.«

»Das beruht auf Gegenseitigkeit.« Andre erzählte Rowan, wie Violet und er sich kennengelernt hatten, und von ihrer gemeinsamen Zeit in Ghana. Auch den schmerzhaftesten Teil ließ er nicht aus. »Vor etwas über zwei Jahren ist sie plötzlich aus meinem Leben verschwunden, und ich hatte keine Ahnung, wo ich sie suchen soll.«

Rowan streckte seine langen Beine aus. »Sie ist genau wie meine Carlo. Selbstbewusst und stur. Wann immer Carlo die Nähe zu groß geworden ist, hat sie sich zurückgezogen. Deshalb haben wir auch nie geheiratet. Als sie schwanger geworden ist, waren wir schon zwei Jahre zusammen. Aber sobald ich vom Heiraten angefangen habe …« Er schüttelte den Kopf. »Sie hat sich benommen wie ein Welpe, der Angst hat, geprügelt zu werden. In der Ehe ihrer Eltern ist es wohl übel zugegangen, deshalb kam ein Trauschein für sie nicht infrage. Dabei hätte ich mein Leben darauf verwettet, dass es bei uns prima gelaufen wäre. Aber wer braucht schon ein Stück Papier?«

»Dann haben wir beide wohl denselben Fehler gemacht. Mein Heiratsantrag ist bei Vi auch nicht gut angekommen und war einer der Gründe, warum sie verschwunden ist.«

Rowan lächelte. »Und dann heißt es immer, Männer hätten keine Lust, sich zu binden. Ha! Wir beide haben uns wohl in die einzigen Frauen weit und breit verliebt, die von einem Ring am Finger nichts halten. Und es gibt noch eine Gemeinsamkeit zwischen Carlo und Vi: ihre riesengroßen Herzen. Seit ich Vi kenne, war sie für Jojo wie eine Tante. Sie ist gekommen, wenn Jojo am Durchdrehen war, und ich nicht wusste, was ich tun soll. Sie hat sie von der Schule abgeholt, als ich mit Grippe im Bett lag. Vi hat einen prima Draht zu meiner Kleinen und versteht sie auf eine Art, die mich immer wieder verblüfft.«

Ein paar Minuten lang hingen sie schweigend ihren Gedanken nach. Dann sagte Rowan: »Für Carlo und mich war Jojo gleich vom ersten Augenblick an die Welt. Es gibt nichts, was mir wichtiger wäre als dieses vertrauensvolle kleine Mädchen. Aber ich glaube, ich bin dabei, es nach Strich und Faden zu vermasseln.«

»Mir kommt sie recht glücklich vor«, sagte Andre.

»Meist ist sie das auch. Aber wenn die Panik kommt, verliert sie sich darin. Ich habe mit ihren Ärzten und Therapeuten gesprochen, Vi arbeitet mit ihr, und das scheint zu helfen. Aber wie holt man ein kleines Mädchen aus einem Zustand von Angst und Frustration heraus, für den es keine echte Erklärung gibt?«

»Ich bin Kinderarzt, und als ich noch eine Praxis hier in den Staaten hatte, ist mir so etwas öfter begegnet. Jedenfalls häufiger als im Ausland. Für Angstzustände kann es viele verschiedene Auslöser geben und oft sind es mehrere zugleich. Aber es hört sich an, als wärst du mit ihr schon bei ein, zwei Spezialisten gewesen.«

Rowan nickte. »Sie meinten, es könnte damit zusammenhängen, dass sie ihre Mom verloren hat. Und bei manchen Kindern kommt die Angst, wenn sie zur Schule gehen. Es hieß, das sei nicht ungewöhnlich und würde sich vermutlich mit der Zeit verlieren.«

»Wann sind dir ihre Ängste denn zum ersten Mal aufgefallen?«

»Etwa in ihrer dritten Vorschulwoche, damals war sie vier. Sie hatte dann auch Wutanfälle, wollte nicht mehr hin. Ich habe mit den Lehrkräften dort gesprochen, und die haben mir gesagt, das wäre normal. Aber für mich hat sich das nicht normal angefühlt. Okay, als Vater bin ich ein Anfänger. Deshalb habe ich den Rat der Vorschule befolgt und habe sie weinen lassen, wenn ich gegangen bin. Doch das war für uns beide sehr hart. Sie ist mein Baby und verlässt sich auf mich. Ein paar Wochen lang haben wir uns durchgekämpft, dann habe ich sie aus der Vorschule genommen. Leider war es danach im Kindergarten genauso. Nur dass sie da gleich von der ersten Woche an Angstzustände hatte. Jetzt ist sie sechs, geht in die erste Klasse und hasst die Schule jetzt schon. Wie rebellisch sie als Teenager sein wird, will ich mir gar nicht vorstellen.«

»Bis dahin kann noch viel passieren. Wie sieht es denn sonst so aus? Kann sie sich Kinderreime merken? Das Alphabet?«

»Kinderreime?« Rowan schnaubte. »Die findet sie grauenhaft. Schon mit drei oder vier hat sie sie munter durchgemischt. Sie hat eine blühende Fantasie und denkt sich schon immer alles Mögliche aus.«

Unten am Strand rannten Joni und Violet durchs knöcheltiefe Wasser. Andre kritisierte nur ungern die Diagnosen anderer Ärzte, aber er hatte das Gefühl, dass er etwas anderes sah als seine Kollegen. »Vielleicht liege ich ja falsch, aber wurde sie schon auf eine Lese-Rechtschreib-Schwäche getestet? Vielleicht ist es dafür noch ein bisschen früh, aber je nachdem, welche Unterrichtsmethoden angewendet und welche Erwartungen an ein Kind gestellt werden, kann Legasthenie schon zu Angstzuständen führen. Daran denken sollte man auf jeden Fall.«

»Ja, sicher. Bisher haben mir die Ärzte vor allem Fragen zu Carlos Tod und unserer Lebensweise gestellt. Manchmal habe ich das Gefühl, sie denken zu stark in diese Richtung oder halten mich einfach für einen überbesorgten Vater. Natürlich wird Joni ihre Mutter immer vermissen und vielleicht mache ich mir tatsächlich zu viele Sorgen. Oder ich habe es vergeigt, indem ich sie aus der Vorschule genommen und auf ihre Wutanfälle nicht anders reagiert habe. Aber manchmal lässt sie sich einfach nicht beruhigen. Kinder sollten mit einer Betriebsanleitung zur Welt kommen. Ich kann sie nur ablenken, in den Armen halten und ihr das Gefühl geben, dass sie geliebt wird – selbst wenn sie die Schule hasst.«

»Liebe hilft auf jeden Fall.« Andre schoss durch den Kopf, wie viel Violet wohl für eine Mutter gegeben hätte, die ihre Ängste und Nöte gesehen und das Glück ihrer Tochter über alles gestellt hätte. »Ein Freund von mir leitet die Kinderabteilung im Hyannis Hospital. Er kennt die besten Ärzte und Spezialisten der Gegend. Ich könnte ihn anrufen und den Kontakt für euch herstellen. Ich habe Joni zwar nicht untersucht, aber für mich hört es sich nicht an, als würdest du überreagieren. Mein Freund David ist selbst Vater und ein sehr guter Arzt. Er kann dafür sorgen, dass ihr nicht irgendwo im System durch die Maschen fallt.«

Rowan war seine Erleichterung deutlich anzusehen. »Das wäre großartig. Danke.« Er klopfte Andre auf die Schulter. »Für mein tolles Mädchen würde ich alles tun.«

Andre schaute zu, wie Joni und Violet Hand in Hand auf ihn und Rowan zusteuerten. *Und ich für meines*, dachte er.

Zwölf

»Hey, sexy Mama.« Am Montagnachmittag wirbelte Emery in einem Bikinitop und Sweatpants ins Büro des Summer House Inn und ließ sich in den Sessel vor Violets Schreibtisch fallen. Sie schlug die Beine übereinander, machte eine Kaugummiblase und trommelte mit den Fingern auf die Armlehne. »Ich bin immer noch völlig high von dem orgiastischen Frühstück, das ihr uns heute serviert habt.«

Nach dem Paar-Yoga bei Emery hatte Andre erklärt, er wollte Violet beibringen, wie man Eggs Benedict und Cranberrymuffins machte. Dabei hatte er jede Sekunde genutzt, in der sie die Hände nicht frei gehabt hatte, und sie so wild und heiß gemacht, dass sie ihn zwischen dem Frühstück und seinem Aufbruch zu seinem Aushilfsjob in der Klinik für einen Quickie ins Cottage geschleift hatte.

Sie blickte von den Rechnungen auf, die sie gerade online bezahlte. »Und jetzt willst du mich an deiner post-orgasmischen Glückseligkeit teilhaben lassen?« Sie hatte den ganzen Morgen Buchungsanfragen beantwortet, die Lagerbestände kontrolliert und Reservierungen bestätigt. Zu Beginn ihrer Zeit am Cape hatte sie sich mit Händen und Füßen gegen jede Art von Zeit- und Terminplanung gewehrt. Doch inzwischen hatte sie

Zeitpläne für die Pension, die Galerie, die ehrenamtliche Arbeit im Krankenhaus …

Emery ließ die nächste Kaugummiblase platzen und saugte sie zurück in den Mund. »Es ist kühl hier drin«, stellte sie fest.

»Wir haben September und du trägst ein Bikinitop.«

»Mein letzter verzweifelter Versuch, noch ein bisschen braun zu werden. Aber es ist tatsächlich etwas kalt.« Lächelnd fügte sie hinzu: »Jetzt, wo wir unter uns sind, kannst du mir ja ein paar Einzelheiten über dich und Dr. McHottie erzählen.«

»Träum weiter.« Violet beugte sich wieder über die Rechnungen.

»Ach, komm schon!« Emery schlug mit der flachen Hand auf die Armlehne. »Heute Morgen beim Paar-Yoga habt ihr dermaßen heiß ausgesehen. Ihr wart so im Einklang, als würdet ihr schon ewig zusammen Yoga machen. Eine Woche guter Sex reicht für so was nicht aus.«

Wir *sind* heiß. Violet lächelte in sich hinein. Emery hatte recht. Dieser Einklang beim Yoga kam nicht *nur* von einer Woche gutem Sex. Er kam von den drei Monaten, in denen sie in Ghana versucht hatten, mithilfe von gemeinsamem Yoga ihre Leidenschaft im Zaum zu halten, bis Violet bereit gewesen war, mit Andre zu schlafen.

»Vi-o-let!« Emery sprang auf, beugte sich über den Schreibtisch und stemmte die Ellbogen auf den Papierkram. Sie stützte ihr Kinn in ihre Hände und forderte: »Rede mit mir! Wofür hat man denn Freunde?«

Violet fixierte sie und dachte daran, was Andre gesagt hatte – dass sie wichtige Bereiche ihres Lebens vor ihren Freunden verbarg. Okay, vielleicht sollte sie Emery etwas erzählen. Nur was? Definitiv nichts über ihr Liebesleben. Die Tratschtruppe würde jubilieren, wenn sie erfuhr, dass sie manchmal ganz in diesem Mann verschwand und sich in ein Häufchen zartschmelzender romantischer Gefühle verwandelte. Oder wenn sie hörten, dass Andre und sie hin und wieder ihre dunklere Seite von der Leine ließen und er sie gestern Morgen in der Dusche von hinten genommen hatte.

»Warum wirst du denn rot?«

Fuck. »Er will mich seinen Eltern vorstellen«, platzte Violet heraus.

»Oh mein Gott! Seinen Eltern?« Emery fing an, auf und ab zu gehen. »Alarmstufe rot. Als Dean mich seinen Eltern vorstellen wollte, war ich ein absolutes Nervenbündel. Wir müssen dringend shoppen! Wie sind sie denn? Wo trefft ihr euch? Hat dich schon irgendwann mal ein Mann seinen Eltern vorgestellt? Das ist das absolut Schlimmste, was du dir vorstellen kannst.«

Violet ließ ihren Stift fallen und stand auf. »Könntest du vielleicht deinen Sprechdurchfall unter Kontrolle bringen?«

Emery stemmte die Hände in die Hüften. »Nope. Wann ist es so weit?«

»Am Samstag. Zum Lunch. In Boston.« Na wunderbar, jetzt wurde sie selbst auch wieder nervös.

»In einem Restaurant oder bei ihnen daheim?«

»Keine Ahnung. Shit. Ist das wichtig? Egal, wo wir uns treffen, ich werde mich fühlen wie unter einem Mikroskop.«

Emery verschränkte die Arme und tippte sich mit dem Finger ans Kinn. Sie musterte Violet mit zusammengekniffenen Augen. »Ein Mittagessen, kein Abendessen. Also eher leger. Aber nicht zu leger. Schließlich ist das euer erstes Treffen. Schicke Slacks vielleicht?«

»Nie im Leben.«

»Ein Rock?«, fragte Emery hoffnungsvoll.

»Leder und Mini, sonst nicht.«

Emery schüttelte seufzend den Kopf. »Vielleicht können wir Skinny Jeans mit den schwarzen Stiefeln mit den Fransen kombinieren, die du dir für Des' Hochzeit gekauft hast.«

»Schwarze Skinny Jeans habe ich.«

»Die mit den Löchern?« Emery setzte sich auf die Schreibtischkante.

Jeans ohne Löcher besaß sie nicht. »Ja.«

»Du kannst nicht mit Ripped Jeans zu seinen Eltern gehen. Wir müssen shoppen, oder ich leihe dir was. Aber du brauchst dringend Klamotten, die nicht schwarz oder … Oh mein Gott! Du hast ein rotbraunes Shirt an. Heilige Scheiße. Warum ist mir das beim Frühstück nicht aufgefallen?«

»Deans Küsse und deine Rührei-Orgasmen haben dich vermutlich zu sehr abgelenkt.« Violet zeigte auf ihr Shirt. »Ich ziehe mich je nach Laune an. Können wir mal einen Moment ernst sein? Ich habe keine Ahnung, wie seine Eltern so sind, aber sie sind beide Ärzte.«

»Oh, Vi.« Aus Emerys Blick sprach Mitgefühl. »Ich weiß, deine Tattoos gehören zu dir. Sie sind fast eine Art Markenzeichen. Aber was, wenn seine Eltern eher traditionell und konservativ denken? Wenn sie dich unfairerweise in eine Schublade stecken?«

»Der Gedanke ist mir auch schon gekommen. Ich überlege, ob ich die Tattoos vielleicht verdecken soll. Selbst wenn es allem widerspricht, woran ich sonst glaube«, gestand sie.

»Na ja, dazu zwingen kann dich keiner.«

Jetzt fing auch Violet an, auf und ab zu marschieren. Nachdenklich legte sie die Stirn in Falten.

»Du könntest Andre fragen«, schlug Emery vor.

»Lieber nicht. Für ihn wäre das eine ziemlich blöde Situati-

on. Wer will schon seiner Freundin sagen, sie soll ihre Tätowierungen verstecken? Verdammt.« Sie warf die Hände in die Luft.
»Ich ziehe mir lange Sachen an. Ich bin schon nervös genug.
Dass meine Tattoos zum Problem werden, kann ich nicht auch
noch gebrauchen.«

»Okay. Also … shoppen?«

»Warum habe ich das Gefühl, dass ich das bereuen werde?«

Emery warf kreischend die Arme um Violet. »Weil bei den
allerbesten Freundinnen-Erinnerungen immer ein bisschen
Reue mitschwingt! Allerdings meist, weil zu viel Tequila im
Spiel war, oder ein Kerl, an dessen Namen man sich am Morgen
danach nicht erinnert.«

Violet schob sie von sich weg. »Okay. Wenn du das sagst.
Mit Freundinnen-Erinnerungen kenne ich mich nicht aus.«

»Dann wird es höchste Zeit!« Emery zerrte sie aus dem Büro. »Ich hole mir nur kurz ein Shirt und dann auf ins
Freundinnen-Abenteuer!«

Ein paar Stunden später saßen Violet und Emery mit einem
Berg Einkaufstaschen in einem Café und teilten sich eine
Portion Nachos.

»Gib's zu«, sagte Emery und schnappte sich einen Nacho.
»Mit mir zusammen shoppen hat dir Spaß gemacht.«

»Es war ganz gut auszuhalten.«

»Ha! Es hat dir gefallen!« Sie nahm sich noch einen Nacho
und zeigte damit auf Violet. »Und ich habe dich nicht bedrängt,
dir … Wie hast du es noch mal genannt?«

Violet unterdrückte ein Lachen. »Irgendwelchen Rüschenscheiß.«

»Genau … zu kaufen.«

Gegen Lachattacken kämpfte Violet schon den ganzen Nachmittag. Normalerweise ging sie nicht mit den Mädels auf Einkaufstour. Nur mit Desiree war sie gelegentlich unterwegs gewesen, und als Desiree sich ihr Hochzeitskleid ausgesucht hatte, hatte Violet sich dem Hühnerhaufen angeschlossen, der sie dabei begleitet hatte. Aber Dauergekicher war nicht ihre Art.

»Obwohl ich ja glaube, dass du in einem neckischen Krankenschwestern-Outfit samt Rüschenröckchen ziemlich sexy aussehen würdest.« Emery zuckte mit den Brauen.

»Das hättest du dir vorhin überlegen müssen, als wir noch durch die Läden gezogen sind.« Andre würde so ein Outfit sicher gefallen. In ihrem Sextoy-Laden hatten sie so etwas und natürlich noch einige andere sexy Kostüme. *Hmm …*

»Dass ich mich nicht getraut habe, so etwas vorzuschlagen, kannst du mir nicht vorwerfen. Schon als ich dir die schwarze Bluse mit dem Rüschenkragen gezeigt habe, hatte ich Angst um mein Leben.« Emery lehnte sich zurück und warf sich einen Nacho in den Mund. »Sag mal, sollen wir für Des und Rick eine Begrüßungsparty schmeißen? Wir könnten im Gemeinschaftshaus im Resort feiern …«

Während Emery ihre Ideen vor ihr ausbreitete, wanderten Violets Gedanken zu Andre. Er war ein mutiger Mann. Nicht viele Menschen wagten, sie zu irgendetwas zu drängen. Aber er scheuchte sie oft aus ihrer Komfortzone heraus. Das Einzige, wozu er sie nie gedrängt hatte, war mit ihm zu schlafen. Schon damals hatte sie geahnt, was sie jetzt mit Sicherheit sagen konnte. Die Verbindung zwischen ihnen war von Anfang an so stark gewesen, dass er genau gespürt hatte, was sie brauchte, und seine eigenen Wünsche hintangestellt hatte, um es ihr zu geben.

Bis zu dem Moment, als ihm der Heiratsantrag geradezu herausgerutscht war.

Seine Stimme flüsterte in ihrem Kopf. *Aber ich war ganz verrückt vor Liebe und mein Hirn komplett ausgeknipst. Ich wusste nur, dass ich ein ganzes Leben mit dir wollte.* Sie lächelte vor sich hin. Er hatte sie zu sehr geliebt, um sich zurückzuhalten. Oft fragte sie sich, ob sie ihn ohne Lizzas E-Mail wirklich verlassen hätte. Oder was passiert wäre, wenn sie geblieben wäre. Hätte er verstanden, dass ein geregeltes Leben als Großstadt-Ehefrau für sie nicht infrage kam? Sie wusste es nicht, doch sie war dankbar dafür, dass er verzeihen konnte und so klug war. Sie wollte ihm zeigen, wie unendlich viel er ihr bedeutete. Und ihm zuliebe wollte sie auch eine Möglichkeit finden, ihren Freundinnen und Freunden zu zeigen, wie viel ihr an ihnen lag.

»Hallo?« Emery berührte sie am Arm. »Ich habe dich gefragt, was du davon hältst.«

Leider hatte sie nicht zugehört. Daran änderte auch Emerys erwartungsvoller Blick nichts.

»Vi! Großer Gott, was ist mit dir los? Sollen wir nun an dem Abend, an dem Des und Rick zurückkommen, für die beiden eine Party schmeißen?«

»Ähm. Schöne Idee. Aber vermutlich werden sie wegen der Zeitverschiebung ziemlich platt sein.«

»Mist. Das habe ich völlig vergessen. Aber einen anderen Termin zu finden, ist schwierig. Ich glaube, in der Woche darauf kommt Harper zurück und Andre reist ab. Oder?«

»Genau. Danke, dass du mich daran erinnerst«, antwortete Violet sarkastisch.

»Dann wird es eben eine Willkommens- und Abschiedsparty zugleich.«

»Okay«, murmelte Violet geistesabwesend. Sie grübelte

immer noch darüber nach, wie sie den anderen zeigen konnte, wie unglaublich wichtig sie ihr waren.

»Prima! Die Mädels helfen sicher gerne beim Planen. Und wie sieht es mit dir aus?«

»Ich muss mich um einige andere Sachen kümmern.« Violet stand auf und schnappte sich ihre Einkaufstaschen. »Können wir los? Sorry, aber Andre ist bald von der Klinik zurück und ich möchte vorher noch einiges erledigen.«

»Höre ich richtig? Du richtest dich nach dem Zeitplan eines Kerls? Wer bist du?«

»Halt die Klappe und nimm deine Schlüssel. Ich habe noch einen ganzen Arsch voll zu tun.«

»Uuuuund da ist sie wieder.«

Selbst am Ende der Sprechzeit war das Wartezimmer der Outer Cape Health Clinic noch rappelvoll. Andre schrieb Violet eine Textnachricht, dass es später werden würde. Dann kümmerte er sich weiter um laufende Nasen, Bauchschmerzen, gebrochene Knochen und jede Menge andere Beschwerden. Fast zwei Stunden später, er tippte gerade seine letzte Notiz über den letzten Patienten in den Computer, steckte Perry, die sich um die Praxisorganisation kümmerte, den Kopf ins Behandlungszimmer. Sie hatte zwei Barbell-Piercings in der rechten Augenbraue und einen Ring in der Nase. Ihren Hals zierten diverse Tattoos.

»Haben wir dich in Angst und Schrecken versetzt?« Sie trat in den Raum und stellte eine Schachtel auf den Boden. Das kurze nachtschwarze Haar hatte sich die spindeldürre Perry zu stacheligen Spitzen gestylt, die ihr in allen Richtungen vom Kopf abstanden. Die Praxis führte sie effizient und professionell, war manchmal hart, aber immer herzlich. Auf den ersten Blick ging sie für Anfang dreißig durch. Doch die feinen Fältchen um ihre klugen Augen und dass Eliza, ihre Tochter, schon Anfang zwanzig war, ließen vermuten, dass sie eher auf die Vierzig zuging. Eliza arbeitete ebenfalls in der Klinik. Sie kümmerte sich um die Praktikanten aus der örtlichen Highschool.

»Kein bisschen.« Er lächelte. »Für mich war es ein guter Tag. Weil du hier die Organisation bestens im Griff hast, kann man viele Patienten behandeln. Und es war schön, Eliza und die anderen kennenzulernen.«

»Ja, wir sind eine prima Truppe und haben einen großen Rückhalt in der Region.« Sie griff in die Schachtel und nahm eine bunte Maske heraus, wie Violet sie auch für die Klinik in Ghana gemacht hatte. »Heute war so viel los, dass ich noch gar nicht dazu gekommen bin, dir die hier zu zeigen. Eine Künstlerin aus der Gegend macht sie für unsere kleinen Patienten.«

»Eine anonyme Spende?«, fragte er.

»Nein. Sie sind von Violet Vancroft. Ihr und ihrer Schwester gehört das Summer House Inn auf der Bayside. Das musst du dir unbedingt mal ansehen. Das Haus ist wunderschön und eine Kunstgalerie haben sie dort auch.«

»Vi ist meine Freundin«, sagte er.

»Und du hast nichts von den Masken gewusst? Na ja, vielleicht habt ihr beide ja Besseres zu tun als *reden*.«

Er lachte.

Sie hob eine Hand. »Hey, jeder wie er will. Nur schade, dass du bald wieder wegmusst. Einen Arzt wie dich könnten wir hier im Sommer gut brauchen.«

»Im Winter nicht?«

»Nicht so dringend. Wellfleet und Umgebung sind ein beliebtes Urlaubsziel. Im Sommer verdreifacht sich die Zahl der Bewohner. Das geht bis etwa Ende September, aber im Winter ist das Cape oft ziemlich verlassen.«

»Ich glaube nicht, dass ich so bald wieder sesshaft werde. Aber wenn es mal so weit ist, weiß ich ja, wo ich euch finde.« Über die Zukunft hatten sich Violet und er noch nicht unterhalten. Ein schwieriges Thema, aber bald würde er es ansprechen müssen.

Während der ganzen Heimfahrt dachte er darüber nach.

Bei seiner Ankunft saß Violet auf den Stufen des großen Hauses. Sie sprang auf und eilte ihm mit einem strahlenden Lächeln über den Rasen entgegen.

»Wie war's bei der Arbeit?«, fragte sie, als er seinen Helm abnahm.

Sie stellte sich zu einem Kuss auf die Zehenspitzen. Er drückte sie an sich, vertiefte den Kuss, und sie stieß einen so wohligen Laut aus, dass er am liebsten den ganzen Abend so weitergemacht hätte.

»Prima. Aber nicht halb so fantastisch wie diese Begrüßung.« Er küsste sie gleich noch einmal. »Verdammt, Baby. Ich habe dich vermisst, dabei waren wir nur ein paar Stunden getrennt.«

»Ich dich auch. Bist du müde? Hast du Hunger?«

»Nein, alles gut. Ich habe vorhin in der Klinik einen Müsliriegel gegessen und halte es noch eine Weile aus. Wie war dein Tag? Hast du den ganzen Papierkram für die Pension geschafft?«

»Mein Tag war interessant. Ich bin mit Emery shoppen gegangen.«

»Holla. Wirklich?«

»Ja. Hat Spaß gemacht. Aber dräng mich jetzt nicht, der Tratschtruppe beizutreten.«

Er gluckste. »Keine Sorge. Aber cool, dass ihr zusammen unterwegs wart.«

»Mit meiner Arbeit bin ich natürlich nicht fertig geworden. Aber das ist kein Problem. Am Mittwochmorgen kümmere ich mich um Joni, am Mittwochnachmittag und am Freitagvormittag helfe ich bei der Kunsttherapie im Krankenhaus. Dazwischen bleibt mir noch genügend Zeit.«

»Gut. Ach, fast hätte ich es vergessen. Heute habe ich mit David gesprochen und ihm Rowans Nummer gegeben. Vielleicht gibt es ja schon etwas Neues, wenn du Rowan und Joni wiedersiehst.«

»Danke! Er wird froh sein! Und wenn du wirklich keinen Hunger hast und nicht zu müde bist, dann komm mit. Du brauchst deinen Helm.« Am Arm führte sie ihn zu ihrem Motorrad.

»Wohin fahren wir?«

»Überraschung.« Sie schnappte sich ihren Helm und stieg auf.

»Werden wir bei der Überraschung nackt sein?«

Sie grinste. »Gute Frage. Aber das findest du nur raus, wenn du deinen hübschen Hintern jetzt auf mein Bike schwingst.«

Bald fuhren sie eine schmale Straße entlang auf ein Haus zu, das Andre an die Gebäude des berühmten Architekten Frank Lloyd Wright erinnerte. Viel Zeit blieb ihm nicht, die scheinbar freischwebenden Räume und Terrassen auf verschiedenen Ebenen zu bewundern, denn sie bogen in eine Zufahrt ein, und Violet parkte vor einem coolen älteren Gebäude aus Stein und Glas.

Er nahm seinen Helm ab. »Und wer wohnt hier?«

Sie schloss die Tür auf. »In dem Haus, an dem wir gerade vorbeigefahren sind, wohnt Justin. Das hier ist sein Atelier. Mir ist eingefallen, dass ich dir erzählt habe, wo ich an meinen Skulpturen arbeite, aber nicht, was genau ich hier mache. Ich wollte dir meine Sachen gern zeigen, bevor du sie irgendwo anders siehst.«

Sie öffnete die Tür und trat beiseite. Sein Blick wanderte über große Steinblöcke, schweres Werkzeug, Meißel, Hammer und anderes Zubehör, das auf dem Betonboden, auf Metalltischen und in Regalen lag. An einer Wand waren zwei große Waschbecken aus Edelstahl befestigt, es gab Arbeitstische, Werkbänke und einen gigantischen Brennofen. Ein paar Schritte vor ihnen lag ein schweres Tuch über einem etwa eins fünfzig hohen Gebilde.

»Das ist die Skulptur, an der Justin gerade arbeitet«, erklärte Violet. »Die Sachen hier gehören fast alle ihm.«

Auf der anderen Seite des Raumes standen weitere Tische mit allerhand Werkzeug, aber auch Kunstzeitschriften, Glasuren und Farben. Andre nahm an, dass sich dort unter der Plastikplane eine von Violets Arbeiten befand. Doch sein Blick fiel auf mehrere Zeichnungen an der Wand hinter einem Tisch. Sie zeigten ihn beim Modellieren und Zeichnen, sitzend mit übereinandergeschlagenen Beinen, liegend und in einigen anderen Positionen. Zwei der Skizzen erkannte er wieder. Violet hatte sie angefertigt, als er ihr beigebracht hatte, menschliche Figuren zu zeichnen.

Er drehte sich zu ihr. Mit einem versonnenen Blick stand sie da, hinter ihr ein lebensgroßer männlicher Torso aus Ton. Die Position der Schultern und die Neigung des Schlüsselbeins ließen vermuten, dass das Modell gerade dabei gewesen war, einen Ball zu werfen. Die Arme endeten kurz unterhalb des

Bizeps. Der Bauch war weder schwammig noch übermäßig muskulös, aber klar definiert mit durchschimmernden Rippen. Eine Hautfalte über dem Nabel unterstrich den Eindruck einer dynamischen Drehbewegung. Die Beine endeten kurz oberhalb der Knie. Zwischen den kräftigen Oberschenkeln waren Schamhaar und ein Penis angedeutet. Alle Proportionen waren hervorragend getroffen, die Details des Torsos lebensecht ausgearbeitet.

Er ging um den Tisch herum und sah, dass die Rückseite genauso gut gelungen war. Schulterblätter und gespannte Muskeln wie mitten in der Wurfbewegung eingefroren. Das Rückgrat ein schmaler Fluss, der zwischen den kräftigen Hinterbacken endete. Doch was ihm den Atem nahm, war die raue Stelle links an der Flanke.

Violet trat zu ihm und legte ihre Hand auf genau diese Stelle seitlich neben seinem Kreuz.

»Du hast dem Körper eines anderen Mannes meine Nabe verpasst?«

Sie hob eine Schulter. »Vielen anderen Männerkörpern. Jeder Torso, den ich modelliere, hat dein besonderes Merkmal.«

Er war so tief berührt, dass er nicht wusste, was er sagen sollte. »Wo sind die anderen?«

»Keine Ahnung. Außer Justin weiß ja niemand etwas von meinen Skulpturen. Er liefert sie als Arbeiten einer anonymen Künstlerin an Galerien. Sie bezahlen ihn und das Geld spenden wir.« Lächelnd fügte sie hinzu: »Ich konnte ja nicht ahnen, dass du der Mann hinter SHINE bist. Ein großer Teil der Einnahmen geht an deine Organisation. Diesen Torso hier werde ich genau wie einige Tongefäße bald anonym spenden. Das alles wird dann bei einer Auktion zugunsten von Maßnahmen zur Selbstmordprävention an örtlichen Schulen versteigert. Justin transportiert sie hin, damit niemand sie mit mir in Verbindung bringt.«

Er zog sie in seine Arme und küsste sie. »Wie lange machst du das schon so?«

»Seit ich aus Ghana zurück bin. Ich hoffe, du findest das nicht komplett schräg und verschroben. Anfangs war das Modellieren für mich vor allem eine Möglichkeit, mich dir näher zu fühlen. Mit der Zeit bin ich besser geworden und konnte auch andere Formen nachbilden, nicht nur deine. Aber noch immer stecken in jedem Stück wir beide.«

»Violet, dieser Torso ist großartig. Warum hältst du das geheim?«

»Es fühlt sich so persönlich an.« Sie strich über die Narbe, die seiner nachempfunden war. »Das hast du mir beigebracht und die Erinnerung daran ist mein gut gehüteter Schatz.«

Noch ein Teil von ihr, den sie versteckte, aber das konnte er ihr nicht vorwerfen. Was sie damals gehabt und jetzt wiedergefunden hatten, war definitiv ein Schatz, der es wert war, gehütet zu werden.

»Oh ja, für mich auch, Babe.« Er küsste sie tief und zärtlich. »Ist das Justin?« Er bereute die Frage sofort. »Antworte mir lieber nicht. Ich will es nicht wissen.«

»Das ist nicht Justin, aber ihn habe ich auch schon modelliert. Das hier ist bloß irgendein Typ, der mir in irgendeiner Nacht über den Weg gelaufen ist. Als anonyme Künstlerin kann ich ja kaum die Menschen darstellen, denen ich mich am nächsten fühle.«

»Aber genau das hast du getan. Du hast Justin nachgebildet und das ist gut, Vi. Ich bin froh, dass er für dich da war und du nicht immer mit allem allein klarkommen musstest.«

»Hat dir Brindle dabei geholfen klarzukommen?« Sie senkte

den Blick.

Er hob ihr Kinn an. »Machst du dir ihretwegen Gedanken?«

»Nein. Du hast gesagt, sie wäre bloß eine Freundin. Ich frage mich nur, ob sie dir auf dieselbe Art geholfen hat wie Justin mir.«

»Ich habe sie nie nackt gezeichnet oder mit ihr geschlafen, falls du das meinst«, antwortete er lächelnd. »Sie ist schwanger und war mit der Situation erst mal ziemlich überfordert. Ich habe ihr Paris gezeigt und wir haben uns über unser kompliziertes Liebesleben unterhalten. Du würdest sie mögen. Sie ist spontan, temperamentvoll und stur wie ein Maultier. Aber sie ist auch warmherzig, lustig und ehrlich.«

»Eines Tages würde ich sie gerne treffen und ihr danken, dass sie dir geraten hat, Lizzas Angebot anzunehmen.«

An der Hand führte sie ihn zu einem anderen Tisch. Sie entfernte die Hülle von der Skulptur, die dort stand. »Das hier möchte ich dir auch gern zeigen. Zum ersten Mal versuche ich etwas anderes als einen männlichen Torso.«

Sie legte die Plane beiseite. Zum Vorschein kam ein sitzendes kleines Mädchen. Es stützte sich auf eine Hand, die andere hielt es waagerecht in die Höhe. Die Hände und Finger waren erst angedeutet, die Arme, Beine und Füße bereits fertig ausmodelliert. Das Haar des Kindes fiel täuschend echt in Wellen und Korkenzieherlöckchen auf seine Schultern. Das Gesicht war bislang nur eine Form ohne klare Züge.

»Vor dem Gesicht habe ich ziemlich viel Respekt. Und der Tonklumpen neben ihrem Bein soll einmal ihr Kater werden«, erklärte Violet. »Den hat sie sehr geliebt. Auf ihrer freien Hand sitzt ein blauer Schmetterling, und ihr Kleid werde ich mit echtem, in flüssigen Ton getauchten Stoff nachbilden.« Beim Brennen würde der Stoff zu Asche zerfallen, die Formen und

Falten würden bleiben.

Andre legte ihr seine Hand auf den Rücken. »Wer ist das?«

»Erin Wilk.« Tränen stiegen ihr in die Augen. »Mit ihr habe ich im Krankenhaus, aber auch bei ihr daheim viel Zeit verbracht. Sie war etwa in Jonis Alter, als sie letztes Jahr an einem Hirntumor gestorben ist.«

»Oh, Baby. Wie traurig.« Er küsste sie auf die Schläfe und zog sie an seine Seite.

»Sie war ein so süßes kleines Mädchen. Hat Schmetterlinge und ihren Kater Igor geliebt. Sie wusste, dass sie bald stirbt, und hatte einen wunderbaren Plan. Sie sagte, sie würde als blauer Schmetterling vom Himmel herunterkommen und mich besuchen. Es ist so verdammt unfair, wenn Kinder so leiden müssen. Und gleichzeitig gibt es auf dieser Welt jede Menge Drecksäcke, die es verdient hätten zu leiden, aber ungeschoren davonkommen.«

Er legte die Arme um sie, hielt sie fest und ließ sie an seiner Brust weinen. Sie klammerte sich an ihn und konnte endlich ihre Trauer zulassen. Ihr ganzer Körper bebte, und ihre Tränenflut tränkte sein Shirt, als hätte sie sich in ihr aufgestaut, seit sie ihre kleine Freundin verloren hatte.

»Gut so, Babe. Lass es raus. Ich bin bei dir.«

Er wusste nicht, wie lange sie so dastanden. Doch die Sonne verschwand und das Abendlicht schimmerte durch das Glasdach des Ateliers. Er wollte all ihre Trauer und ihren Schmerz verjagen. Und er musste eine Möglichkeit finden, sie nicht bald noch trauriger zu machen. Viel Zeit blieb ihnen nicht mehr bis zu seinem Aufbruch nach Kambodscha. Aber er konnte sie nicht bitten, ihre Schwester und die Familie zu verlassen, die sie hier gefunden hatte. Für heute Abend war diese Sorge zu groß, deshalb schob er sie beiseite und vergrub sie tief in seinem

Inneren.

Als sie wieder ruhiger atmete, nahm er ihr Gesicht zwischen die Hände und wischte ihre Tränen mit seinen Daumen ab. »Du hast Erin geliebt«, sagte er leise. Sie sollte wissen, dass er sie verstand.

Sie nickte. »Sehr sogar.« Zittrig atmete sie ein und stieß die Luft langsam wieder aus. Plötzlich wurde sie verlegen. »Sorry. Ich wollte nicht …«

»Dass du traurig bist, weil du einen lieben Menschen verloren hast, muss dir nicht leidtun. Bei mir kannst du immer alle deine Gefühle zeigen, ganz gleich ob du verzweifelt, glücklich oder stinksauer bist.« Um sie etwas aufzuheitern, fügte er hinzu: »Oder rotzfrech, verführerisch …«

Sie lächelte und blinzelte ihre Tränen weg. »Gott, ich liebe dich. Aber wenn du irgendjemandem erzählst, dass ich geweint habe, muss ich dich leider umbringen.«

»Verstanden, Boss.« Er drückte die Lippen auf ihre. »Deine Geheimnisse sind bei mir sicher.«

»Im Frühling veranstalten Erins Eltern eine Gedenkfeier für sie und ich wollte ihnen dazu etwas ganz Besonderes schenken. Bis die Figur richtig durchgetrocknet ist, dauert es sicher ein paar Wochen.«

»Sie werden sie lieben«, sagte er. Dann fiel ihm ein, dass keiner wusste, was sie hier machte. »Willst du sie ihnen anonym liefern lassen?«

Sie schüttelte den Kopf. »Nein, das soll ein ganz persönliches Geschenk werden.«

Sein Herz war zum Platzen voll. »Das ist wunderbar.«

»Du hast dein Werkzeug mitgebracht und wolltest sicher auch an Skulpturen arbeiten, solange du am Cape bist«, sagte sie. »Aber ich dachte, vielleicht kannst du mir helfen, und wir machen diese Figur gemeinsam fertig. Ein Gesicht habe ich noch nie modelliert, aber du kannst das so gut …«

»Mit dir zu arbeiten, wäre mir eine Ehre.« Er küsste sie und schmeckte die Spuren der salzigen Tränen auf ihren Lippen. »Meine Sachen habe ich immer dabei, egal wohin ich gehe. Und ich dachte ja, hier warten jede Menge lange einsame Nächte auf mich, also viel Zeit für neue Skulpturen. Dass ich die Nächte mit dir verbringen würde, hätte ich nicht mal zu träumen gewagt.«

Dreizehn

Am Samstagmorgen half Andre Dean und Drake dabei, Material für Arbeiten im Resort zu holen. Gut, denn Violet war wegen des bevorstehenden Treffens mit seinen Eltern furchtbar nervös. Wenn er da gewesen wäre, hätte sie vermutlich noch mehr gezittert. In der Hoffnung, dort ein wenig ruhiger zu werden, machte sie sich in ihrem eigenen Cottage fertig.

Doch es half nichts.

Sie hatte nur zusätzlich das Gefühl, im falschen Haus zu sein. Seit beinahe zwei Wochen verbrachten sie viel Zeit gemeinsam in Andres Cottage. Zwar hatte sie ihre Sachen nicht bewusst zu ihm gebracht, doch inzwischen wurden die Lücken in ihrem Kleiderschrank immer größer. So ähnlich wie in Ghana damals. Eines Tages war sie von ihren Besitztümern umgeben in Andres Zelt aufgewacht. Schon damals hatte sich das gut angefühlt – und jetzt sogar noch besser. Obwohl sie sich in ihrem eigenen Cottage schon wie eine Fremde vorkam.

Die Knoten in ihrem Magen wollten sich einfach nicht lösen.

In den schwarzen Skinny Jeans, dem schwarz-weißen Langarmpullover und den Stiefeln mit den Fransen fühlte sie sich wie verkleidet. Emery hatte behauptet, in den Sachen würde sie edel aussehen und wunderschön. Aber sie fand sich overdressed und künstlich. Der Pullover bedeckte die Tattoos auf ihren Armen und ihrer Brust, die Jeans hatten keine Löcher, aus denen die farbigen Tätowierungen auf ihren Schenkeln hätten hervorlugen können. Trotzdem fühlte sie sich nackter als in den Miniröcken und Tanktops, die sie normalerweise trug.

Sie kehrte dem Spiegel den Rücken zu und sagte sich, alles würde gut werden. *Es sind bloß Klamotten, verdammt noch mal.* Desiree zuliebe hatte sie ein Kleid getragen, für Andre würde sie sich jetzt bedecken. Außerdem würde sie schon genügend Minuspunkte sammeln, wenn seine Eltern erfuhren, wie sie ihn in Ghana hatte sitzen lassen. Sie musste ja nicht zusätzlich Öl ins Feuer gießen.

Oh mein Gott. Hatte er ihnen erzählt, dass sie sich mitten in der Nacht davongemacht hatte?

Sie sank auf die Bettkante, ihr war schwindelig.

Die Haustür ging auf und eine Sekunde später rief Andre: »Babe?«

»Im Schlafzimmer.« Sie stand auf und atmete tief durch.

Lächelnd kam er herein. In der armeegrünen Bomberjacke über einem weißen T-Shirt, Jeans und braunen Stiefeln sah er auf lässige Art sexy aus. Sein liebevoller Blick beruhigte ihre Nerven ein wenig.

»Hey, meine Schöne.« Er beugte sich vor und küsste sie, sein Geruch war so herrlich vertraut. »Toller Pulli.«

Sie zeigte auf ihr Outfit. »Ist das in Ordnung?«

»Du siehst großartig aus. Aber ich glaube, so zugeknöpft habe ich dich noch nie gesehen.«

»Ich dachte, es wäre vielleicht besser, deinen Eltern nicht gleich beim ersten Treffen meine vielen Tätowierungen zu zeigen.«

Er legte die Stirn in Falten. »Deshalb hast du die langen Sachen an?«

Sie nickte.

»Runter mit dem Pulli, Babe.« Er wollte ihn hochziehen, aber sie zog ihn energisch nach unten.

»Ich möchte nicht, dass mir die Tattoos im Weg stehen. Auf solche Startschwierigkeiten kann ich verzichten. Sehen wir doch erst mal, ob deine Eltern mich mögen.«

Seine Kiefermuskeln spannten sich, sein Blick wurde todernst. »Zuerst mal: Ich liebe dich, wie du bist. Und die Tattoos gehören zu dir. Genau wie deine grünen Augen und das kleine Grinsen, mit dem du anderen Leuten signalisierst, sie dürften sich gerne verpissen. Ich liebe alles an dir, Babe. Und meinen Eltern wirst du gefallen. Bitte gib ihnen die Chance, die echte Violet kennenzulernen. Du musst keinen Teil von deinem wunderbaren Selbst verstecken. Ich weiß, sie werden genauso von dir begeistert sein wie ich.«

Tränen stiegen ihr in die Augen. »Verdammt. Ich bin so nervös und komme mir vor wie eine Hochstaplerin. Dann spazierst du hier rein und sagst süße, kitschige Sachen, und ich fange an zu heulen. So viel wie in der kurzen Zeit mit dir habe ich in meinem ganzen Leben noch nicht geweint.« Sie zog sich den Pullover über den Kopf und warf ihn aufs Bett. »Mit dir fühle ich mich echt, gesehen und geschätzt. Und ich werde so grauenhaft emotional. Das müssen die Nerven sein.«

Er nahm sie in die Arme. »Das muss Liebe sein, Babe. Am besten, du stürzt dich kopfüber hinein.«

Sie stöhnte. »Was, wenn sie mich nicht ausstehen können? Manchmal drücke ich mich ziemlich krass aus, ohne es zu merken.«

»Ach tatsächlich? Ist mir noch gar nicht aufgefallen.« Er

grinste. »Das passiert ihnen auch.«

Sie verdrehte die Augen. »Ich meine das ernst.«

»Ich auch. Und jetzt zieh dir das coole schwarze Neckholder-Top an, das mir so gut gefällt. Und vergiss deine Lederjacke nicht, auf der Fähre wird es kühl. Dann raus hier, bevor ich dir den schwarzen Spitzen-BH runterreiße und wir die Verabredung zum Lunch komplett verpassen.«

Eine Stunde später standen sie auf dem Deck der Fähre von Provincetown nach Boston, mit der sie beide noch nie unterwegs gewesen waren. Trotz der kühlen Witterung blieben sie draußen. Sie wollten jede Sekunde dieses romantischen Abenteuers auskosten. Andre schlang von hinten die Arme um Violet und wärmte sie mit seinem Körper, während der kalte Wind auf ihren Wangen brannte.

Bald war Provincetown hinter ihnen verschwunden und um sie herum nur noch Wasser. Der Anblick erinnerte Violet daran, wie einsam sie sich ohne Andre gefühlt hatte. Wie hatte sie sich so verloren vorkommen können, obwohl sie doch mit Desiree zum ersten Mal im Leben so etwas wie Stabilität gefunden hatte?

Als die Skyline von Boston am Horizont erschien, machte sich noch ein anderes Gefühl in ihr breit. Eines, das sie lange verdrängt hatte. Das Gefühl von Abenteuer und das Prickeln, wenn sie sich auf unbekanntes Terrain vorwagte. Fast ihr Leben lang hatte sie nicht gewusst, was der nächste Tag für sie bereithielt. Wie hatte sie ihre abenteuerlustige Seele so lange auf Stand-by halten können? Sie versuchte zu ergründen, was sie empfand. Bedauern war es nicht. Sie war froh über alles, was sie am Cape hatte: Desiree, ihren Freundeskreis und ein Zuhause. Trotzdem erwachte in ihr eine tiefe Sehnsucht nach dem Unbekannten.

Mit einem Taxi fuhren sie zum Union Oyster House, und als sie dort ausstiegen, war Violet schon wieder ein Nervenbündel.

Andre legte ihr seinen Arm um die Schultern und küsste sie auf die Schläfe. »Atmen, süße Daisy. Das wird ein lustiger Mittag. Versprochen.«

»Lustig? Ich komme ja nicht mal mit meinen eigenen Eltern gut zurecht. Wie soll das mit deinen anders sein?«

»Sei nicht so hart mit dir. Dass dein biologischer Vater sich vom Acker gemacht hat, macht ihn zu einem egoistischen Arsch, aber über dich sagt das rein gar nichts aus. Und Ted ist zwar nicht dein leiblicher Vater, aber er und Lizza lieben dich. Selbst wenn Lizza eine seltsame Art hat, das zu zeigen.« Sie betraten das Restaurant. »Weißt du was?«, fuhr er fort. »Vielleicht sollten wir Ted mal besuchen. Schließlich war es Lizzas Entscheidung, dich mit ins Ausland zu nehmen. Vielleicht hat er ja alles versucht, um dich bei sich zu behalten. Aber wie willst du das erfahren, ohne ihn zu fragen?«

»Großer Gott. Du bringst mich noch um«, murmelte sie.

»Käferkind!« Eine hochgewachsene Frau kam mit ausgebreiteten Armen auf sie zu. In ihren Augen tanzte Freude. Voller Überschwang drückte sie Andre an sich und bedeckte seine Wangen mit Küssen. Sie hatte dasselbe wellige Wüstensandhaar wie er, nur fiel ihres bis auf die Schultern. Zu einer Seidenbluse trug sie Jeans, was ihre jugendliche Erscheinung noch unterstrich. »Du hast mir so gefehlt, Käferkind! Und du siehst so gut aus wie immer. Wir haben uns viel zu lange nicht gesehen.«

Käferkind?

»Mom …«, begann Andre ein wenig verlegen, während seine Mutter ihn mit einem liebevollen Lächeln und mütterlichem Stolz musterte.

»Das *Mom* kannst du steckenlassen. Ich habe dich furchtbar vermisst, und wenn ich noch eine Minute länger hätte warten müssen, wäre ich geplatzt.« Sie drehte sich zu Violet. »Du bist Violet, richtig? Eindeutig. Du hast so ein entschlossenes Blitzen in den Augen.« Sie drückte Violet an sich und küsste sie auf beide Wangen. »Wie schön, endlich die Frau kennenzulernen, die meinem Sohn die Augen geöffnet hat.«

Bevor Violet ein Wort sagen konnte, hakte sich Andres Mutter bei ihnen unter und führte sie durchs Restaurant. »Sicher hat unser Käferkind dir erzählt, dass er seinem Vater nachschlägt«, sagte sie dabei zu Violet. »Chuck, mein Mann, ist von derselben Sorte. Viel zu spontan, um sich zurückzuhalten. Schon beim ersten Date hat er mir einen Heiratsantrag gemacht! Ich bin zwar nicht abgetaucht so wie du, aber ich habe ihn ganz schön zappeln lassen.«

Violet warf Andre einen fassungslosen Blick zu. Offenbar hatte er seinen Eltern alles erzählt.

Sorry, formte er stumm mit den Lippen und grinste dabei schief.

»In den sechs Monaten danach habe ich jeden greifbaren Mann gedatet, um Chuck aus dem Kopf zu kriegen«, erzählte seine Mutter unbekümmert. »Aber er ist hartnäckig geblieben. An jedem einzelnen Abend hat er bei mir vor der Tür gestanden. Egal, ob ich daheim geblieben oder ausgegangen war. Er meinte nur, er wollte sich vergewissern, dass ich sicher heimgekommen bin. Er hat mir weder Zeit noch Raum zum Nachdenken gegeben und wollte rein gar nichts dem Zufall überlassen.«

»Ich … ähm«, stammelte Violet auf dem Weg zu einem Tisch weit hinten im Restaurant. Von dort aus schaute ihnen eine jüngere und etwas zerzausere Version von Harrison Ford amüsiert entgegen.

»Es gab noch andere Gründe, weshalb ich gegangen bin«, versuchte Violet zu erklären. »Ich dachte, meine Schwester würde mich brauchen.«

»Was immer der Grund war«, sagte seine Mutter. »Du hast dem Leben meines Jungen eine Wendung zum Besseren gegeben. Jede Frau sollte so stark sein, damit Männer noch stärker werden.«

Vor lauter Erleichterung wurden Violet die Knie weich. Andres Mutter wusste über das Schlimmste Bescheid, was sie je im Leben getan hatte, und hielt sie weder für verrückt, noch hasste sie sie.

Als seine Mutter sie beide losließ, schob sich Andre an Violets Seite und raunte ihr zu: »Tut mir leid. Du hast mir so sehr gefehlt, ich konnte es nicht verbergen.«

»Schon gut«, antwortete sie leise. »Ich mag deine Mom. Sie sagt, was sie denkt. Genau wie ich.«

Sein Vater küsste seine Frau auf die Wange und sagte: »Kay war ganz hibbelig, sie hat sich so auf euch gefreut.« Er umarmte Andre. »Du hast mir gefehlt, Käferkind.«

»Du mir auch. Dad, das ist Violet. Violet, mein Vater, Chuck.«

Die warmen braunen Augen hatte Andre eindeutig von ihm geerbt. »Du wirkst etwas überrumpelt. Willkommen in meiner Welt«, sagte er zu Violet und nahm sie in seine starken Arme. »Wir sind vielleicht ein bisschen verrückt, aber Andre ist einer von den Guten. Lass dich von uns nicht abschrecken.«

Vor dieser Umarmung zuckte Violet nicht zurück. Vielleicht weil Kay sie so überrascht und ihr ihre schlimmsten Befürchtungen genommen hatte. Oder es lag an der entspannten Freundlichkeit von Andres Vater. Womöglich aber auch an beidem. Dass Andre sie genau so liebte, wie sie war, und zu ihr stand, machte alles nur noch besser. In diesem Augenblick wusste sie, dass sie genau dort war, wo sie sein sollte.

Als Andre nach ihrer Jacke griff, schlüpfte sie heraus und war dabei nur ein kleines bisschen nervös. Der Blick seines Vaters wanderte an ihren Tattoos entlang von ihrer Schulter über ihren Arm. Eine Sekunde lang hielt sie den Atem an.

Chuck verzog einen Mundwinkel zu einem verschmitzten Grinsen. »Der Apfel fällt offenbar tatsächlich nicht weit vom Stamm. Wir Shaw-Männer hatten schon immer eine Schwäche für Frauen, die sich etwas trauen.« Mit dem Daumen zeigte er auf Andres Mutter. »Kay ist auch tätowiert.«

»Wie bitte?« Andres Augen weiteten sich. »Mom hat ein Tattoo?«

Seine Mutter lachte. »Mehrere, Honey. Aber nicht an Stellen, die ich meinem Sohn zeigen möchte.«

Sie bestellten die Getränke, und während sie die Speisekarte studierten, bemerkte Andre, dass seine Mutter Violet und ihn mit einem zärtlichen Blick musterte. Er schaute zu seinem Vater, doch dessen Blick ruhte auf seiner Frau. Andre konnte sich an keinen Zeitpunkt erinnern, an dem es anders gewesen war als jetzt. Entspannt, glücklich und echt. Nie hatte er sich Sorgen machen müssen, ob seine Eltern zusammenbleiben würden oder ob sie als Familie eine gemeinsame Zukunft hatten. Doch erst seit er Violets Familiengeschichte kannte, wusste er sein Glück wirklich zu schätzen.

Während des Essens löcherten seine Eltern Violet mit Fragen über die Pension, ihre Kunst, ihre ehrenamtliche Arbeit und ihre Reisen. Das Thema Familie sparten sie aus. Andre hatte ihnen Violets familiären Hintergrund in groben Zügen geschildert, und er war dankbar, dass sie sie nicht mit Fragen zu den Entscheidungen ihrer Mutter in Bedrängnis brachten. Violet erzählte lebhaft, und als ihr ein derber Ausdruck herausrutschte, schlug sie erschrocken die Hand vor den Mund. Alle glucksten, und sein Vater erzählte prompt, dass Andre als kleiner Junge das Wort *Truck* nicht hatte aussprechen können. Beim Anblick eines Löschwagens hatte er deshalb immer aufgeregt gerufen: *Schaut mal! Ein Feuerwehr-Fuck!* Mit der kleinen Geschichte brachte er alle zum Lachen.

Auch nach dem Essen plauderten sie noch lange weiter. Andre erzählte seinen Eltern von seinem Besuch bei David und von der Klinik, die er als Nächstes eröffnen würde.

»Begleitest du ihn ins Ausland?«, fragte seine Mutter Violet.

Violet schaute in ihren Schoß. Dann sah sie Andre nachdenklich an. »Darüber, was kommt, haben wir noch gar nicht gesprochen. Im Augenblick leben wir von Tag zu Tag.«

Sein Vater hob sein Glas. »Auf neue Freunde, die wiedergefundene Liebe und das Leben von Tag zu Tag.«

Sie stießen miteinander an und tranken.

Violet stellte ihr Glas ab. »Wen muss ich bestechen, um die Geschichte hinter dem Spitznamen *Käferkind* zu hören?«

Alle lachten.

Seine Mutter lächelte Andre an, dann sagte sie: »Die Geschichte beginnt mit einem kleinen Jungen, der gerne draußen im Dreck mit Käfern gespielt hat. Aber eines Tages hat er angefangen, sie zu essen …«

»Ich glaube, das ist unser Signal zum Aufbruch.« Andre winkte der Kellnerin zu. »Die Rechnung, bitte.«

Nachdem Andre auf diese Weise mit knapper Not weiteren peinlichen Geschichten entkommen war, verabschiedeten sie sich vor dem Restaurant.

Sein Vater legte ihm einen Arm um die Schultern und führte ihn ein paar Schritte weg. »Ich freue mich für dich, mein Sohn.«

»Danke, Dad.«

»Hör mal, ich will meine alte Nase nicht in deine Angelegenheiten stecken, aber ich möchte dir gern etwas mit auf den Weg geben. Was du dann damit anfängst, liegt ganz bei dir. Der Himmel weiß, dass ich manchmal Mist rede. Also: Violet ist eindeutig klug und stark und aus irgendeinem unerfindlichen Grund gefällt ihr dein hässlicher Arsch.« Er klopfte Andre auf den Rücken.

»Bis jetzt höre ich noch keinen Mist.«

»Geduld, gleich ist es so weit, und vermutlich wird dir das nicht gefallen. Ich sehe, wie sehr du sie liebst, aber als wir uns zum Essen verabredet haben, hast du uns etwas erzählt, was mich stutzig macht. Du hast gesagt, seit sie dich verlassen hat, wäre sie die ganze Zeit hier am Cape gewesen. Für eine Frau, die angeblich gar nicht weiß, was Wurzeln sind, scheint sie dort schon recht gut verwachsen zu sein.«

Andre warf einen Blick über die Schulter zu Violet, die mit seiner Mutter plauderte. Die hörte ihr aufmerksam zu. »Das stimmt«, sagte er. »Sie hat eine Beziehung zu ihrer Schwester aufgebaut und sich eine richtige Wahlfamilie geschaffen. Eigentlich sogar mehrere.«

»Genau darum geht es mir, Käferkind. Ich weiß, du möchtest sie gern um dich haben. Aber sei nicht zu hastig und dräng sie nicht zu sehr. Du hattest Wurzeln und hast dich bewusst dafür entschieden, aufzubrechen und loszuziehen. Sie schlägt gerade zum ersten Mal welche. Vielleicht täusche ich mich ja, aber mein Gefühl sagt mir, wenn du sie in deinem Leben haben willst, darfst du nichts überstürzen.«

»Ich weiß, Dad. Und glaub mir, es vergeht keine Sekunde, ohne dass ich daran denke.«

Sein Vater nickte. »Okay. Wenn du mich brauchst, ich bin da.« Sie gingen zurück zu den Frauen.

»Ich habe Violet gerade erzählt, dass wir immer noch in derselben Vierzimmerwohnung in Boston leben wie damals, als wir noch zu zweit waren«, sagte seine Mutter.

»So viele glückliche Erinnerungen. So was gibt man nicht einfach auf.« Sein Vater griff nach der Hand seiner Frau. »Außerdem konnten wir uns auf die Art leisten, öfter mal für ein paar Wochen zu verreisen. Und wir brauchen niemanden, der sich um den Garten kümmert.«

»In einer Welt, in der die meisten Leute glauben, größer sei immer automatisch besser«, sagte Violet, »ist das verdammt … Fuck. Scheiße!« Sie schlug stöhnend die Hände vors Gesicht und brachte damit alle zum Lachen. Schließlich ließ sie die Hände sinken und sagte: »… wirklich beeindruckend. Genau! Es ist wirklich beeindruckend!«

Andre zog sie an sich und küsste sie. »Ich liebe dich so sehr.«

»Verdammte Scheiße, ich auch«, sagte seine Mutter, und wieder prusteten sie alle los.

Seine Eltern umarmten sie zu herzhaft, seine Mutter küsste sie zu oft, und als die beiden in ein Taxi stiegen, konnte sich Andre beim besten Willen nicht vorstellen, was bei diesem gemeinsamen Mittagessen noch besser hätte laufen können.

»Deine Eltern sind toll«, sagte Violet, als sich das Taxi in Bewegung setzte. »Ich wusste gar nicht, dass Eltern so sein können. Ich kenne fast nur Leute mit einem beschissenen

Verhältnis zu ihren Herrschaften. Jedenfalls scheint es in der Elternlostrommel ziemlich viele Nieten zu geben.«

»Die beiden sind tatsächlich ein Hauptgewinn. Freut mich, dass du sie magst.«

»Wie lautet denn ihre Adresse?«, fragte sie ihn, als er ein Taxi heranwinkte.

Er nannte sie ihr, und beim Einsteigen gab sie sie dem Fahrer. Andre drehte Violet auf dem Sitz zu sich, und sie lächelte so breit, dass ihre Wangen schmerzen mussten.

»Warum willst du dorthin?«, fragte er. Das Taxi fuhr bereits los. »Sie wollten noch Freunde besuchen und sind jetzt ganz sicher nicht daheim.«

»Ich weiß. Ich möchte auch gar nicht zu ihnen. Ich will nur sehen, wo du aufgewachsen bist. Die Straße, das Gebäude. Ich will deine Highschool sehen und den Park, in dem du immer gezeichnet hast.«

»Warum in aller Welt willst du diese langweiligen Plätze sehen?«

»Ich habe mich oft gefragt, wie es gewesen wäre, wenn ich in Oak Falls geblieben und aufgewachsen wäre. In ein und demselben Zimmer, bis ich selbst beschlossen hätte, dort auszuziehen. Mit einem festen Freundeskreis und einem Lieblingsplatz für meine Kunst. Ich finde das nicht langweilig. Unterschiedliche Kulturen kennenzulernen und an vielen verschiedenen Orten zu leben, war spannend. Aber du weißt, ich habe mich nach Stabilität gesehnt. Und jetzt fühle ich mich dir so nahe, dass ich glaube, wenn ich sehe, wo du aufgewachsen bist, bringt uns das noch näher zusammen.«

Er lehnte die Stirn an ihre. »Gott, Baby. Alles, was du tust, alles, was du sagst, trifft mich mitten ins Herz.«

»Klingt bedenklich.«

Er küsste sie zärtlich. »Nein, Daisy. Das ist das beste Gefühl der Welt.«

Sie fuhren zu dem um 1900 erbauten Backsteingebäude mit der Wohnung, in der er groß geworden war, zu den Schulen, die er besucht hatte, den Parks, in denen er gezeichnet hatte oder mit seinen Freunden Bällen nachgejagt war. Violet fand das alles sehr interessant, stellte unzählige Fragen und betonte immer wieder, wie anders hier alles war als in Oak Falls, einer Stadt, die offenbar in eine Hosentasche passte.

Er gab dem Fahrer eine weitere Adresse, dann küsste er Violet und sagte: »Wir müssen bald zurück zum Hafen, sonst verpassen wir die letzte Fähre. Aber erst mal brauchen wir noch ein Eis.«

»Prima Idee. Und mit der letzten Fähre fahren wir in den Sonnenuntergang. Weißt du noch, wie die Sonnenuntergänge in Ghana oft aussahen, als würde der Himmel brennen?«

»Oh ja. Unter so einem Himmel hast du immer besonders sexy ausgesehen.«

Das Taxi hielt vor der berühmten, weit über zehn Meter hohen Milchflasche am Fort Point Channel, einer historischen Bostoner Wasserstraße. Sie stiegen aus und Andre bat den Fahrer zu warten.

Violet legte die Hand wie einen Schild über ihre Augen und schaute an der gigantischen Milchflasche hinauf. »Heilige Kuh! Ich dachte immer, so was gibt's nur im Märchen.«

»Dieses Prachtstück steht schon seit 1930 hier. Arthur Gagner hat es gebaut, um darin seine hausgemachte Eiscreme zu verkaufen. Früher ist meine Mom fast jeden Dienstag mit mir hergekommen. Dienstag war immer *Treat Tuesday*, unser Verwöhntag.«

»Aber heute ist gar nicht Dienstag. Holen wir uns trotzdem

ein Eis?«

»Ja, verdammt.« Er küsste sie. »Mit dir wird jeder Tag zum Verwöhntag.«

»Wenn du nicht aufhörst, solchen Kitsch zu reden, nenne ich dich bald Schmalznase.«

Auf dem Weg zurück zum Taxi blieb Violet mit dem Eis in der Hand mitten auf dem Gehweg stehen. »Shit. Wie viel Zeit haben wir noch, bevor wir auf der Fähre sein müssen?«

»Eine halbe Stunde. Warum?«

»Weil wir in Boston sind. Und wenn ich Serena nichts von Kane's Donuts mitbringe, macht sie mir wochenlang die Hölle heiß. Sicher findet der Taxifahrer mit seinem Navi dorthin.«

Er schnaubte. »Für den Weg zu Kane's Donuts braucht hier keiner ein Navi.«

»Ich schon.« Sie stiegen wieder ein.

Unterwegs erzählte sie ihm von Abby, der Besitzerin des Donut-Geschäfts, die ihre *Perpetual-Bliss*-Kreation wegen Serena und Drake so genannt hatte.

Sie kauften ein Dutzend davon und schafften es gerade noch rechtzeitig zurück auf die Fähre. Sekunden nachdem sie an Deck waren, wurde die Rampe geschlossen.

Außer Atem und mit von der kühlen Abendluft geröteten Wangen lehnte sich Violet an die Reling. »Ich kann kaum fassen, dass du versucht hast, Abby zu bestechen, einen Donut nach uns zu benennen!«

»Stimmt, ein Donut würde sowieso nicht genügen.« Er betrachtete die Box mit dem süßen Inhalt. »Ich glaube, unser Sprint ist den Dingern nicht gut bekommen.«

Sie hob den Deckel und spähte in die Schachtel. »Oh je. Den hier hat es böse erwischt.« Sie nahm einen Donut heraus. Die Hälfte der Schokoglasur klebte innen in der Box, die dunklen und weißen Schokoladenperlen waren alle an eine Seite gerutscht.

Er schlug vor, dieses Beweisstück zu vernichten.

Grinsend hielt Violet ihm den Donut zum Abbeißen hin. Sobald die köstliche Füllung aus belgischer Schokocreme auf seiner Zunge schmolz, stellte sie sich auf die Zehenspitzen, um ihn zu küssen. Als sich ihre Zungenspitze frech über seine Lippen tastete, ließ er die Box sinken und zog sie zu einem tieferen Kuss an sich. Sie küssten sich so lange und so leiden-schaftlich, dass er glaubte, die Luft um sie beide müsste brennen.

»Der Donut war köstlich«, sagte er atemlos. »Aber nach diesen Küssen will ich die Schachtel ins Meer werfen und uns eine verschwiegene Ecke suchen, in der wir die nächsten eineinhalb Stunden allein verbringen können. *Nackt.*«

Ihr flammender Blick jagte ihm Hitze zwischen die Beine. Verführerisch leckte sie die Füllung von dem angebissenen Donut, schloss die Augen und stieß einen sinnlichen Laut aus.

»Fuck«, knurrte er und presste den Mund zu einem weiteren hungrigen Kuss auf ihren. Er drängte sein Knie zwischen ihre Beine, drückte sich an ihre Mitte, und sie schob die Finger unter seinen Hosenbund und berührte die Spitze seiner Erektion. Großer Gott, sie war heiß. Ohne nachzudenken, zog er sie kurzerhand ins Innere der Fähre, um dort einen Platz zu suchen, an dem sie unbeobachtet waren.

Eilig hetzten sie an den Sitzreihen vorbei und folgten der Beschilderung durch einen Flur und um eine Ecke. Dort presste er Violet mit seinem Körper gegen die Wand. Unfähig, sich noch eine Sekunde zurückzuhalten, klemmte er sich die Schachtel mit den Donuts unter einen Arm und verschlang Violet mit weiteren fordernden Küssen. Sie schmeckte süß, sexy und so verdammt sinnlich, dass er die Toilettentür aufstieß und sie in die Kabine zog. Dort ließ er die Schachtel auf die Ablage fallen, warf die Tür zu und verriegelte sie, ohne den Kuss zu unterbrechen. Sie rissen einander die Kleider vom Leib, ihre Shirts flogen durch die Luft. Violet schüttelte die Stiefel ab, sie fielen polternd zu Boden. Er zog sich die Jeans bis zu den Knöcheln herunter, küsste Violet noch einmal gierig und schob die Hand zwischen ihre Beine.

In dem Moment, in dem sie sagte: »Nimm mich!«, sagte er: »Fuck«, und es gab kein Halten mehr.

Er drehte sie um und sie packte das Waschbecken mit beiden Händen. Gleichzeitig drückte er mit seinem Fuß ihre Beine weit auseinander und drang tief in ihre feuchte Hitze ein.

»Großer Gott, Baby, du fühlst dich so verdammt gut an.«

Er stieß in sie hinein. Laut stöhnend griff sie nach hinten und packte seine Hüfte. »Härter!«, forderte sie.

Er vergrub die Hand in ihrem Haar und drehte ihr Gesicht zu ihm, damit er sie küssen konnte. Zum Glück dröhnten die Motoren der Fähre so laut, denn bei jedem Stoß entfuhren ihnen hemmungslos lustvolle Geräusche. Er konnte sich nicht bremsen, sie fühlte sich himmlisch an, war so eng, so heiß, sie raubte ihm den Verstand. Seine und ihre Zähne prallten aufeinander, während er in sie hineinstieß und sie zugleich von vorn mit den Fingern rieb und streichelte. Weitere sinnliche Laute stiegen aus ihrer Kehle und ihre Hüfte zuckte. Bald pulsierte ihre Mitte so ekstatisch um seinen Schaft, dass er den Kuss unterbrach und die Zähne zusammenbiss, um seinen eigenen Höhepunkt hinauszuzögern, während sie noch einmal kam. Ihr unkontrolliertes Zittern brachte ihn um jeden Rest von Zurückhaltung. Lust jagte wie Stromstöße durch seine Adern, seine Muskeln spannten sich, das Blut pochte in seinem

Schaft, und beim nächsten Atemzug schoss Hitze sein Rückgrat hinunter. Er verlor endgültig die Kontrolle und kam mit mehreren kräftigen Stößen. Violets Finger gruben sich in seine Hüfte, bis die letzten Zuckungen verebbten.

Danach legte er die Stirn an ihre Schulter. Kleine Nachbeben durchliefen seinen Körper. »Ich liebe dich, Baby.« Er küsste ihre Schulter. »Tut mir leid, dass wir den Sonnenuntergang verpasst haben.«

Sie lehnte den Rücken an seine Brust und sagte mit einem befriedigten Lächeln: »Ein doppelter Regenbogen mit dir ist besser als zehntausend Sonnenuntergänge.«

»Du verzauberst mich, bist in einer Sekunde die wilde verführerische Violet und in der nächsten die zuckersüße Daisy.« Er drehte sie in seinen Armen. »Mehr als jetzt in diesem Augenblick könnte ich dich gar nicht lieben.« Er küsste sie zärtlich. »Stimmt nicht. Jetzt liebe ich dich sogar noch mehr.« Federleicht strich er mit den Lippen über ihre und fügte hinzu. »Das war schon wieder gelogen. Jede weitere Sekunde mit dir macht meine Liebe noch größer.«

Vierzehn

Violet fischte den Stoff für das Kleid von Erins Skulptur aus der Wanne mit dem flüssigen Ton. Fasziniert bewunderte sie das süße Gesicht des kleinen Mädchens und die lebensechten Details des Katers. Beides hatten Andre und sie gemeinsam geschaffen. Das Kleid in dieser speziellen Technik war der letzte Schritt vor dem langen Trocknungsprozess. Inzwischen lag das Essen mit Andres Eltern zwölf manchmal kitschige, oft sehr erotische, aber immer sensationelle Tage zurück. Abgesehen davon war ihr Leben trotzdem recht normal weitergegangen – nur viel besser. Sie gingen arbeiten, waren im Summer House Inn mit ihren Freundinnen und Freunden zusammen und hatten sogar an einem Lagerfeuer am Strand zusammen mit ihnen gefeiert. Dank Andre war das Frühstück immer absolut köstlich und manchmal fuhren sie gegen Abend zum Common Grounds Coffeehouse. Heute Abend fand dort die jährliche Gedenkfeier für Justins Cousine Ashley statt. Dabei ging es auch um Selbstmordprävention, und um diese wichtige Arbeit fortsetzen zu können, wurden Sachspenden versteigert. Violets Männertorso und einige andere Töpferarbeiten waren bereits dort und kamen heute unter den Hammer.

»Das sieht doch schon sehr gut aus, oder?« Andre legte ihr

seinen Arm um die Taille und küsste sie auf die Wange. »Wir sind ein prima Team, Daisy. Im Atelier, am Strand, im Schlafzimmer ... einfach überall.«

Ihr Pulsschlag beschleunigte sich, und sie fragte sich, ob sie sich je so sehr daran gewöhnen würde, mit Andre zusammen zu sein, dass er sie nicht mehr kribbelig machte. Sie hoffte nicht.

»So war das immer«, antwortete sie ehrlich. »Nur unser Timing hat nicht gepasst.«

»Diesmal passt es«, sagte er, während sie behutsam Wasser aus dem triefenden Stoff drückte. »Und es kann auch so bleiben. Morgen kommt Desiree zurück. Willst du immer noch mit ihr reden?«

»Ja.« Ihr Magen zog sich zusammen. Es war Donnerstag und ihr blieb nur noch ein Tag, um sich auf dieses Gespräch vorzubereiten. »Ich werde ihr von meinen ehrenamtlichen Einsätzen und von den Skulpturen erzählen.«

Wenn es nach Andre ging, würde sie bei der Gelegenheit auch gleich über ihre Freundinnen und Freunde im Coffeehouse sprechen. Doch sie zögerte. Weshalb sie gerade diesen Teil ihres Lebens so besonders schützen wollte, konnte sie nicht genau sagen. Vielleicht hatte es etwas damit zu tun, dass Andre in eineinhalb Wochen abreiste und sie sich noch nicht darüber unterhalten hatten, was dann aus ihnen werden sollte. Falls es auf eine Fernbeziehung hinauslief, brauchte sie womöglich einen Rückzugsort mit lieben, vertrauten Menschen, um irgendwie klarzukommen.

»Dann mal los«, sagte sie, um das Gespräch in eine andere Richtung zu lenken. »Ich möchte nicht zu spät zu der Feier kommen.« Sie hielt den tongetränkten Stoff an die Skulptur. »Es soll aussehen, als würde sie sich bewegen. Sie hebt dem Schmetterling die Hand entgegen, und das Kleid soll Falten werfen, die das zeigen.«

Sie hatten dem Mädchen einen wunderschönen Schmetterling aus Ton in die Handfläche gesetzt. Andre hatte Violet geholfen, Erins Hände so weich und zart aussehen zu lassen, wie sie es auch im richtigen Leben gewesen waren.

»Ich kann eine Seite übernehmen und du die andere«, schlug sie vor. Wie man Skulpturen schuf, hatte Andre ihr beigebracht. Aber wie man tongetränkten Stoff effektvoll verwendete, hatte sie selbst ausgetüftelt.

»Erst breiten wir eine Stoffbahn über eine Schulter und von dort aus quer über ihren Körper«, sagte sie, während sie die Handgriffe ausführte. »Und dann legen wir die Falten. Aber ganz weich … etwa so.« Vorsichtig schob sie den nassen Stoff zu Wellen und kleinen Fältchen zusammen, die über die Schenkel des Mädchens fielen. »Wenn wir mit beiden Seiten fertig sind, schlingen wir ihr einen Stoffstreifen um die Taille und binden ihn hinten zu einer Schleife. Über diese Arbeitsschritte denke ich schon so lange nach, dass sie sich anfühlen, als hätte ich sie bereits hundertmal tatsächlich ausgeführt.«

Konzentriert rückte sie den Stoff zurecht. »Vielleicht ist es doch besser, wenn du es erst mal hinten versuchst.«

»Alles, was du willst, Babe.« Er trat hinter sie, drängte das Becken an ihren Hintern und umfasste ihre Brüste.

Als er ihren Nacken küsste, hielt sie die Hände still und schloss die Augen. Ein besseres Gefühl, als von diesem Mann geliebt zu werden, gab es nicht. Ganz gleich, ob sie Hand in Hand spazieren gingen oder übereinander herfielen, als gäbe es kein Morgen – jede Minute mit ihm war magisch. Nur würde diese Skulptur niemals fertig werden, wenn er so weitermachte.

»Andre.«

Er knabberte an ihrem Ohrläppchen. »*Violet.*«

»Zu der Feier möchte ich wirklich nicht zu spät kommen«, sagte sie. »Aber ich hätte gute Lust, dich zwischen meine schlüpfrigen Finger zu kriegen.«

Lachend ging er um den Tisch und fing an, den Stoff an der Rückseite der Skulptur in Fältchen zu legen.

»Im Ernst jetzt?«, blaffte sie. »So leicht gibst du auf?«

»Nur für den Moment.« Er beugte sich vor, um sie zu küssen. Aber sie warf ihm einen düsteren Blick zu.

»Du lässt mich zappeln.«

»Meine neue Strategie, Babe. Damit erhöhe ich die Vorfreude. Schließlich weiß ich nie, ob ich mit Violet oder Daisy im Bett lande. Aber heute hätte ich gern beide. Erst werde ich dich langsam und süß lieben und jeden Orgasmus hinauszögern, bis du kaum noch atmen kannst.«

Ihr wurde ganz heiß. »Lass das.«

»Dann nehme ich dich hart und ein bisschen grob, genau wie du es magst.« Während er das sagte, arbeitete er ganz entspannt weiter. Die verstohlenen Blicke, mit denen er ihre Reaktionen beobachtete, heizten ihr noch weiter ein. »Ich bringe dich bis an den Rand der Ekstase, dann ziehe ich mich ganz langsam zurück, bis nur noch die Spitze meines …«

»Alles cool bei euch?« Justin trat durch die Tür. Mit den verkniffenen Zügen und den Falten auf der Stirn sah er heute besonders grüblerisch aus.

Shit! Violets Hände zitterten, und sie nahm an, dass ihre Wangen dunkelrot glühten. Um Zeit zu gewinnen, senkte sie den Kopf und gab sich ganz in die Arbeit vertieft.

Andre grinste. »Im Gegenteil, wir sind ziemlich in Fahrt.«

Violet warf ihm einen strengen Blick zu.

Ohne die geringste Spur eines Lächelns betrachtete Justin die Skulptur. »Ziemlich feuchte Angelegenheit.«

»Ja, so funktioniert es am besten.« Andre schaute kurz zu Violet, und sie hatten beide Mühe, nicht loszuprusten.

»So lässt sich der Stoff recht gut formen«, erklärte Violet mit ernster Miene. Sie versuchte, an ihr Kunstprojekt zu denken anstatt an Andres sexy Versprechungen. Er legte inzwischen auf der anderen Seite der Skulptur mit ruhigen Händen den Stoff in Wellen und Falten. Ihrem großen, starken Mann dabei zuzuschauen, wie er etwas so Zartes und Schönes formte, ging ihr ans Herz.

»Meint ihr, ihr schafft es rechtzeitig ins Coffeehouse?«, fragte Justin. Zusammen mit den anderen Dark Knights würde er dort an der Feier für seine Cousine teilnehmen.

»Auf jeden Fall. Alles klar bei dir?« Violet fischte ein weiteres Stück Stoff aus der schlammigen Brühe und drapierte es von der anderen Schulter der Skulptur aus quer über deren Körper.

»Jap, alles klar«, antwortete Justin. »Mir geht bloß allerhand Mist durch den Kopf.«

»Kann ich helfen?«, fragte sie.

Er lächelte beinahe. »Nein. Alles cool. Danke.«

»Das mit deiner Cousine tut mir wirklich leid«, sagte Andre.

»Oh ja, sie fehlt uns allen sehr. War ein tolles Mädchen.« Nach einem weiteren prüfenden Blick auf den nassen Stoff sagte Justin: »Sieht aus, als hättest du jemanden gefunden, der es mit dir aufnehmen kann, Vi. Er hat sehr geschickte Finger.«

Wenn du wüsstest …

»Ich bin dann mal weg.« Justin ging zur Tür. »Ich will vor der Feier noch ein bisschen mit Dwayne und seiner Familie zusammen sein.«

Sobald Justin aus der Tür war, flackerte Lust in Andres Augen auf. »Wie ich gerade gesagt habe …«

Violet beugte sich über den Arbeitstisch zu ihm und küsste

ihn langsam und sinnlich. »Falls du heute wirklich noch einen Matratzentanz mit Daisy hinlegen und dir dann mit Violet das Hirn aus dem Kopf vögeln willst, konzentrier dich auf unser Projekt«, sagte sie. »Wenn wir nicht rechtzeitig fertig werden, ist das Aufregendste, was du heute noch zwischen den Beinen spürst, die Vibration des Motorrads.«

Er grinste, und verdammt, diese Selbstsicherheit machte ihn noch sexyer.

»Multitasking ist meine Spezialität«, raunte er verheißungsvoll. »Ich kann feuchten Ton modellieren, dich heißmachen und zum Kommen bringen, ohne einmal abzusetzen.«

Sie atmete tief durch und machte sich darauf gefasst, dass er dieser prickelnden Ankündigung Taten folgen ließ.

Während sie letzte Hand an die Skulptur legten und sie für den Trocknungsprozess vorbereiteten, stimmte Andre seine Liebste mit erotischen Neckereien auf eine besondere Nacht ein. Mit Violet zusammen an einem Kunstwerk zu arbeiten, war schon immer sehr sinnlich gewesen. Nie zuvor hatte er an anderen Künstlerinnen oder Künstlern eine vergleichbare Ausstrahlung wahrgenommen. Aber Violets ungeheuer leidenschaftliche Persönlichkeit spürte man in allem, was sie tat. Er fragte sich ernsthaft, wie andere Männer ihrer magischen Anziehungskraft widerstehen konnten. *Vermutlich machst du den meisten Kerlen eine Heidenangst,* dachte er, als sie einige Zeit später das Bike in der Nähe des Cafés am Straßenrand abstellten. *Waschlappen.*

Am Rand der schmalen Zufahrtsstraße parkten Motorräder, Pick-ups, Jeeps und jede Menge andere Fahrzeuge. Sie ließen ihre Helme auf dem Motorrad zurück und Andre nahm Violets Hand. »Warum findet die Veranstaltung gerade hier statt? Wäre woanders nicht mehr Platz dafür?«

»Dwaynes Familie will die Feier für Ashley an einem Ort abhalten, wo absolut jeder willkommen ist und sich warm aufgenommen fühlen kann, ganz egal, wie allein er sich vielleicht gerade fühlt. Könntest du dir dafür eine bessere Umgebung vorstellen?«

»Nein, wohl nicht.«

Auf dem Rasen hinter dem Gebäude rannten Kinder umher, die Erwachsenen unterhielten sich in Blickweite. Auf der Terrasse spielte eine Band, Menschen aller Altersgruppen tanzten oder plauderten. Vor dem Eingang standen verwegen aussehende Kerle in Lederjacken und rauchten.

Andre legte den Arm um Violet und zog sie näher zu sich. »Hi, alles klar?«, grüßte er im Vorbeigehen.

»Alles klar«, murmelte einer der Biker.

In dem rappelvollen Café gab es heute fast nur noch Stehplätze. Massige bärtige Kerle in Lederkluft lehnten Schulter an Schulter mit verschränkten Armen an einer Wand, als würden sie Wache halten. An einem Buffet füllten Frauen und Kinder ihre Teller, während Kellner und Kellnerinnen von Tisch zu Tisch eilten. Aus einer Ecke winkte ihnen Gabe zu. Andre winkte zurück, aber sie kümmerte sich bereits wieder um ihre Gäste.

Sie kamen nur langsam vorwärts, doch Elliott rief über die Musik hinweg: »Violet! Andre!« Er gab ihnen High Fives. »Steph hält euch draußen auf der Terrasse was frei.«

Violet legte ihre Hand auf seine Schulter und fragte: »Kommst du klar?«

»Geht schon, danke.« Er schob seine Brille auf der Nase

zurecht. »Willst du heute nach der Veranstaltung ans Mikrofon?«

»Ja, Vi. Wie wär's?«, fragte Andre.

Seit seiner Ankunft hatte sie das noch kein einziges Mal getan, obwohl er es bei jedem Besuch im Café vorschlug. Er wollte unbedingt auch diese Seite von ihr sehen und musste zugeben, dass er ein bisschen neidisch auf die Stammgäste hier war, weil sie Einblicke hatten, die ihm noch fehlten. Steph und Cory hatten ihm bereits gesagt, Violet würde nie etwas sagen, wenn man sie drängte. *Sie macht, was sie will und wann sie es will. Es muss sie schon von selbst überkommen.*

Oh ja, das wusste er nur allzu gut.

»Macht euch keine Hoffnungen«, sagte Violet. »Wir reden später noch, Elliott.« Sie schnappte sich ein Blatt Papier von dem Stapel vor Elliott und drückte es Andre in die Hand. »Das brauchst du später noch. Steck es ein.«

Er ließ es in seiner Tasche verschwinden und sie schoben sich weiter durchs Getümmel. In ihrer hautengen Lederhose und der Lederjacke zog Violet viele Blicke auf sich.

»Vi!« Steph winkte ihnen von ihrem Platz auf der Terrasse aus zu. Zusammen mit Cory, Rowan und Joni saß sie an einem Tisch, auf dem neben einer großen Pizza auch Nachos und Grissini standen.

Joni sprang auf und rannte zu ihnen. Strahlend nahm sie sie an den Händen. »Hey, Äffchen! Hey, Frosch!«

Andre wuschelte ihr durchs Haar. »Hey, wie geht's, Chinchilla?«

Joni zog sie kichernd zum Tisch. Sie kletterte auf Rowans Schoß und fragte: »Was ist ein Chilla, Daddy?«

Rowan flüsterte ihr etwas ins Ohr und sie kicherte ausgelassen. Dann hob er das Kinn und nickte Violet zu. »Hey, Sugar.«

Zu Andre sagte er: »Hey, Mann. Ich weiß gar nicht, wie ich dir für den Kontakt zu Dr. Posillico danken soll. Er hat uns sofort jemanden vermittelt, und du hattest recht. Dort nimmt man die Sache tatsächlich ernst.«

»Der Doktor meint, ich habe vielleicht Stenie!«, erklärte Joni. »Deshalb finde ich die Schule so doof. Aber die helfen mir, damit es besser wird.« Sie nahm Rowans Gesicht zwischen die Hände, drückte die Nasenspitze an seine und fragte: »Können wir jetzt tanzen, Peanut Butter?«

»Klar, Sugar.« Er stellte Joni auf die Füße und stand auf. »Schaut euch mal die Skulptur an, die heute versteigert wird. Wenn ich ein paar Dollar übrig hätte, würde ich sie mir schnappen.«

»Daddy! Die ist *nackig*!«, japste Joni, während sie ihn davonzog.

»Es ist ein männlicher Torso«, erklärte Steph. »Ein bisschen unterbestückt, wenn ihr mich fragt.«

Violet behielt ihr perfektes Pokerface und verriet auch mit keiner Geste, dass hier gerade über ihre anonyme Kunstspende gesprochen wurde. Inzwischen waren sie seit fast einem Monat wieder zusammen und langsam sah Andre den Reiz in ihrer verdeckten Identität als Künstlerin. Dass sie Symbole ihres Zusammenseins in die Welt hinaustrug, ohne dass jemand es wusste, hatte etwas Romantisches. Natürlich wollte er, dass ihr Talent gewürdigt wurde. Aber vielleicht war es eine gute Idee, nicht alles preiszugeben. So bewahrten sie ihr ganz einzigartiges Geheimnis.

Cory angelte sich ein Stück Pizza. »Das sagst du nur, weil ich dich für jeden anderen verdorben habe.«

Steph verdrehte die Augen. Heute trug sie ihr Haar in Cornrows geflochten und drehte am Ende eines der Zöpfe.

»Jetzt mal im Ernst. Irgendwer muss schließlich Modell gestanden haben. Wie fühlt sich dieser Typ, wenn die ganze Welt sieht, wie klein sein kleiner Freund wirklich ist? Jemand sollte dem Künstler sagen, er hätte dem Mann einen Gefallen tun und ihn ein bisschen aufpolstern können.«

Alle am Tisch glucksten.

»Dem Modell war das offensichtlich egal, sonst hätte er sich nicht ausgezogen. Können wir jetzt vielleicht über etwas anderes sprechen?« Cory schob ihnen die Pizza hin. »Habt ihr Hunger?« Während Andre und Violet sich Pizzastücke nahmen, fragte er: »Was macht ihr denn am siebzehnten November?«

»Tut mir leid, da bin ich schon in Kambodscha«, antwortete Andre.

»Wow«, sagte Cory. »Für wie lange denn?«

»Das steht noch nicht fest. Drei oder vier Monate werden es sicher. Warum? Was passiert denn am siebzehnten November?«

»Da eröffne ich meine erste Einzelausstellung in einer großen Bostoner Galerie«, antwortete Cory grinsend.

»Ist ja toll«, sagte Andre. »Gratuliere!«

»Danke, ich kann es noch gar nicht richtig glauben. Was ist mit dir, Vi?«, fragte Cory. »Hast du Zeit?«

»Dwayne und Rowan kommen auch«, sagte Steph. »Wenn du willst, können wir zusammen hin.«

Violet warf Andre einen nervösen Blick zu, und er hätte zehn Dollar darauf verwettet, dass sie gerade ihren linken Fuß nach innen drehte. Sie liebte ihn, das wusste er. Aber immer, wenn es um seine bevorstehende Abreise ging, wechselte sie das Thema. Er hoffte, dass sie bald von sich aus davon anfangen würde, damit er erfuhr, was sie dachte. Zwar hatte er versprochen, sie zu nichts zu drängen, aber das Warten brachte ihn um.

»Ich, ähm …« Sie betrachtete ihre Pizza, dann straffte sie die

Schultern, schaute Cory an und sagte: »Ich weiß ja nicht mal, was ich nächste Woche tue – von irgendeinem bestimmten Tag im November ganz zu schweigen. Aber das mit der Ausstellung ist fantastisch. Und du weißt, wenn ich kann, dann komme ich. Ist sie in der Galerie, mit der dich dieser Architekt, mit dem du befreundet bist, zusammenbringen wollte?«

»Ja, genau. Drew hat den Kontakt für mich hergestellt«, antwortete Cory. »Jetzt muss ich mir allerdings ganz schön den Allerwertesten aufreißen, um alles rechtzeitig fertigzukriegen.«

Und schon war Violets Selbstbewusstsein mit voller Kraft zurück. Andre lächelte, sein Mädchen war eine Kämpferin.

Rowan und Joni kamen wieder an den Tisch. Joni platzte fast vor Energie und hatte an jeden tausend Fragen.

Nach einer Weile zeigte Violet quer über die Terrasse zu Dwayne und Justin, die dort mit fünf anderen ziemlich wild aussehenden Kerlen zusammenstanden. Offenbar interessierten sie sich für die Frauen an einem Tisch ganz in der Nähe. »Die drei rechts sind Justins Brüder, die beiden links die Brüder von Dwayne. Und siehst du die Typen da drüben?«

Andre folgte ihrem Blick zum Rand der Terrasse, wo sich ein paar Männer mit Militärhaarschnitten, gewaltigen Muskeln und ernsten Gesichtern miteinander unterhielten.

»Das sind Dwaynes Freunde aus seiner Dienstzeit. Sie und die Dark Knights kommen jedes Jahr. Genau wie jede Menge Leute aus der Gegend, wie du siehst.«

»Warum sind denn deine anderen Freunde nicht hier?«, fragte er. »Heute sind doch auch viele andere da, die sonst nicht ins Café kommen.«

»Wir sind hier in Harwich«, antwortete sie, als würde das alles erklären. Dann fügte sie hinzu: »Und weiter als bis zum Highway-Kreisel in Orleans kommen sie selten.«

»Aber sie kennen Justin und seine Familie. Würden sie nicht auch gern ihre Verbundenheit mit ihnen zeigen?«

»Doch, auf jeden Fall. Aber in Wellfleet gibt es eine eigene, etwas kleinere Feier. Die hier ist vor allem eine Dark-Knights-Veranstaltung. Und mit denen können meine Summer-House-Freunde nicht so viel anfangen.«

Die meisten Gäste sahen tatsächlich etwas raubeiniger aus als Violets Freundinnen und Freunde in Wellfleet. Aber er nahm an, wenn sie sie hierher eingeladen hätte, wären sie gekommen. Schon allein ihr zuliebe.

»Pfirsich!« Joni ruckte an Violets Arm. »Komm, tanz mit mir, und du auch, Pfeffer!«

Violet grinste Andre an. »Hui! Sogar die kleinen Ladys finden dich scharf. Los, Pfeffer, lass uns mit der Maus die Hüften schwingen.«

Sie tanzten mit Joni, aßen, schauten sich den Auktionstisch an, plauderten mit Gabe, Dwayne und ein paar anderen und tanzten dann wieder. Einige Zeit später verkündete Gabe die Gewinner der stillen Auktion und gab bekannt, welche Summe jede Sachspende eingebracht hatte.

Andre behielt Violet gut im Blick, als sie hörte, dass ihre Skulptur für achttausend Dollar verkauft worden war. Unter dem allgemeinen Applaus kräuselten sich ihre schönen Lippen an den Mundwinkeln nach oben. Als Gabe dann auch noch erklärte, der Käufer hätte sein Gebot anonym abgegeben und würde die Skulptur dem Coffeehouse stiften, richtete sie ihre klugen Augen wissend auf ihn.

Ganz nahe an ihrem Ohr raunte er: »Ich bin so stolz auf dich, Baby. Diese Spende hast du möglich gemacht.« Er drückte ihr einen Kuss auf die Wange und sie drehte sich zu einem glühenden Kuss auf den Mund zu ihm.

»Danke«, sagte sie so leise, dass nur er es hörte.

Dwaynes Vater hielt eine kurze Rede. Er dankte allen fürs Kommen, dann sprach er über die Tochter, die er verloren hatte, und über die Hoffnung auf eine friedvollere Zukunft. Danach sagten verschiedene Freunde und Familienangehörige ein paar Worte. Violet hielt Andre fest an der Hand und drückte sie immer wieder. Als ihr Tränen in die Augen stiegen, legte er den Arm um sie und zog sie fest an sich. Justin stand auf, erzählte vom fünfzehnten Geburtstag seiner verstorbenen Cousine und rührte damit viele der Anwesenden zu Tränen. Von ihrem Tisch war Rowan der Einzige, der öffentlich etwas sagte. Mit Joni auf dem Arm sprach er darüber, wie schwer es war, jemanden zu verlieren, und wie geehrt er und seine Tochter waren, heute hier zu sein. Auch Dwayne und seine Brüder sagten etwas. Dabei kamen den massigen Bikern Tränen. Sie legten einander die Arme um die Schultern und weinten, ohne sich zu schämen. Steph ging zu ihnen und Dwayne zog sie in ihre Mitte. Dwaynes Militär-Freunde sprachen von Kameradschaft und Solidarität und richteten tröstende Worte an ihn und seine Familie.

Es gab ungeheuer emotionale, traurige und sehr berührende Momente. Doch dass so viele unterschiedliche Menschen zusammenkamen, um gemeinsam die Welt ein bisschen besser zu machen, spendete Kraft. Nachdem alle gesprochen hatten, die etwas sagen wollten, saß Violet praktisch auf Andres Schoß, geborgen in seinen Armen. Ihre Seite ruhte an seiner Brust, ihre Tränen landeten auf seinem Arm.

»Ich liebe dich«, flüsterte er und küsste sie auf die Wange.

Sie schmiegte das Gesicht in seine Halsbeuge. »Ich habe sie nicht gekannt, aber ich weiß, wie es ist, sich als Außenseiterin zu fühlen. Und ich wünschte, ich hätte sie kennenlernen dürfen.

Dann hätte ich jedem in den Hintern getreten, der ihr das Leben schwergemacht hat.«

Bevor er etwas antworten konnte, legte die Band wieder los und spielte »Just the Way You Are« von Bruno Mars. Alle um sie herum sangen den Text aus vollem Herzen mit. Violet griff in Andres Tasche und zog das Blatt heraus, das sie ihm zu Beginn des Abends in die Hand gedrückt hatte. Er warf einen Blick auf den Liedtext, brauchte ihn aber nicht.

Wieder drückte er sie an sich und sang mit ihr gemeinsam. Zu Anfang noch für die junge Frau, der sie heute hier gedachten. Aber als die vertrauensvollen Augen seines wunderschönen Mädchens ihn bei den letzten Textzeilen ansahen, sang er jedes einzelne Wort für sie.

Bei ihrer Rückkehr ins Cottage war Andre vor Liebe betrunken. Er wusste, dass Violet als Erstes Cosmos aus dem Inn holen würde, damit er bei ihnen im Cottage schlafen konnte, und folgte ihr. Sie betraten das Haus durch den Kücheneingang und Cosmos kam angetrabt, um sie zu begrüßen. Doch bevor Violet ihn auf den Arm nehmen konnte, sauste er davon in den Flur.

»Komm her, du kleiner Mistköter«, schimpfte Violet und folgte ihm.

Der kleine Mistköter machte seine Sache perfekt.

Violet schaute ins Speisezimmer. »Cosmos?«

Er war nicht dort, aber er kläffte, und sie ging dem Geräusch nach quer über den Flur ins Wohnzimmer. An der Tür blieb sie wie angewurzelt stehen. Andre schaute zu, wie sie den kleinen Dschungel aus Topfpflanzen betrachtete, der um ein Baumwollzelt stand. Darüber hatten seine heimlichen Helfer wie geplant funkelnde weiße Lichter gehängt. Der Zelteingang war weit geöffnet und seitlich festgebunden. Er gab den Blick auf bunte Decken und Kissen frei. Mittendrin lag Cosmos – fröhlich hechelnd und mit heraushängender Zunge. Ein kleiner Beistelltisch, der dem in Andres Zelt in Ghana ähnelte, war mit einem von Violets schönen Batiktüchern bedeckt. Den Tisch hatte Andre bei einem Garagenflohmarkt gefunden. Neben einer Flasche Wein mit zwei Gläsern lagen Kerzen und Streichhölzer bereit.

Andre umarmte Violet von hinten und drückte ihr einen Kuss auf die Wange. »Überraschung, meine Süße.«

Sie drehte sich in seinen Armen, ihre Augen schimmerten glücklich. »Wie hast du das alles fertiggebracht?«

»Dean und Drake haben mir geholfen. Der Tratschtruppe haben wir nichts verraten, weil ich Angst hatte, sie würden sich verplappern.« Er drückte die Lippen auf ihre, dann sagte er: »Es sollte aussehen wie ein Zelt in der Wildnis. Eigentlich wollte ich es draußen unter den Sternen stehen haben, aber dann hättest du vielleicht gefroren.«

Sie schlang die Arme um seinen Hals. »Es ist völlig egal, ob wir im Regenwald, in der Wüste, am Strand oder in der Antarktis auf einer Decke liegen. Solange wir nur zusammen sind, ist alles perfekt. Alles ist so wunderschön: das Zelt, die Lichter, die Pflanzen. Und ich liebe dich dafür, dass du uns so sehr liebst und uns dorthin zurückführst, wo alles angefangen hat.«

Fünfzehn

An Andre gekuschelt schaute Violet am Freitagmorgen zum First des Zelts hinauf und versuchte verzweifelt, nicht daran zu denken, dass er am nächsten Wochenende abreisen würde. Vor ihnen lagen noch acht gemeinsame Tage und jeder einzelne war ein weiterer Schritt zur schwierigsten Entscheidung ihres Lebens. Sie wollte seine Hand nehmen und sich Hals über Kopf ins nächste Abenteuer werfen. Oh, wie sehr sie das vermisst hatte – mit Andre an einem fernen Ort zu sein, zu reisen, beim Aufwachen die Geräusche eines unbekannten Dorfes zu hören, Menschen zu helfen, denen nicht all das zur Verfügung stand, was hier in den Staaten nahezu selbstverständlich war, und sich so eins mit der Natur zu fühlen, wie sie es hier in dieser modernen Umgebung niemals war.

Gleichzeitig konnte sie sich nicht vorstellen, von Desiree wegzugehen.

Diese Gedankengänge erhöhten ihre Anspannung noch. Sie und Andre hatten so viel zu besprechen und ernste Gespräche waren wie tollwütige Hunde: Sie ging ihnen immer sorgsam aus dem Weg. Nach ihrer Hochzeitsreise würde Desiree ganz sicher auf Wolke sieben schweben. Wie konnte Violet ihr das Herz brechen, indem sie ihr sagte, dass sie daran dachte, wieder in die

Welt hinauszuziehen?

Sie schloss die Augen und tauchte ein in Erinnerungen an die letzten Wochen. Auch die Verwirrung, die Wut und den Schmerz beim ersten Wiedersehen mit Andre sparte sie nicht aus. Dieser Schmerz hatte ihnen geholfen, stärker zu werden. Genau wie die verpassten Jahre Desiree und sie unerwartet eng zusammengebracht hatten.

Cosmos seufzte leise. Noch lag er selig schlummernd an Andres Seite. Der struppige kleine Köter, der sie anfangs fast wahnsinnig gemacht hatte, hatte ihr längst gezeigt, was bedingungslose Liebe war.

Genauso wie Andre.

Bilder von der ersten unvergleichlichen Nacht, in der sie sich geliebt hatten, prasselten auf sie ein. Noch immer konnte sie spüren, wie sie eins geworden waren, sah die Kraft wahrer Liebe in seinen Augen und hörte die Intensität der Gefühle in seiner Stimme, als er gesagt hatte: *Ich kann mir keinen einzigen Tag mehr ohne dich vorstellen. Komm mit mir nach Boston und heirate mich, Daisy.* Das Glück hatte sie geradezu überwältigt und gleich darauf auch die Angst. Von einer so tiefen, echten Liebe hatte sie nicht einmal zu träumen gewagt und nie geglaubt, dass sie so etwas irgendwann erleben würde. Doch schon bei dem Versuch, sich auszumalen, welche Art Leben sie mit Andre in Boston erwartete, hatte die Realität sie niedergeschmettert wie ein Faustschlag ins Gesicht. Ganz gleich wie verliebt sie waren, die Vorstellung, als Frau eines angesehenen Arztes an einem festen Ort zu leben, hatte ihr die Luft zum Atmen genommen.

Aber wegen all dem, worüber sie in den Monaten in Ghana geredet hatten, und vielleicht auch wegen ihrer Liebe, hatte er sein Leben grundlegend geändert. War es zu viel verlangt, wenn sie dasselbe tat?

Diesmal hatte er sie allerdings nicht gebeten, mit ihm zu kommen, und auch das versetzte sie trotz all ihrer Unentschlossenheit in Panik.

Ich kann mir auch keinen Tag mehr ohne dich vorstellen.

Sie hatte geglaubt, sie hätte noch eine Woche, um zu einer Entscheidung zu kommen. Aber was, wenn er gar nicht wollte, dass sie mitkam? Wenn er stattdessen an eine Fernbeziehung dachte? Konnte sie damit leben? Konnte er das? Vielleicht war es Zeit, sich ihren Ängsten zu stellen.

Sie betrachtete sein friedliches Gesicht und hoffte von Herzen, dass sie nicht gleich alles kaputtmachen würde. Schließlich nahm sie all ihren Mut zusammen und küsste ihn auf den Mund.

»Hm.« Sein Arm schob sich um ihren Rücken und er zog sie an sich. »Wie fühlt sich mein Mädchen?«

»Gut gevögelt und …« Sie zuckte zusammen, denn das klang viel zu krass. Und dass sie das so empfand, war auf eine gute Art seltsam. Er öffnete die Augen und sie fing noch einmal neu an. »Wunderbar *geliebt*, aber sehr gestresst.«

Um Cosmos nicht zu wecken, hob er den anderen Arm ganz vorsichtig, schob über ihrem Ohr die Finger in ihr Haar und legte die Handfläche an ihre Wange. Der Blick aus seinen warmen braunen Augen wanderte über ihre Züge, seine Lippen kräuselten sich zu einem beruhigenden Lächeln. »Es gibt kaum etwas Schöneres, als beim Aufwachen in dein süßes Gesicht zu schauen. Wir sind in unserem Zauberzelt, Babe. Der Stress bleibt draußen.«

»Es wäre so leicht, einfach weiter zu träumen. Aber die kommende Woche wird rasend schnell vergehen und dann stehen wir am Abgrund und müssen uns entscheiden.« Die

Worte sprudelten aus ihr heraus, bevor sie darüber nachdenken konnte. »Und ich muss immer daran denken, was hier auf sicherem Boden steht. Desiree und das Leben, das wir uns aufgebaut haben. Die Wahlfamilie, die wir hier gefunden haben. Der blöde Hund. Dabei hast du mich noch nicht mal gefragt, ob ich mitkommen will. Also weiß ich gar nicht ...« Tränen traten ihr in die Augen. Dass er sie nicht dabeihaben wollte, konnte sie nicht behaupten, denn tief in ihrem Herzen wusste sie, wie sehr er sich wünschte, sie könnten zusammenbleiben. Sie legte das Gesicht an seine Brust und klammerte sich an ihm fest, als könnten allein ihre Worte sie in einen tiefen dunklen Schlund katapultieren.

Er küsste sie oben auf den Kopf, und sie spürte, wie sich sein Herzschlag an ihrer Wange beschleunigte.

»Ich wusste gar nicht, dass wir auf einen Abgrund zusteuern.« Er strich ihr das Haar aus dem Gesicht und küsste sie auf die Stirn. »Bist du bereit, über die Zukunft zu reden? Bis jetzt hast du nämlich immer pfeilschnell das Thema gewechselt, wenn ich davon anfangen wollte.«

»Gar nicht wahr«, blaffte sie. Doch es stimmte. Ihr blöder Selbstschutzmechanismus sprang dann unweigerlich an. »Tut mir leid. Du hast recht. Aber kannst du mir das vorwerfen?« Sie hob den Kopf und schaute ihn an. »Ich habe die Sache mit uns schon mal in den Sand gesetzt und will nicht zweimal denselben Fehler machen. Ich will mit dir zusammen losziehen *und* ich will hier sein. Klar kann ich nicht beides haben, und ich erwarte nicht, dass du dieses Problem für mich löst. Ich wünschte nur, ich wüsste, was ich tun soll. Bald ist Desiree zurück, und mir geht ständig durch den Kopf, wie weit wir schon gekommen sind. Sie und ich und du und ich. Mein Herz gehört dir. Ich hoffe, das weißt du. Aber sie ist ...«

»Pssst, Babe.« Er nahm sie in die Arme und hielt sie fest. »Keiner erwartet, dass du dich zwischen uns entscheidest.«

»Ach ja?«, fragte sie sarkastisch. »Soll ich einfach alle hier einpacken und mit um die halbe Welt schleppen?«

Er drehte sie sanft auf den Rücken und schaute sie mit einem sexy Lächeln an.

»Sex ist keine Lösung«, sagte sie halbherzig.

»Im Moment will ich gar keinen. Ich möchte nur, dass du die Augen schließt und atmest. Los. Zusammen mit mir, so wie du es mir beigebracht hast. Weißt du noch?«

»Wie könnte ich das je vergessen. Als du endlich die Augen zugemacht und dich entspannt hast, wollte ich auf deinen Schoß krabbeln und in dir verschwinden.«

»Selbst mit geschlossenen Augen habe ich gespürt, wie du mich anschaust. Und dabei ist mir klar geworden, dass ich dich nie mehr würde gehen lassen wollen, wenn ich erst einmal durch all deine schönen, geheimnisvollen Schichten gedrungen war.«

Sie schloss die Augen, in denen bereits wieder neue Tränen brannten. »Hör auf, so kitschige Sachen zu sagen. Das macht es nur noch schwerer.«

Er küsste sie, dann sagte er: »Ich will, dass wir immer zusammen sind, aber um rauszufinden, wie wir das anstellen sollen, müssen wir *reden*.« Er streifte die Stelle neben ihrem Ohr mit den Lippen und flüsterte: »Dazu gehören zwei, Baby. Diese Entscheidung kann nicht einer allein treffen. Ich muss wissen, was in deinem Herzen ist.«

»Da bist du drin«, antwortete sie sofort. »Und Desiree. Ich habe versprochen, zusammen mit ihr die Pension zu führen. Ich kann sie jetzt nicht einfach sitzen lassen.« Ein gequälter Ausdruck trat auf ihre Züge.

»Du glaubst, deinem Herzen zu folgen, bedeutet, Menschen, die du liebst, im Stich zu lassen. Aber das ist nicht so. Überall in deiner Umgebung siehst du die Grauzonen und das Potenzial. Gleichzeitig denkst du, so vieles in deinem Leben – die Menschen, die du liebst, deine Beziehungen – gäbe es nur als alles oder nichts. Vielleicht liegt das daran, dass Lizza die Verbindung mit Ted und Desiree in deiner Kindheit so gut wie abgebrochen hat. Vielleicht auch nicht. Wie du zu dieser Auffassung kommst, ist jetzt nicht so wichtig. Viel wichtiger ist, dass dir bewusst wird, wie viele Möglichkeiten es zwischen *alles oder nichts* tatsächlich gibt.«

Einen langen Moment lang war er still und betrachtete nur ihr Gesicht, als stünden die Antworten dort geschrieben. Sie hoffte es beinahe, denn sie konnte immer nur denken: *Auf welcher Seite stehst du, oder stehst du irgendwo dazwischen? Wo immer du bist, da will ich auch sein.*

»Was, wenn du beides haben könntest?«, fragte er sanft. »Was, wenn wir die Zeit zwischen der Eröffnung neuer Kliniken mit Desiree und deinen Freunden am Cape verbringen und die Termine so planen, dass wir jeden Sommer im Inn aushelfen können?«

»Ich kann doch nicht verlangen, dass du deine Planungen nur wegen mir …«

Er brachte sie mit einem Kuss zum Schweigen. »Das musst du gar nicht.«

Cosmos hob den Kopf und sauste aus dem Wohnzimmer. Bellend rannte er Richtung Küche, von wo aus Stimmen zu ihnen drangen. Violet stöhnte auf. Andre küsste sie noch einmal und lächelte an ihren Lippen.

»Komm schon, Babe. Das sind die Herzensmenschen, die du nicht verlassen willst. Schon vergessen?« Er schob sich von ihr herunter, warf ihr sein T-Shirt zu und zog seine Jeans an.

Sie schlüpfte in sein Shirt und ihre Lederhose von gestern Abend, dann gingen sie in die Küche. Serena hatte die Nase im Kühlschrank, Chloe die Hand in einer Schachtel Cornflakes und Daphne biss gerade in einen Apfel. Gavin und Emery standen an der Kaffeemaschine.

»Wo zum Teufel kommt ihr denn her?«, fragte Emery.

»Aus dem Wohnzimmer.« Violet ignorierte Gavins hochgezogene Braue.

Drake und Dean rannten durch die Tür. »Sorry!«, riefen sie wie aus einem Mund.

»Eigentlich wollten wir vor ihnen hier sein«, sagte Dean.

»Schon gut«, beschwichtigte Andre.

»Was ist eigentlich los?«, fragte Emery. »Warum wolltet ihr vor uns hier sein?«

»Stimmt irgendwas nicht, Vi?«, fragte Serena. »Oh nein! Habt ihr zwei euch gestritten? Gibt es deshalb kein Frühstück?«

Andre gluckste.

Violet verdrehte die Augen. »Letztes Wochenende haben wir euch Donuts mitgebracht. Vielleicht wird es Zeit, dass ihr mal für uns Frühstück macht.«

»Ihr habt Donuts bekommen?« Emery reichte Gavin und Dean volle Kaffeetassen. »Und warum haben wir keine abgekriegt?«

»Danke, Serena«, sagte Gavin sarkastisch. »Ich bin dein Geschäftspartner und sorge immer dafür, dass du ausreichend Süßes im Büro hast. Willst du dich nicht mal revanchieren?«

Serena rückte sich einen Stuhl zurecht und setzte sich mit einem Becher Joghurt an den Tisch. »Vi spricht von den zermatschten Dingern, die wir aus der Schachtel kratzen mussten. Davon habe ich dir erzählt.« Sie löste den Deckel von ihrem Joghurt und fixierte dabei Violet und Andre. »Wie habt ihr es überhaupt geschafft, die auf der Fähre derart zuzurichten?«

Chloe warf sich eine Handvoll Cornflakes in den Mund und schaute Violet und Andre erwartungsvoll an.

Daphne setzte sich mit ihrem Apfel an den Tisch und sagte: »Vielleicht war die Fähre ja gar nicht das Problem.«

»Oder sie hatten dort wilden Sex«, sagte Serena.

»Ich brauche Kaffee.« Violet marschierte zur Kaffeemaschine.

Drake setzte sich neben Serena. »Hör auf, auf Vi rumzuhacken, Babe. Wenn ich mich recht erinnere, hatten wir an dem Abend unsere eigene Version von ewiger Glückseligkeit. Jedenfalls hast du dich nicht beklagt, als ich die Schokoladenstreusel von deinen …«

»Stopp!«, riefen Daphne und Chloe gleichzeitig.

»Aber warum denn? Diese schmutzige kleine Donut-Geschichte will ich hören«, drängelte Emery.

Serena zeigte auf Drake. »Noch ein einziges Wort, dann ist es mit jeder Art von Glückseligkeit, egal ob ewig oder kurzfristig, auf absehbare Zeit vorbei.«

Drake blinzelte unschuldig. »Ich wollte nur sagen, *von deinen Fingern geleckt habe.* Was hast du denn bloß für Gedanken?«

»Bin ich hier richtig bei der Party?« Justin spazierte mit einer Tüte aus der Blue Willow Bakery in die Küche. »Ich habe Bagel und Muffins mitgebracht.«

Außer Violet stürzten alle Frauen wild schnatternd auf ihn zu.

»Dem Himmel sei Dank! Ich bin kurz vor dem Verhungern!«, rief Daphne.

Emery kreischte auf. »Yay!«

»Das macht dich gleich noch heißer.« Chloe schnappte sich die Tüte.

Justin hob die Hände und Violet sagte: »Willkommen in der Anstalt.«

»Für mich einen Muffin!«, forderte Serena.

»Kriegen die hier sonst nichts zu essen?«, fragte Justin.

Dean schnappte Emery und zog sie zu sich. »Ich habe meine Süße heute Morgen schon gefüttert.«

»Die Art Futter macht mich nur noch hungriger.« Emery gab ihm einen Bagel und einen Kuss.

Violet drückte Justin einen Becher Kaffee in die Hand. »Ich habe mich schon gefragt, wann du mal auftauchst.«

»Na ja, ich bin morgens eben selten allein«, antwortete er mit einem lässigen Grinsen.

»Setz dich, Casanova«, scherzte Violet. »Wenn du Glück hast, lassen sie dir ein paar Krümel übrig.«

Justin ließ sich lachend am Tisch nieder. Violet holte Kaffee für sich und Andre und setzte sich auf Andres Schoß, während sich die Tratschtruppe und die Männer über Justins Mitbringsel hermachten.

»Danke, dass du uns was mitgebracht hast.« Chloe schob Andre und Violet die Tüte hin. »Wir brauchen ein System. Etwa so wie bei den Gebetsketten in der Kirche, wo die Leute reihum die Gebete aussuchen. Nur eben fürs Frühstück. Oder wir brauchen einen Alarmcode.« Sie senkte die Stimme. »*SOS! Öde Nacht im Summer House Inn. Bring Bagel mit!*«

»Prima Idee«, sagte Daphne. »Aber dann müsste immer erst jemand die Lage checken.«

»Das übernehme ich!«, sagte Emery sofort. »Ich schicke Des immer gleich morgens eine Textnachricht. *Heiße Nacht gehabt oder müssen wir fasten?*«

»Okay, bevor wir hier komplett überschnappen …« Violet fand, es war Zeit für einen Themawechsel. »Habt ihr euch schon Gedanken wegen der Party gemacht?«

Emery grinste. »Ja! Und du musst auch kommen, Justin. Nächstes Wochenende. Es wird eine Willkommensparty für Des, Rick und Harper und eine …«

»Harper?«, fragte Andre.

»Sie ist eine nicht existente Blondine, von der man Single-Männern erzählt, damit sie hierbleiben«, sagte Gavin grinsend. »Ich glaube nicht, dass es sie wirklich gibt.«

»Oh doch, es gibt sie. Und sie wird dich umhauen«, sagte Chloe.

»Sprecht ihr von Harper Garner?«, fragte Justin.

»Ja, genau!«, antworteten die Frauen im Chor.

»Kumpel, die ist echt und sie ist der Hammer«, bestätigte Justin.

»Das glaube ich erst, wenn ich es sehe«, sagte Gavin. »Aber zu der Party musst du wirklich kommen, Justin. Vielleicht brauche ich Verstärkung. Die anderen Kerle hier sind viel zu sehr mit ihren Liebsten beschäftigt.« Er senkte die Stimme. »Trotzdem glaube ich nicht, dass es diese Harper wirklich gibt.«

»Ach, sei einfach still«, sagte Emery. »Sie ist tatsächlich der Hammer. Sie ist heiß, hat Hirn, und sie ist nur nicht hier, weil sie bei einem Filmdreh mitarbeitet. Die Geschichte und das Drehbuch stammen von ihr. Die Party am Wochenende ist übrigens auch unser Abschiedsfest für Andre.«

Violet war plötzlich, als bohrte sich ein Messer in ihre Brust. Schon der Gedanke, von Desiree wegzugehen, falls sie Andres Pläne in die Tat umsetzten, tat unglaublich weh.

Justin warf Violet einen verwirrten Blick zu und Andre hielt sie ein wenig fester. In seinen Augen schimmerte Hoffnung auf.

Glaubte er etwa, sie würde hier und jetzt offiziell verkünden, dass sie ihn nach Kambodscha begleiten würde? Sie hatte noch nicht einmal mit Desiree gesprochen. »Gute Idee«, presste sie schließlich hervor. »Du musst unbedingt kommen, Justin.«

Die Details erklärte ihm Emery.

»Ich muss los.« Drake gab Serena einen schnellen Kuss. »Hagen übernachtet heute bei uns. Du denkst daran, Babe?« Er warf einen Blick in die Runde. »Wir üben.«

Serena verschluckte sich. »Quatsch.«

»Oh doch, wir üben.« Drake spazierte zur Tür hinaus, die anderen lachten und sparten nicht mit fröhlichen Sticheleien.

»Danke, dass ihr gestern Abend dabei wart«, sagte Justin zu Violet und Andre.

»Gestern Abend?«, fragte Emery. »Wo denn?«

»Bei der Gedenkfeier mit der Spendenaktion in Harwich«, sagte Justin, bevor Violet antworten konnte.

»Jede Menge Biker«, sagte Violet. »Nicht wirklich eure Szene.«

Daphne blieb der Mund offenstehen. »Heiße Biker und ihr habt uns nicht eingeladen mitzukommen? Habt ihr kein Herz für alleinstehende Frauen? Herrje!«

»Du hast ein Baby, du brauchst keinen Biker.« Chloe steckte sich ein Stück Muffin in den Mund. »Du brauchst jemanden wie Gavin oder wie Deans Bruder Jett. Der ist übrigens ein echtes Schnittchen.«

»Hey!«, protestierte Gavin. »Ich sitze hier direkt vor dir und ich bin heißer als Jett.«

»Lass die Hose an und die Finger von Daphne.« Violet warf ihm einen warnenden Blick zu.

»Hast du je gesehen, wie ein großer, starker Biker ein kleines Baby im Arm hält, Chloe?« Daphne schaute mit einem verträumten Blick hinauf zur Zimmerdecke.

»Justin ist ein Biker«, warf Serena in die Runde.

Violet beugte sich zu Andre und flüsterte ihm ins Ohr: »Sag mir bitte, weshalb ich geglaubt habe, ich würde diese Truppe vermissen.«

Sechzehn

Im Anschluss an die Kunsttherapiestunden im Krankenhaus am Freitagnachmittag schaute Violet in Justins Atelier nach ihrer Skulptur. Als sie ankam, wollte Justin gerade gehen. Von seiner Steinmetzarbeit war er staubig von oben bis unten.

Sie warf ihre Schlüssel auf einen Arbeitstisch. »Hey. Du und deine Mitbringsel seid heute Morgen gut angekommen.«

»Interessantes Frühstück. Ist das jeden Tag so?«

»Kommt drauf an. Meinst du so laut? So nervig? So …«

»Lebhaft und lustig.« Er zuckte die Achseln. »Ja, es war laut, und ja, offenbar mischt sich bei euch jeder in alles ein. Aber es ist unterhaltsam, das musst du zugeben.«

»So kann man es auch sehen.«

»Sollen wir um das Thema, dass Andre bald wegmuss, herumtanzen?« Justin lehnte die Hüfte gegen den Tisch und betrachtete Violets Skulptur.

Sie heftete ihren Blick auf den Schmetterling. »Sehe ich aus, als wäre mir nach tanzen?«

»Vi«, sagte er sanft. »Schau mich an. Was ist los? Gehst du mit ihm, wenn er geht?«

Sie schnaubte und verschränkte die Arme. »Ich möchte gern.«

»Aber?«

»Ich weiß nicht. Ich muss erst mit Des sprechen. Sie ist wieder da, aber ich war den ganzen Nachmittag unterwegs.«

»Und jetzt bist du hier, was bedeutet, du schiebst das Gespräch vor dir her.«

Jap …

Er legte die Stirn in Falten. »Okay, pass auf. Vielleicht brauchst du nur einen kleinen Tritt in den Hintern. Du bist schon mal davongelaufen. Lass ihn nicht wieder in der Scheiße sitzen.«

»Du traust mir wohl alles zu«, fauchte sie. »Ich lasse ihn nicht sitzen, ich liebe ihn, Justin. Und ich will mit ihm zusammen sein. Aber für Des ist es eine Katastrophe, wenn ich gehe.«

»Dein Herz hing schon immer sehr an ihr.« In seinen Blick trat Wärme. »Wie kann ich dir helfen? Was kann ich tun?«

Sie schüttelte den Kopf. »Ich kann dir schon längst nicht mehr zurückzahlen, was du all die Jahre für mich getan hast.«

»Hey, du hast mich davon abgehalten, mich in Drogen und andere Scheiße zu stürzen, als ich noch jünger war. Wir haben uns gegenseitig gerettet.«

»Danke, Justin.«

»Dir ist schon klar, dass du mich nicht wirklich brauchst, um herauszufinden, was für dich passt? Du wolltest einfach nur, dass ich da war und dir den Rücken stärke, und das habe ich gern getan. Du gehörst zu meinen allerbesten Freunden. Aber rede dir nicht ein, dass du mit deinem Leben nicht zurechtkommst. Du hast seit jeher eine klare Vorstellung davon, was du zum Überleben brauchst.« Er legte ihr seine Hand auf den Rücken. »Sollen wir es durchsprechen?«

»Nein danke. Ich kriege das schon irgendwie sortiert.«

Er zwinkerte ihr zu. »So wie immer. Ich muss los. Melde dich, wenn du etwas brauchst.«

Seine Worte hallten in ihr nach, während sie sich die Skulptur ansah. Vielleicht hatte Justin ja recht, und sie hatte immer gewusst, was sie zum Überleben brauchte. Aber Andre hatte ihr geholfen, klarer zu sehen als je zuvor. Sie wollte mehr als nur überleben, mehr, als jeden Bereich ihres Daseins in einer eigenen Blase verwahren. Ihre Liebe bekam gerade eine zweite Chance, und sie konnte nicht die Frau sein, die Andre verdiente, wenn sie nicht einmal ihrer Schwester ehrlich zeigte, wer sie war.

Entschlossen, endlich das Richtige zu tun, verließ sie das Atelier und fuhr nach Hause.

Sie fand Desiree in ihrem Schlafzimmer, wo sie gerade Kleider wegräumte. Cosmos lag schlafend neben ihr auf dem Boden.

»Willkommen daheim.«

Mit einem glücklichen Aufschrei warf sich Desiree in Violets Arme. Cosmos sprang erschrocken auf und begann zu bellen. »Oh mein Gott! Du hast mir schrecklich gefehlt! Ich muss dir ganz viel erzählen und Fotos zeigen und alles!«

Wie konnte es sein, dass sich ihre Kehle schmerzhaft zusammenzog, wo ihre Schwester doch so glücklich war? »Du hast mir auch gefehlt. Wo ist dein frischgebackener Ehemann?«

Desiree seufzte träumerisch, ihre Haut war gebräunt und das Glück strahlte aus ihren Augen. »Mein *Ehemann*. Klingt das so wunderbar, wie es sich anfühlt?«

»Oh ja.«

»Wahrscheinlich ist er bei Drake und Dean drüben im Resort. Mir kommt es vor, als wären wir ewig weg gewesen, aber, Vi, unsere Flitterwochen waren absolut traumhaft!«

»Ich will alle Einzelheiten hören.«

Desiree schnappte sich ihr Smartphone und redete die nächsten zwei Stunden ohne Punkt und Komma. Sie beschrieb ihre Hochzeitsreise in allen Details, zeigte Violet Fotos und wusste eine Geschichte zu jedem Ort, den sie besucht hatten. Derart überschäumend hatte Violet ihre Schwester noch nie erlebt.

»Jetzt verstehe ich, weshalb du so gerne unterwegs bist. Rick meint, ich wäre jetzt auch mit dem Reisevirus infiziert. Jedenfalls möchte ich im nächsten Herbst unbedingt wieder los.«

Violet musste an Andre denken. Hatte er es nicht verdient, genauso glücklich zu sein? Und was war mit ihr?

»Oh je, ich rede und rede, als würde sich die ganze Welt allein um mich drehen«, sagte Desiree schließlich. »Ich habe die vielen Pflanzen im Wohnzimmer gesehen. Dean sagt, die seien von Andre. Er hätte ihn und Drake gebeten, euch ein Zelt aufzubauen, kleine Lichter an die Decke zu hängen und Kerzen bereitzustellen, um dir ein Stückchen Ghana zu schenken. Das klingt unglaublich romantisch. Heißt das, es ist etwas Ernstes mit euch beiden?«

Könnte man sagen, lag Violet auf der Zunge. Aber sie schluckte die Bemerkung hinunter. Hinter flapsigen Kommentaren versteckte sie sich schon viel zu lange. »Oh ja.«

Desiree kreischte auf. »Wie wunderbar! Erzähl mir alles!« Doch schon eine Sekunde später wurde sie ernst, legte die Hände in den Schoß und fügte hinzu: »Ich meine, erzähl mir alles, was du mir erzählen willst.«

Gütiger Himmel, ich bin wirklich das Letzte. Gerade noch hast du dich für mich gefreut, und im nächsten Atemzug nimmst du deine Worte fast zurück, weil ich dich nie wirklich an mich herangelassen habe. Die Erkenntnis schnitt Violet ins Herz wie ein Messer.

»Ich will dir wirklich alles erzählen«, begann sie. »Aber erst muss ich dir ein paar Dinge erklären.«

»Okay«, sagte Desiree unsicher. »Ist etwas Schlimmes passiert?«

»Etwas Schlimmes vielleicht nicht. Ich würde eher sagen, es war nicht fair.« Sie stand auf und ging hin und her. »Du weißt, dass ich oft einfach losziehe und sage, ich hätte etwas zu erledigen.«

»Ja.«

»Na ja, meistens fahre ich dann ins Krankenhaus, wo ich ehrenamtlich mithelfe.«

Desiree musterte sie etwas ratlos.

»Ich arbeite bei der Kunsttherapie mit. Wir versuchen, Kindern ihre Angst zu nehmen. Wir formen oft Figürchen aus Knetmasse oder Ton. Mir hat das früher auch geholfen, und …«

»Moment mal, Vi. Das ist schön. Aber wie lange machst du das schon?«

»Seit meiner dritten Woche hier am Cape.«

Desiree schien in sich zusammenzufallen. »Du machst das schon die ganze Zeit?«

»Ja, und das ist noch nicht alles. Ich versuche auch, der Tochter eines Freundes zu helfen. Er heißt Rowan.«

»Rowan? Ich kenne keinen Rowan.«

Violet verschränkte die Arme. »Wie gesagt, er ist ein Freund. Seine Partnerin ist gestorben und er zieht seine kleine Tochter alleine groß. Sie hat ein Angstproblem und eine Lese-Rechtschreibschwäche. Und sie ist oft sehr angespannt.«

»Du arbeitest mit Kindern«, sagte Desiree mechanisch.

»Ja.«

»Warum hast du mir das nie erzählt? Ich war Vorschullehrerin, verflixt. Und hier am Cape gebe ich praktisch seit unserer ersten Woche Kindern Kunstunterricht.« Bei den letzten Worten war Desirees Stimme lauter geworden. Sie stand auf und hob ungläubig die Hände. »Wie oft machst du das? Nur hin und wieder? Einmal im Monat?«

Violet schüttelte den Kopf. »Im Frühjahr und Herbst etwa vier- bis fünfmal die Woche, immer für ein paar Stunden.«

»Vier- bis fünfmal die Woche?«, wiederholte Desiree aufgebracht.

»Ja. Im Sommer weniger, weil wir dann hier so viel tun haben.«

»Großer Gott, Vi. Ich kenne dich noch immer nicht. Dabei dachte ich, aus uns beiden wären richtige Schwestern geworden und wir würden einander vertrauen.«

»Das sind wir und ich vertraue dir, Des. Ganz und gar.«

Desirees Augen füllten sich mit Tränen. »Nein, tust du nicht. Menschen, die einander vertrauen, haben keine solchen Geheimnisse voreinander oder erzählen Lügen darüber, wohin sie gehen.«

»Dafür gibt es Gründe.« Violet setzte zu einer Erklärung an, doch sie war so aufgewühlt, dass ihr die Worte fehlten. Und das wirkte, als würde sie zögern.

»Deine Gründe sind mir egal. Weißt du eigentlich, wie weh es tut, dass du mir das so lange verheimlicht hast? Ich erzähle dir alles! Alles über mich und über Rick und … Oh mein Gott. Was weiß ich sonst noch nicht über dich?«

Violet versuchte zu sprechen, doch ihr Gefühlstumult schnürte ihr die Kehle zu, und ihre Stimme klang gepresst. »Ich arbeite oft in Justins Atelier. Im Augenblick an einer Skulptur für die Familie eines kleinen Mädchens, das letztes Jahr gestorben ist. Ihr Name war Erin.«

»Kennst du dieses Mädchen auch von der Kunsttherapie?«, fragte Desiree zittrig, aber dennoch voller Mitgefühl.

Der Schmerz in ihrer Stimme und in ihren Augen machten es Violet fast unmöglich zu denken. Sie nickte und spürte, dass auch in ihren Augen Tränen brannten.

»Du hast ein Kind verloren, das du offenbar sehr geliebt hast. Und ich weiß nichts davon?« Desiree sank auf die Bettkante. »Wie kann das sein? Wie kann meine eigene Schwester, die ich jeden Tag sehe, ein geheimes Doppelleben führen? Hast du irgendeine Ahnung, wie weh das tut?«

»Ich wollte dir nicht wehtun. Das Problem liegt bei mir, Des. Du kannst nichts dafür.« Violet machte einen Schritt auf sie zu.

»Nicht!«, blaffte Desiree und hob abwehrend die Hände. »Bitte.«

Großer Gott, was habe ich getan? »Es tut mir leid …«

»Es tut dir leid? Wir sind mit einer Mutter aufgewachsen, die ihr Leben auf Launen, Lügen und spontanen Einfällen aufgebaut hat und der völlig egal war, wie es uns damit geht. Sie hat ein Leben gelebt, von dem ich nichts wusste. Du weißt, wie tief mich das verletzt hat. Vielleicht sollte ich nicht so überrascht sein. Aber ich dachte …« Desirees Stimme brach, sie schlug schluchzend die Hände vors Gesicht. »Geh einfach. Ich kann das jetzt nicht.«

»Bitte lass es mich erklären.«

Desiree hob ihr tränenüberströmtes Gesicht und funkelte sie an. »Ich habe gesagt, ich will es nicht hören. Nicht jetzt. Es tut viel zu weh. Bitte geh.«

»Aber …«

»Verschwinde!«, schrie Desiree. »Sofort!«

Andre schwebte schon den ganzen Tag wie auf Wolken. Nach der wunderbaren Nacht mit Violet und ihrem Gespräch über die Zukunft war er fast sicher, dass sie mit ihm nach Kambodscha kommen würde. Bester Laune fuhr er die Einfahrt zum Summer House Inn hinauf und konnte gar nicht glauben, dass er erst vor einem Monat hier angekommen war. Dass er Violet in dem atemberaubenden schwarzen Kleid mit dem raffinierten Reißverschluss im Flur des großen Hauses hatte stehen sehen, schien Ewigkeiten her.

Das Dröhnen eines Motorrads riss ihn aus seinen Gedanken. Violet jagte an ihm vorbei. Das waghalsige Tempo, mit dem sie am Ende der Einfahrt in die Straße einbog, und ihr zwischen die gebeugten Schultern gezogener Kopf weckten seinen Beschützerinstinkt. Er fragte sich, was zum Teufel passiert war, wendete kurzerhand sein Bike und fuhr hinter ihr her.

Als er sie in einer Nebenstraße verschwinden sah, fuhr er schneller. Bäume und Gebäude zogen als verschwommene Kulisse vorbei, während sie weiter über schmale Landstraßen jagten. Am Ende der asphaltierten Strecke holperte Violet eine unbefestigte Straße entlang. Inzwischen hatte er sie beinahe eingeholt. Er folgte ihr noch mindestens eine Meile weit durch bewaldetes Gelände bis zu der Stelle, wo die Piste endete und sie anhalten musste. Dort stellte er den Motor ab, riss sich den Helm herunter und rannte zu ihr. Ihre verquollenen geröteten Augen und ihr tränenüberströmtes Gesicht brachen ihm das Herz.

»Babe, was ist passiert?«

Er streckte die Hände nach ihr aus, doch sie warf sich herum und stapfte mit fahrigen Bewegungen einen sandigen Pfad entlang. »Immer mache ich alles kaputt!«, schrie sie.

»Das ist nicht wahr, Babe. Was ist los?«

»Ich habe Desiree alles erzählt! Über das Krankenhaus, meine Skulpturen und Erin!« In ihren Stiefeln pflügte sie sich durch den Sand, ganze Tränenströme rannen ihr über die Wangen. »Und jetzt hasst sie mich. Und weißt du was? Scheiße, das kann ich ihr nicht verdenken. Du hattest recht.« Sie fuhr zu ihm herum und fixierte ihn mit so viel Schmerz in ihrem Blick, dass er wieder die Hände nach ihr ausstreckte. »Ich bin alles, was an Lizza schlecht ist, in einer einzigen beschissenen Person.« Schluchzend fiel sie in seine Arme.

»Nein, Babe. Das ist nicht wahr. Du hast nicht einen schlechten Knochen im Leib. Es ist meine Schuld. Ich hätte dich nicht drängen sollen, mit ihr zu reden.«

»Es ist *nicht* deine Schuld! Ich hätte von Anfang an ehrlich zu ihr sein müssen. Ich habe es verkackt und nicht mal verdient, in ihrer Nähe zu sein. Sie hat nie in ihrem Leben jemanden so verletzt wie ich sie.« Violet schnappte nach Luft und schluchzte weiter. »Sie ist so gut und so lieb.«

»Das bist du auch, Baby.« Er küsste sie oben auf den Kopf und wünschte fast, er hätte ihr nicht geraten, Desiree die Wahrheit zu sagen. Behutsam hob er ihr Gesicht und wischte ihre Tränen mit den Daumen weg. Die Brust war ihm so eng, dass er kaum atmen konnte. »Du bist ein liebevoller, warmherziger Mensch. Dass du schlecht von dir denkst, lasse ich nicht zu. Als du ans Cape gekommen bist, ging es dir nicht gut. Du hast Raum gebraucht, um alles zu durchdenken und mit der Situation klarzukommen. Und du hast getan, was du von klein auf gelernt hast. Du hast die einzige Überlebensstrategie angewendet, die du kanntest. Hast du ihr das gesagt?«

Fest an ihn geklammert, schüttelte sie den Kopf. »Sie wollte mir nicht zuhören.«

»Dann rede ich mit ihr. Wir kriegen das hin, Babe. Desiree liebt dich, und sie weiß auch, wie sehr du sie liebst.«

Violet schaute ihn niedergeschlagen an. »Ich halte das nicht aus. Es tut so furchtbar weh …«

Sie vergrub das Gesicht an seinem Shirt und gemeinsam sanken sie mitten auf dem Pfad in den Sand. Selbst als die Sonne schon hinter den Dünen verschwunden war, hielt Andre Violet noch fest.

»Wir kriegen das hin«, versprach er ihr immer wieder.

So lagen sie, bis sie keine Tränen mehr hatte. Und auch dann ließ er sie nicht los. Immer wieder flüsterte er ihr seine Liebe ins Ohr, während die kühle Nachtluft über die Dünen strich und Dunkelheit sie einhüllte.

<h1 style="text-align:center">Siebzehn</h1>

Am Samstagmorgen saß Violet auf der Bettkante und versuchte, die beklemmenden Bilder aus ihren Albträumen loszuwerden. Sie zog sich die Kapuze ihres Sweatshirts über den Kopf und vergrub die Hände tief in den Taschen. Andre kam mit feuchtem Haar und einem tief auf den Hüften sitzenden Duschtuch aus dem Badezimmer. Sie war bereits vor Sonnenaufgang aufgestanden und hatte geduscht, während er noch geschlafen hatte. Seit sie sich wiedergefunden hatten, war das erst das zweite Mal, dass sie getrennt geduscht hatten, und es hatte sich furchtbar angefühlt.

Mit besorgtem Blick ging er vor ihr auf die Knie. »Du hast mir gefehlt da drin.«

»Sorry.« Tiefe Traurigkeit ließ jede Faser ihres Körpers schmerzen, obwohl sich Andre in der vergangenen Nacht so liebevoll um sie gekümmert hatte. Auf dem Pfad zum Strand hatte er sie in den Armen gehalten, bis sie vor Kälte gezittert hatte. Zu Hause hatte er ihr ein warmes Bad eingelassen und sich hinter sie in die Wanne gesetzt. Er hatte sie zärtlich gewaschen und festgehalten, ihr ein Gefühl von Angenommensein und Geborgenheit gegeben. Trotzdem hatten ihr die Verletzungen, die sie Desiree zugefügt hatte, fast das Herz zerrissen. Die ganze Nacht lang hatte Andre sie in den Armen gehalten, ihr süße Erinnerungen an Ghana zugeflüstert und ihr versichert, bald wäre auch mit Desiree wieder alles gut. Er hatte getan, was er konnte, um sie zu trösten.

Irgendwann war sie in seinen Armen in einen unruhigen Schlaf gefallen. Doch dann waren die Albträume gekommen. Panisch und schweißgebadet war sie aufgewacht und hatte gewusst, was sie tun musste.

»Ich muss mit ihr reden«, sagte sie.

»Ja, unbedingt. Ich komme mit.«

»Nein. Das muss ich allein machen.« Sie legte ihre Hände an sein Gesicht und kämpfte gegen die Tränen an, die immer wieder in ihr aufstiegen. »Ich liebe dich so sehr.« Die Worte, die sie sagen musste, tauchten in unendliche Tiefen ab und wollten sich nicht an die Oberfläche holen lassen. Deshalb versuchte sie es anders: »Heute Nacht habe ich Albträume über das Gespräch mit Desiree gehabt. Sie hat mich zu sehr gehasst, um mir eine Chance zu geben. Sie hat gesagt, sie will mich nie wieder sehen. Und dann ist sie einfach verschwunden. Ich habe sie im Summer House Inn gesucht, hinter jeder einzelnen Tür. Aber sie war weg.« Sie schüttelte den Kopf und schaute beiseite. »All meine Schuldgefühle, weil ich dich verlassen habe, sind dabei wieder hochgekommen. Ich hoffe, du weißt, wie leid es mir tut, und wie sehr ich bereue ...«

Er zog sie an sich und sagte: »Hör auf, Babe. Wir haben einander längst verziehen. Jetzt wird es Zeit, dass du dir selbst verzeihst.« Er strich ihr das Haar aus dem Gesicht. »Nichts von dem, was du geträumt hast, wird wirklich geschehen. Desiree liebt dich so sehr wie du sie. Gestern stand sie einfach nur unter Schock.«

Sie hoffte, dass er recht hatte. Aber sie fragte sich, ob ihre

Schwester ihr tatsächlich verzeihen konnte. Nur als Lizza sie mit ihrem üblen Trick ans Cape gelockt und dann sitzen lassen hatte, hatte sie Desiree ähnlich verstört erlebt. Wenn jetzt noch irgendetwas half, dann nur schonungslose Ehrlichkeit.

Sie schaute in Andres vertrauensvolle Augen und zwang sich, zu sagen, was sie sagen musste. »Wenn ich es nicht schaffe, dass alles gut wird, kann ich nicht mit dir gehen.«

Er atmete tief aus, dann streifte er ihr die Kapuze ab und küsste sie sanft. »Ich weiß. Ich verstehe das.«

Sein Verständnis jagte einen Speer aus Einsamkeit durch ihr Herz.

»Du bedeutest mir alles, Vi. Aber Desiree ist schon immer deine Schwester. Mein Seelenmensch bist du erst später im Leben geworden. Ist doch klar, dass sie dir unglaublich wichtig ist. Und wir beide kommen irgendwie zurecht, auch wenn tausende Meilen zwischen uns liegen.« Er drückte ihre Hand auf sein Herz. »Du wirst immer hier drin sein. Und ich weiß, du fühlst dasselbe wie ich. Uns beide kann nichts trennen, Babe.«

»Ich liebe dich so sehr. Aber jetzt muss ich zu ihr.« Sie drückte die Lippen auf seine, dann zwang sie sich aufzustehen und das Zimmer zu verlassen, bevor sie den schreienden Stimmen in ihrem Kopf nachgeben konnte, die ihr befahlen, ihre Worte zurückzunehmen.

Als sie das Cottage verließ, fühlte sich alles falsch an. Die Luft war zu kalt, ihr Hoodie erschien ihr plötzlich riesenhaft und unförmig und der Weg zum Inn viel zu lang. Wieder zog sie sich die Kapuze über den Kopf und vergrub mit hängenden Schultern die Hände in den Taschen. Als sie das Haus betrat und die Tür hinter sich schloss, hatte sie das Gefühl, alle Luft wäre aus ihrer Lunge gewichen. Sie konnte immer noch zurück ins Cottage rennen und Andre bitten, schnell alles zusammenzupacken, damit sie noch heute hier wegkonnten. Wie bei einem Unfall mit Fahrerflucht.

Wie Lizza.

Rick kam die Treppe herunter und sie erstarrte. Ihm in die Augen zu schauen, brachte sie nicht fertig. Er steuerte direkt auf sie zu, das Schweigen baute sich zwischen ihnen auf wie eine Wand.

»Hey, Vi. Alles in Ordnung?«

Sie schüttelte den Kopf, konnte ihn aber noch immer nicht ansehen. Tränen stiegen ihr in die Augen.

»Mit Schmerz geht jeder auf seine Art um. Ich habe mich vor meinem versteckt, bis Desiree mir gezeigt hat, dass ich mich ihm stellen kann.« Er hatte seinen Vater bei einem Sturm auf hoher See verloren. Rick und sein Bruder Drake waren gemeinsam mit ihm an Bord des Segelboots der Familie gewesen, als der Sturm ihn ins Meer gefegt und die Wellen ihn verschlungen hatten. Danach hatte sich Rick so sehr mit Schuldgefühlen gemartert, dass er das Cape verlassen hatte, sobald er alt genug gewesen war.

Sie zwang sich, seinen Blick zu suchen, der so ernst und gequält war. »Ich wollte ihr nicht wehtun.«

»Wenn das jemand versteht, dann ich«, sagte er mitfühlend. »Im Moment geht es euch beiden nicht gut. Also geh am besten gleich hoch und rede mit ihr.«

Sie brauchte eine Minute, bis ihre Beine stark genug waren. Doch dann gelang es ihr, sich an ihm vorbeizuschleppen und die breite Treppe hinaufzusteigen. Sie atmete tief durch und klopfte an die Schlafzimmertür. Dann spitzte sie die Ohren und glaubte zu hören, wie Desiree sie mit leiser Stimme hereinbat. Zögernd öffnete sie die Tür. Desiree lag in einem rosa Pyjama quer über dem Bett auf dem Rücken. Nach einem kurzen Blick zu Violet starrte sie hinauf zur Zimmerdecke.

Unsicher betrat Violet den Raum. Ihr Herz schlug so heftig, dass sie kaum atmen konnte. Ratlos stand sie vor dem Bett. Weil ihr die Knie weich wurden, sank sie auf die Bettkante, starrte auf die offene Tür und fühlte sich wie ein Vogel im Käfig, der unbedingt fliegen wollte. Dabei hatte sie kaum genügend Kraft zum Stehen.

Schließlich streckte sie sich neben Desiree aus und klammerte sich an die Bettdecke. Die bedrückende Stille zwischen ihnen fühlte sich an wie ein lebendes, atmendes Wesen.

»Es tut mir leid …«, sagten sie beide gleichzeitig und drehten einander die Gesichter zu. Desirees Augen waren verquollen und gerötet. Dunkle Ringe ließen sie noch trauriger aussehen und sofort kamen Violet wieder die Tränen.

»Es tut mir so unendlich leid«, wiederholte sie. »Ich hätte dir sagen sollen, was ich tue und wohin ich gehe.«

Tränen glitten über Desirees Wangen. »Ich wollte immer nur Teil deines Lebens sein. Meine ganze Kindheit über habe ich jedes Jahr sehnlich auf den Sommer gewartet, damit ich dich wiedersehen konnte. Aber du bist schon damals immer davongelaufen und hast dein eigenes Ding gemacht. Als Lizza uns hierhergelockt hat, dachte ich, das hätten wir nun hinter uns gelassen. Ich dachte, ich hätte endlich eine Chance, dich kennenzulernen. Aber es hat nicht funktioniert. Warum hast du mir nicht vertraut?«

»Es hat funktioniert. Wirklich«, widersprach Violet. »Und ich vertraue dir.«

»Warum hast du dann so viel vor mir versteckt?«

»Weil ich komplett von der Rolle war. Ich habe mir verzweifelt eine enge Beziehung zu dir gewünscht. Und dann warst du plötzlich da, meine süße, kluge, gut organisierte und patente

Schwester. Bereit, zu bleiben und es mit mir zu versuchen. Aber ich wusste nicht, wie man eine echte Beziehung aufbaut. Und falls du mir nicht glaubst, wirf einen Blick in meine Vergangenheit. Ich hatte gerade den einzigen Mann verlassen, den ich je geliebt habe, und hatte nicht mal den Mumm, mich von ihm zu verabschieden.« Zittrig holte sie Atem und schaute hinauf zur Zimmerdecke. Zu sehen, wie viel Schmerz sie verursacht hatte, zerriss ihr das Herz. »In meiner Kindheit war ich immer die Neue an unzähligen unbekannten Orten, wo ich oft nicht mal die Sprache verstanden habe. Und kaum hatte ich doch mal eine Freundin gefunden, hat Lizza mich auch schon wieder weitergeschleppt, und ich musste von vorn anfangen. Irgendwann war es einfacher, gar nicht mehr zu versuchen, eine Verbindung zu jemandem aufzubauen. Wie Andre zu mir durchgedrungen ist, ist mir immer noch ein Rätsel. Aber er war wie ein Feuer in einem Brennofen. Er hat einfach nicht aufgehört, bis er ganz tief drin war. Und selbst dann habe ich noch Teile von mir, von meinem Leben, vor ihm versteckt – indem ich weggelaufen bin.«

»Ich hatte geglaubt, ich wäre auch zu dir durchgedrungen«, sagte Desiree. »Deshalb tut es ja so weh.«

»Das bist du auch. Wirklich. Ich bin es nur nicht gewohnt, jemanden an dem teilhaben zu lassen, was ich so tue. Bei unseren Reisen ist Lizza oft für Stunden abgetaucht. Schon als ich neun war, hat sie mich manchmal den ganzen Tag allein gelassen.« Sie drehte sich wieder zu Desiree. »Ich hab dich unglaublich lieb. Aber das macht mir auch Angst. Und so gerne ich hier bei dir bin, es war immer ein zweischneidiges Schwert. Mir am Cape ein Leben aufzubauen, war ein Stück weit auch ein Vorwand, Andre samt seinem Heiratsantrag hinter mir lassen zu können.«

»Ich kann immer noch nicht fassen, dass du das getan hast.«

»Ich auch nicht. Ich war so dumm. Einerseits ist für mich ein Traum wahr geworden, weil ich hier bei dir sein konnte und noch dazu so etwas wie eine Familie gefunden habe. Andererseits hat mich das alles auch immer daran erinnert, wen und was ich zurückgelassen habe. Deshalb habe ich eine Fluchtmöglichkeit gebraucht, einen Rückzugsort, an dem niemand von Lizza, unserer verrückten Vergangenheit und von Andre wusste. Ich habe mir Orte gesucht, an denen ich vor meinen Erinnerungen sicher war.«

»Aber was ist mit Justin? Als wir hier losgelegt haben und sein Vater und seine Brüder Zeke und Zander aufgetaucht sind, um das Haus zu renovieren, hast du getan, als würdest du sie gar nicht kennen.«

»Das stimmt nicht. Erinnerst du dich daran, wie Zander mir zugezwinkert hat?«

»Ja, das weiß ich noch. Und du hast ihm einen bitterbösen Blick zugeworfen. Dass du ihn oder seinen Vater kennst, hast du nicht gesagt.«

»Den Blick hat er sich eingefangen, weil er mich angebaggert hat, obwohl er wusste, dass Justin ihn dafür verprügeln würde. Was hätte ich denn tun sollen? Justin hatte ich viele Jahre lang nicht gesehen und seine Brüder kannte ich nur ganz flüchtig. Ihn habe ich mit zwölf zum ersten Mal getroffen und in den Sommern haben wir zusammen am Strand herumgehangen. Aber seine Eltern habe ich nie kennengelernt, und seine Brüder waren nur irgendwelche Jungs unter vielen, die an den Stränden unterwegs waren. Hin und wieder sind sie aufgetaucht und haben Justin gesagt, es sei Zeit, nach Hause zu gehen. Aber das war's auch schon. So richtig kenne ich die Familie erst, seit du und ich uns hier niedergelassen haben.«

»Oh …« Desiree legte die Stirn in Falten. »Ich dachte, du kennst sie besser. Aber du hast mit Justin geschlafen und ihn geheim gehalten.«

»Seit meiner Rückkehr ans Cape habe ich das nur ein einziges Mal getan und es dir auch erzählt.«

»Er war der Mann, mit dem du versucht hast, dir Andre aus dem Hirn zu …« Desirees Wangen röteten sich. »Ach, du weißt schon.«

Violet nickte und lächelte über die Verlegenheit ihrer Schwester. »Bei dem einen Versuch ist es geblieben.«

»Aber Emery hat gesagt, er wäre der nackte Langschniedel-Typ gewesen.«

»Stimmt, sie hat ihn nackt gesehen. Aber da hatten wir nicht miteinander geschlafen. Er ist ein guter Freund, und als ich jemanden gebraucht habe, der mich festhält, war er da. Sein Atelier hat er mich auch benutzen lassen. Dort habe ich mich sicher gefühlt und konnte in Ruhe an meinen Skulpturen arbeiten.«

»Das ist auch etwas, was ich nicht verstehe. Du hast doch hier im Haus ein Atelier. Warum versteckst du diesen Teil deiner Kunst? Was ist daran anders als an deinen Töpferarbeiten und Batiken?«

Violet erzählte ihr, wie Andre ihr das Modellieren beigebracht hatte, und wie sie über ihre gemeinsame Liebe zur Kunst in die tiefste Verbindung gefunden hatten, die sie sich vorstellen konnte. Sie gab sogar zu, dass sie in den drei Monaten mit ihm in Ghana nur ein einziges Mal mit ihm geschlafen hatte.

Desiree fiel die Kinnlade herunter. »Und mich hast du gedrängt, mit Rick ins Bett zu gehen, obwohl ich ihn gerade erst getroffen hatte.«

»Na ja, du hast es gebraucht. Und ich habe dich nicht gedrängt, einen Mann zu vögeln, sondern dazu, mit ihm Liebe zu machen. Denn seit Andre kenne ich den Unterschied. Du wusstest schon immer, wie bedeutungsvoll Sex sein kann. Für dich war das von Anfang an etwas Besonderes und irgendwie heilig. Für mich dagegen war Sex vor allem eine Möglichkeit, Dampf abzulassen. Bis ich Andre kennengelernt habe. Und, Des, lange bevor wir es schließlich getan haben, hat er so gute tiefe Gefühle in mir geweckt, dass ich meine Härte und Kaltschnäuzigkeit verloren habe. Ganz und gar. Ich bin wie du geworden. Weich und weiblich. Nicht dass das etwas Schlechtes wäre. Du weißt, ich liebe und bewundere dich. Aber mir hat das eine Heidenangst gemacht. Zum ersten Mal im Leben habe ich den Unterschied gespürt: Wie anders alles ist, wenn man einen Mann zutiefst liebt und nicht nur zum Spaß mit ihm ins Bett geht. Ich habe von Anfang an geahnt, dass mit Andre Liebe zu machen meine Seele berühren würde. Und genau so war es. Dann hat dieser Idiot mir einen Antrag gemacht und den Rest kennst du.« Sie hielt inne. Ihr war, als wäre ihr ein Felsblock vom Herzen gefallen. »Aber keine Sorge, inzwischen haben wir alles nachgeholt, was wir in den drei Monaten verpasst haben.«

Desiree lächelte. »Bitte keine Details.«

»Er hat mich seinen Eltern vorgestellt«, sagte Violet. »Sie waren sehr nett und lustig und haben mich akzeptiert. Sie lieben ihn so, wie Ted dich liebt. Ich glaube, mir ist noch nie ein Paar begegnet, das so lange zusammen ist und so viel Respekt und Liebe zueinander ausstrahlt. So etwas hätte ich nicht mal für möglich gehalten.«

»Aber du glaubst an Rick und mich, an Dean und Emery, an …«

»Hey, dass ich richtig ticke, habe ich nie behauptet.«

»Musst du immer so krasse Dinge sagen?«, fragte Desiree.

»Manchmal schon.« Violet lächelte. »Aber ein paar Sachen muss ich noch loswerden.«

Desiree schloss die Augen und nahm Violets Hand. »Okay. Leg los.«

Violet erzählte ihr vom Common Grounds Coffeehouse und ihren Freunden dort. »Genau wie Justins Atelier war auch das Café anfangs vor allem ein Rückzugsort. Aber Andre hat mir die Augen geöffnet. Ich glaube, ich habe mir zwei separate Welten geschaffen, für den Fall, dass ich eine verliere.«

Neue Tränen quollen aus Desirees Augen. »Das ist sehr traurig.«

»Ja, aber viel schlimmer ist, dass ich dich damit verletzt habe. Alles auf unsere Vergangenheit zu schieben, wäre zu einfach. Die Verantwortung liegt bei mir. Ich habe es selbst verkackt und kann nicht immer nur sagen, es läge daran, dass Lizza mich weggeschleift und Ted es zugelassen hat.«

Desiree drehte sich zu ihr und stützte sich auf einen Ellbogen. »Wie meinst du das, *Ted hat es zugelassen?*«

»Er hat mich ziehen lassen. Aber so war das nun mal. Ich will mich nicht mehr in der Vergangenheit verlieren, ich will versuchen, endlich nach vorn zu schauen.«

Desiree saß plötzlich kerzengerade im Bett. »Hat Lizza dir das erzählt? Dass er dich einfach hat gehen lassen?«

»Nein.«

»Gut. Denn er hat hart um dich gekämpft. Mit Anwälten und allem, doch Lizza wollte ihr Sorgerecht für dich nicht aufgeben. Dich wollten sie beide unbedingt haben. Aber diesen Rechtsstreit konnte er nicht gewinnen.«

Jetzt richtete sich auch Violet auf. Ihr war ganz schwindelig. »Woher weißt du das?«

»Ich weiß es, weil er fix und fertig war, als sie dich mitgenommen hat. Wir waren beide fix und fertig. Wie kommst du bloß auf den Gedanken, dass er kein Problem damit hatte?« Desiree verschränkte die Arme und starrte Violet düster an. »Wann immer Lizza mit dir bei uns reingeschneit ist, ist unsere Welt stehengeblieben. Er ist dann nicht zur Arbeit gegangen, hat dir Kunstsachen und Spielzeug gekauft, und sie hat dich nach ein, zwei Tagen kurzerhand wieder mitgenommen und uns beide heulend zurückgelassen.«

Obwohl ihr Tränen in den Augen brannten, spürte Violet, dass sie lächelte. »Er wollte mich behalten?«

»Ja, und ich muss zugeben, als ich klein war, war ich deshalb ein bisschen sauer auf dich.«

»Oh, Shit, Des. Das tut mir leid. So taktlos hätte ich nicht fragen sollen.«

»Schon gut. Lizza hatte ja recht, als sie meinte, ich sei bei ihm besser aufgehoben. Auf ihre Art liebt sie mich.« Desiree ließ sich aufs Bett zurückfallen. »Vielleicht sollten Rick und ich lieber noch mal genau nachdenken, bevor wir eine Familie gründen. Es ist alles so kompliziert.«

Violet legte sich neben sie. Dass Ted sie gewollt hatte, musste sie erst einmal verdauen. »Du und Rick, ihr seid stark und gefestigt. Eure Liebe ist stark und gefestigt. Und du hast Lizzas Verrücktheit nicht geerbt.«

Desiree nahm wieder ihre Hand und schüttelte den Kopf. »Du aber auch nicht. Wir sind auf unsere ganz eigene Art verrückt.«

»Es tut mir wirklich leid, Des. Ich wollte dich nie verletzen, und sicher wird es lange dauern, bis du mir wieder vertrauen kannst. Aber ich habe dazugelernt und bin jetzt auch viel stärker. Ich werde dich nicht noch einmal enttäuschen.«

»Danke. Ich liebe dich auch.« Desiree wischte sich die Augen ab. »Andre tut dir gut.«

»Du ahnst gar nicht, wie gut«, sagte Violet grinsend.

»Hey! *Davon* habe ich nicht gesprochen.«

»Ich auch nicht, aber ich zieh dich so gerne auf.« Violet lachte. »Er ist wirklich gut für mich. Er lässt nicht zu, dass ich mich verstecke. Manchmal frage ich mich wirklich, weshalb er bei seiner Ankunft hier nicht sofort auf dem Absatz kehrtgemacht hat. Aber egal, ich bin verdammt froh, dass er geblieben ist. Ein Leben ohne ihn kann ich mir nicht mehr vorstellen.«

»Ist das jetzt der Moment, in dem du mir sagst, dass du mit ihm nach Kambodscha gehst?«

»Nein. Ich meine, ich möchte schon gerne, aber ich würde dich niemals im Stich lassen. Schon gar nicht nach dem Schlamassel jetzt.«

»Heißt das, du lässt ihn einfach so abreisen?« Desiree legte die Stirn in Falten. »Was stimmt denn nicht mit dir?«

»Pass auf. Zum ersten Mal habe ich irgendwo Wurzeln und das fühlt sich gut an. Wir beide haben hier viele enge Freunde. Und Andre und ich kommen sicher klar.«

»Ach wirklich? So wie ich klargekommen bin, als Rick nach D. C. zurückgegangen ist? Weißt du nicht mehr, was du damals zu mir gesagt hast? Du hast mir erklärt, ohne dich könnte ich leben, schließlich sei ich daran gewöhnt. Aber ohne ihn könnte ich das nicht. Und so war es auch. Du bist der Grund, weshalb ich ihm gefolgt bin. Du hast mir versichert, ganz gleich, was passieren würde, wir blieben Schwestern, und du wärst immer für mich da.«

»Ich erinnere mich gut.« Ohne Rick war Desiree ein verzweifeltes Häufchen Elend gewesen.

»Bei anderen siehst du immer sofort, was für sie richtig ist. Und du nimmst dann auch kein Blatt vor den Mund. Jetzt bist du mal an der Reihe, Vi. Du liebst Andre, und wenn ich mir deinen jämmerlichen Arsch so ansehe …« Bei dem deftigen Ausdruck überzog ein rosa Hauch Desirees Wangen. »… wirst du ohne ihn eben *nicht* klarkommen.« Sie rückte so nahe, dass sie Nase an Nase lagen, tastete nach dem Anhänger, den Violet ihr geschenkt hatte, und hielt ihn ihr hin. »Das sind wir. Die Ringe symbolisieren unendliche Kraft, Schutz und Einheit. Sie sind beweglich, aber trotzdem für alle Zeit verbunden. Ganz gleich, wo wir gerade sind, wir sind nie wirklich getrennt.«

»Ja, genau. Trotzdem weiß ich nicht, ob ich gehen kann.«

»Wenn du es nicht tust, wird ein großes Stück deines Herzens Tausende Meilen weit entfernt sein. Nur weil du jetzt Wurzeln hast, musst du ja nicht für immer hierbleiben. Schwestern könnten jederzeit umziehen und Freunde auch. Sie fangen ein neues Leben an, gründen irgendwo eine Familie oder reisen. Wir haben einander gefunden und ich werde immer für dich da sein«, versicherte ihr Desiree. »So wie alle von uns. Ganz gleich, wohin das Leben uns führt, wir bleiben füreinander, was wir jetzt sind.«

»Aber die Pension …«

»Ich kann jemanden einstellen, der mir hilft. Genau wie du es angeboten hast, als ich hinter Rick hergereist bin. Du hast Angst, dass nichts mehr sein wird, wie es war, wenn du jetzt gehst. Aber wir sind keine kleinen Mädchen mehr, die von ihrer Mutter auseinandergerissen werden. Zwischen uns gibt es jetzt ein festes Band. Also beweg deinen tätowierten Arsch mitsamt deiner krassen Sprache jetzt aus diesem Schlafzimmer und sag deinem Kerl, dass du mit ihm gehst.«

Violet stemmte sich lachend aus dem Bett und zog Desiree ebenfalls hoch. »Du hast heute gleich zweimal *Arsch* gesagt.«

»Siehst du? Du musst dringend hier weg, sonst höre ich

mich bald an wie ein betrunkener Matrose.«

»Danke, dass du mich nicht hasst.« Violet legte die Arme um Desiree und drückte sie an sich.

Desiree hielt sie ganz fest. »Du umarmst mich! Fangen die Schweine jetzt an zu fliegen? Ist heute schon Weihnachten?«

»Halt die Klappe.« Violet ließ ihre Schwester los. »Ich brauche deine Hilfe.«

»Wenn du glaubst, ich erzähle jetzt allen unseren Freundinnen und Freunden von deinem geheimen Doppelleben, hast du dich geschnitten. Das machst du hübsch selbst. Und stell dich schon mal darauf ein, dass du mächtig Ärger kriegst.«

»Schon klar, aber das meine ich nicht. Könntest du den Tag heute mit mir verbringen?«

»Den ganzen Tag? Das haben wir noch nie gemacht.«

»Zieh dich an, bevor ich es mir anders überlege.«

»Ich hatte eine harte Nacht. Ich muss erst noch duschen.« Desiree nahm ein Paar Jeans aus einer Schublade.

Violet grinste. »Wilder Sex trotz unseres Streits? Dein Kerl ist wirklich einsame Spitze.«

»Nein! Herrje.« Desiree sammelte noch ein paar Kleider zusammen. »Aber wo wir gerade davon sprechen: Wie findet Andre eigentlich unseren Sexshop? Nein, Moment. Sag es mir nicht. Ich will es nicht wissen.«

»Ich bin noch gar nicht dazu gekommen, ihm den zu zeigen. Aber jetzt, wo du es sagst …«

»Du meine Güte. Soll ich die Nachbarn warnen? Ohrstöpsel verteilen?« Desiree machte sich auf den Weg zum Badezimmer. »Und nur, damit du es weißt: Auf dein Motorrad steige ich nicht.«

»Mein Tag, meine Regeln.«

Desiree lächelte. »Das ist die sture Schwester, die ich kenne und liebe.«

Achtzehn

Um Punkt sieben Uhr abends saß Andre an einem der hinteren Tische im Common Grounds Coffeehouse, verschlang angespannt die Hände ineinander und versuchte, nicht vom Schlimmsten auszugehen. Dass Violet und Desiree den Tag zusammen verbracht hatten, freute ihn für die beiden. Aber außer der Textnachricht, in der Violet ihn gebeten hatte, um sieben im Café zu sein, hatte er heute nichts von ihr gehört.

»Was kann ich dir zu trinken bringen, Großer?« Gabe legte ihm die Speisekarte hin, dann versuchte sie, ein paar ihrer widerspenstigen roten Strähnen zu zähmen, die sich aus der Spange in ihrem Nacken gelöst hatten.

»Ich nehme einen Ingwer Chai, danke.«

»Ein *Violet Spezial*. Kommt sofort.« Sie zwinkerte ihm zu und machte sich auf den Weg zur Theke.

Die Tür ging auf, und Andre schaute hoffnungsvoll hinüber, sah aber nur Steph, Dwayne und Cory Elliott am Eingang High Fives geben. Elliott zeigte auf ihn, und er winkte, obwohl er gern erst einmal fünf Minuten mit Violet allein gewesen wäre. Steph steuerte mit einem besorgten Gesichtsausdruck auf ihn zu. Sie drehte an den Enden ihres Haars, in dem heute Strähnen in kräftigem Blau leuchteten. Cory folgte ihr mit einem entspannten Lächeln, Dwayne unterhielt sich noch einen Augenblick mit Elliott, dann kam er hinterher.

»Hey, Kumpel.« Mit einer schwungvollen Kopfbewegung warf sich Cory die Fransen aus den Augen, die wie immer sofort wieder zurückfielen. »Ist hier noch frei? Vi hat geschrieben, wir sollen herkommen.«

Tatsächlich? »Ja, klar. Setzt euch.«

»In ihrer Textnachricht steht, dass sie uns heute Abend braucht«, erklärte Steph. »Ich dachte, du hättest vielleicht schon früher weggemusst und wir müssten sie ein bisschen aufheitern. Aber sie meinte, du würdest erst am kommenden Wochenende abreisen.«

»Gebt ihr vielleicht eure Verlobung bekannt?«, fragte Dwayne und ließ sich neben Cory nieder. »In dem Fall wüsste ich nämlich gern, welche Drogen du der Frau verabreicht hast, damit sie Ja sagt.«

Alle außer Andre lachten.

»Nein, die Art Bekanntmachung ist definitiv nicht geplant. Ich habe keine Ahnung, warum sie euch herbestellt hat. Sie und ihre Schwester hatten gestern ziemlich viel Stress miteinander. Aber ich glaube, heute haben sie sich wieder versöhnt. Jedenfalls haben sie den ganzen Tag zusammen verbracht. Vielleicht ist irgendwas schiefgegangen und sie braucht Hilfe.« Falls das der Fall war, tat das höllisch weh. War es nicht eigentlich seine Aufgabe, sie zu unterstützen?

Gabe brachte ihm den Chai und nahm die Bestellungen der anderen auf, während er den Eingang im Blick behielt und sich wünschte, Violet würde endlich kommen. Der männliche Torso, den sie geschaffen und den er dem Café gespendet hatte, stand auf einem Tisch in der Nähe der Tür. Hatte sie Desiree auch von diesem Teil ihres Lebens erzählt?

Verdammt, er hoffte, dass die Sache zwischen den beiden nicht aus dem Ruder gelaufen war.

Violet und er konnten auch mit einer Fernbeziehung klarkommen, selbst wenn sich jeder Tag ohne sie wie ein Jahr anfühlen würde. Aber nicht bei ihr zu sein, wenn sie Probleme mit Desiree hatte? Zu wissen, dass sie verzweifelt war oder sich mit Ängsten quälte? Das war pure Folter.

Wieder schaute er hoffnungsvoll zur Tür, die gerade aufging, doch diesmal spazierte Justin herein. Elliott zeigte zu Andre hinüber und schon erschienen auch Rowan und Joni. *Fuck.* Hier stimmte definitiv etwas nicht.

»Wie läuft's, Kumpel?« Justin legte Andre eine Hand auf die Schulter und nickte den anderen zu.

»Hat Vi dir geschrieben, du sollst kommen?«, fragte Dwayne.

»Ja. Warum? Euch etwa auch?«

Alle am Tisch nickten und bejahten. Gleichzeitig kam Joni angerannt, lächelte strahlend und rief: »Hi, Jelly Beans!«

Alle begrüßten sie mit lustigen Namen, Rowan schnappte sie und setzte sich mit ihr auf dem Schoß an den Tisch.

Justin nahm den Stuhl neben Dwayne. »Was ist eigentlich los? Vi hat nur geschrieben, sie braucht mich, und ich soll mich zu Andre setzen, wenn ich hier bin.«

Andre hob die Hände. »Ich habe keine Ahnung. Mir hat sie geschrieben, ich soll um sieben im Coffeehouse sein. Dass sie euch alle auch hier haben möchte, habe ich nicht gewusst.«

Jetzt betrat eine größere Gruppe das Café. Außer Desiree und Rick waren auch Drake, Serena, Dean und Emery gekommen. Rick sprach mit Elliott, der Rod zu sich winkte und auf Andre und die anderen zeigte. Während Rod auf sie zusteuerte, kam Mira mit der kleinen Holly auf dem Arm durch die Tür – dicht gefolgt von Matt, der Hagen an der Hand führte. Alle schauten zu Andre, der langsam gar nichts mehr verstand.

»Moment, ich helfe euch«, sagte Rod und schob einen zweiten Tisch zu ihrem. »Elliott sagt, Vi möchte, dass alle zusammensitzen. Sieht aus, als bräuchten wir hier noch ein paar Tische.«

Die Männer halfen ihm, weitere Tische heranzuschaffen, und Andre hörte Justin sagen: »Gavin, Chloe und Daphne sind gerade gekommen. Und, Mann, Daphne hat ein Baby.«

»Ja, ein kleines Mädchen. Hadley.« Andre schaute zu, wie Violets andere Freunde näherkamen. Desiree lächelte zwar, kaute aber gleichzeitig nervös auf ihrer Unterlippe. Rick hatte den Arm fest um sie gelegt.

»Daddy! Wer sind denn die alle?«, fragte Joni laut. Rowan flüsterte ihr etwas zu, und Joni sagte: »Sie hat aber viele Freunde!«

Andre stand auf, um Desiree zu begrüßen. »Ich dachte, du bist mit Vi unterwegs.«

»Das war ich. Aber das ist schon ein paar Stunden her. Sie musste noch irgendetwas erledigen.« Desiree beugte sich näher. »Ist das der Rückzugsort, von dem sie mir erzählt hat? Sind das alles ihre anderen Freunde? Sind sie nett?«

Andre nickte. »Ja, sehr. Aber was ist mit dir und Vi? Ist alles in Ordnung? Weißt du, weshalb sie uns hier haben will?«

»Zwischen ihr und mir ist alles mehr als in Ordnung. Aber ich habe keine Ahnung, warum wir hier sind«, antwortete Desiree. »Sie hat jedem von uns separat geschrieben.«

»Rück rüber, Kumpel«, sagte Dwayne zu Justin. Dann deutete er auf die freien Stühle zwischen ihnen. »Single-Frauen hierher, bitte.«

»Er meint uns, Daphne!« Chloe sicherte sich den Stuhl neben Justin.

Gavin setzte sich zwischen Daphne und Steph. »Und was ist mit Männern ohne Anschluss? Gibt es für die hier auch einen Platz?«

»Aber hallo, natürlich.« Steph packte ihn am Shirt, beugte sich näher und sagte: »Ich bin Steph und du riechst fantastisch.«

Alle suchten sich Plätze und stellten sich einander vor. Rod ging auf die Bühne und griff zur Gitarre. Während die anderen es sich bequem machten, sorgte Hagen mit Geschichten von seinen ersten Schulwochen für Unterhaltung. Gabe brachte einen Hochstuhl für Hadley und nahm die Bestellungen auf.

»Du weißt also auch nicht, warum wir alle hier sind?«, fragte Desiree Andre und machte eine ausholende Geste. »Dass Violet sich hier wohlfühlt, kann ich mir vorstellen. Sie hat mir vom Coffeehouse und ihren Freunden hier erzählt. Unglaublich, dass sie so lange eine Art Doppelleben geführt hat. Heute hat sie mich mit ins Krankenhaus genommen und mir einige der Kinder vorgestellt, mit denen sie dort arbeitet. Und Justins Atelier hat sie mir auch gezeigt – samt der wunderschönen Skulptur, die ihr für Erins Eltern gemacht habt.«

»Ihr habt die Zeit gut genutzt«, sagte Andre. »Tut mir leid, dass es gestern für euch beide so hart war. Aber Violet liebt dich sehr. Dich und alle eure Freunde.«

Desiree legte ihre Hand auf seinen Arm. »Du musst mir nichts erklären. Sie hat mir alles erzählt. Es ist gut, dass sie diesen Zufluchtsort hatte. Und ich bin froh, dass sie dich hat.«

»Was habt ihr beide heute denn sonst noch angestellt?« *Und warum habe ich nichts von ihr gehört?*

Desirees Wangen röteten sich. Sie drehte den anderen den Rücken zu und zog den Ausschnitt ihres Pullis zur Seite.

Darunter kam ein herzförmiges Tattoo zum Vorschein, halb Orange, halb Lila. »Violet hat auch so eins über dem Herzen. Orange ist meine Lieblingsfarbe und das Lila steht natürlich für sie. Die Idee mit dem Schwestern-Tattoo ist von mir, und Violet meinte, wir sollten uns eines stechen lassen, das an Lizzas Tattoo erinnert.«

Andre war überrascht. Doch auch damit, dass Violet Desiree das Atelier zeigte und sie mit zu den Kindern nahm, hatte er nicht gerechnet. Bei einem Blick in die Runde fragte er sich, was sie sonst noch aus dem Hut zaubern würde.

Rick beugte sich zu ihnen. »Meine Frau ist eine ziemlich coole Braut«, sagte er stolz.

»Im Grund ist es nur logisch, mit den Tattoos auch unsere Verbundenheit mit Lizza zu zeigen«, sagte Desiree. »Einerseits hat sie uns das Leben schwergemacht, andererseits wissen wir ja nicht, was passiert wäre, wenn sie Vi nicht mitgenommen hätte. Außerdem hat sie dafür gesorgt, dass wir uns wiedergefunden haben und Rick und ich zusammengekommen sind. Und dich und Violet hat sie auch wieder zusammengebracht. Trotz all ihrer Verrücktheiten bleibt sie doch unsere Mutter und wir lieben sie. Nur so werden wie sie, das wollen wir nicht.«

Gabe brachte die Getränke und nahm Essensbestellungen auf. Andre hätte Desiree gern gefragt, ob Violet mit ihr über Kambodscha gesprochen hatte. Aber er vermutete, dass Desiree ihm dann bereits etwas davon gesagt hätte.

Als Gabe ihren Stift sinken ließ, fragte er sie, ob sie etwas von Violet gehört hätte. »Langsam mache ich mir ein bisschen Sorgen um sie.«

Gabe lächelte. »Wir sprechen hier von Violet. Wer schlau ist, legt sich nicht mit ihr an. Und hier wird sie auftauchen, wenn sie so weit ist.«

Kaum hatte Gabe zu Ende gesprochen, ließ Rod die Gitarre sinken, und Andre blickte gerade rechtzeitig auf, um zu sehen, wie Violet von der Küche in den Gastraum spazierte. In einem knallroten Lederminirock, dessen Reißverschluss vorn vom Bund bis zum Saum reichte. Ihr tief ausgeschnittenes schwarzes Shirt war ihr von einer Schulter gerutscht. Auf der Brust standen in Weiß die Worte *Tochter, Schwester, Freundin, Geliebte.* Jedes Wort war knallrot durchgestrichen und darunter prangte in fetten roten Großbuchstaben *Badass Bitch.* Ihre ledernen Motorradstiefel knallten bei jedem Schritt laut auf den Boden, ihre sexy grünen Augen fixierten Andre, während sie direkt zum Mikrofon schritt.

»Oh mein Gott! Sie trägt Rot!«, rief Emery. »Hat irgendwer sie schon mal in Rot gesehen?«

Während die anderen einander Kommentare über Violets Outfit zuflüsterten, wurde Andres Herz immer voller. Violet stemmte eine Hand in ihre vorgeschobene Hüfte und alle verstummten.

»Guten Abend, Leute«, sagte sie mit dem Selbstbewusstsein einer Frau ohne Furcht.

Alle antworteten gleichzeitig und sie blickte nickend in die Runde. Dann verengten sich ihre einzigartigen grünen Augen. »Danke fürs Kommen.«

Sie sah zu Elliott hinüber, der die Daumen hob, und ihr Gesichtsausdruck wurde weicher. Dann ließ sie die Hand von der Hüfte fallen, schaute zu den Tischen und drehte unwillkürlich den linken Fuß nach innen. Andres Brust zog sich zusammen. Er wollte zu ihr laufen, ihr Fels sein, ihr allergrößter Fan. Doch er wusste, dass sein starkes, verletzliches, kreatives Mädchen mit dem Herzen aus Gold nicht nur ihn allein brauchte, sondern die Unterstützung aller, die anwesend waren.

Jeden hier brauchte sie auf unterschiedliche Art, jedem gehörte ein Stück ihres Herzens. Diese Menschen hatten ihr geholfen, zu der wunderbaren Frau zu werden, die sie jetzt war, und er wollte ihren Anteil nicht schmälern.

Violet räusperte sich und begann. »Sicher kennt ihr alle das Gequatsche von wegen, *die Liebe ist geduldig und freundlich?* Nun ja, wer mit Lizza Vancroft aufwächst, bekommt einen anderen Blick auf die Liebe und lernt zum Beispiel, dass man mit der Liebe großzügig umgeht und Kinder instinktiv wissen sollten, dass sie geliebt werden. Auch ohne, dass ihre Eltern ihnen das beweisen. Und Freundlichkeit? Die ist nicht für die Familie reserviert. Im Gegenteil, das engste Umfeld kriegt oft am wenigsten davon ab. Freundlichkeit wird umhergeworfen wie Konfetti, und wer Glück hat, auf den rieselt etwas davon herab. Verkehrt ist das alles sicher nicht, nur für ein Kind manchmal schwer zu begreifen.«

Sie schaute zu Andre und ihm rutschte der Magen zwischen die Knie. Sie würde nicht mit nach Kambodscha kommen. Er sah es an ihrem entschuldigenden Blick. Er holte tief Luft, sagte sich, das wäre kein Problem. Solange er immer wieder zu ihr nach Hause kommen konnte, war für sie beide kein Hindernis zu groß.

»Eine der härtesten Lektionen, die ich dank meiner durchgeknallten Mutter gelernt habe, war allerdings, dass wir manchmal gerade diejenigen zurücklassen, die wir am meisten lieben.« Sie schaute Desiree an, die sich an Ricks Hand klammerte. Dann berührte sie den Anhänger an ihrer Halskette und lächelte. Der Blick aus ihren schönen Augen fand zurück zu Andre. Eine Sekunde lang blieb er an ihm hängen, bevor er zu den anderen driftete. »Als ich hier am Cape angekommen bin, war ich zerbrochen – genau wie mein Herz. Abgesehen von

Justin …« Sie lächelte ihn an. »… hatte ich nie irgendwo länger einen richtigen Freund. Aber Justin war immer für mich da, hat mir in den Hintern getreten und mir die Wahrheit um die Ohren geschlagen, wenn es nötig war.« Sie schaute wieder zu Desiree. »Doch dann hat meine Schwester mir gezeigt, dass ich in ihr schon immer eine Freundin hatte. Ich wusste es nur nicht. Des, dank dir kenne ich jetzt das Gefühl bedingungsloser Liebe. Und was noch wichtiger ist – wie es ist, von einem Familienmitglied bedingungslos geliebt zu werden.«

Desirees Unterlippe zitterte, Tränen glitten über ihre Wangen.

Violet hob das Kinn und straffte die Schultern. »Keine Angst, ich habe euch nicht hergebeten, um hier eine Mitleidsnummer abzuziehen. Jede und jeder einzelne von euch hat mir schon hundert Mal gezeigt, was Freundschaft ist. Steph, wir haben über unsere Familien gelacht und geweint.«

»Sie hat Violet *weinen* sehen?«, flüsterte Serena.

»Pssst.« Emery funkelte sie an.

»Ja, stell dir vor, ich kann weinen«, sagte Violet sarkastisch. »Außerdem helfe ich ehrenamtlich bei der Kunsttherapie mit Kindern und mache Skulpturen. So, jetzt ist es raus.« Bevor das verwirrte Gemurmel ihrer Freunde zu laut werden konnte, fuhr sie fort. »Rowan, du hast mir dieses großartige Café gezeigt, und Gabe, Rod, Elliott und die ganze Gang hier: Ihr habt meinen jämmerlichen Arsch, meine bissigen Kommentare und meine Ecken und Kanten mit offenen Armen aufgenommen. Wir hatten wunderbare Zeiten hier, und ich wusste immer, wenn ich etwas brauche, kann ich mich auf euch verlassen.«

»Jederzeit, Sugar«, rief Rowan.

»Mira, du bist die Stimme der Vernunft. Dich zusammen mit deinen Kindern, mit deinen Brüdern Dean und Rick und mit der Tratschtruppe zu erleben, hat mir vor Augen geführt, wie eine Mutter, eine Schwester und Freundin sein sollte.« Violet hielt inne und schluckte. »Jungs, ihr wisst alle, was ihr mir bedeutet.« Sie hob die Schultern, um ihre Lippen spielte ein kleines Lächeln. »Ihr seid die Brüder, die ich nie hatte. Emery, Serena, Daphne und Chloe, ihr macht mich wahnsinnig mit eurem Geschnatter und Gekicher, aber um die letzten zwei Jahre zu überstehen, habe ich jede Einzelne von euch gebraucht. Ihr habt mir einen Grund gegeben, meinen Hintern an den Frühstückstisch zu schleppen und euch die Hölle heiß zu machen.«

»Hey, da ist sie ja wieder, unsere altbekannte Violet«, stellte Serena fest.

»Wir lieben dich auch, Vi!«, rief Emery.

Violet umfasste den Mikrofonständer, als bräuchte sie eine Stütze. »Ich hoffe, ihr wisst alle, wie furchtbar lieb ich euch habe. Richtig gut kann ich das oft nicht zeigen, umso dankbarer bin ich, dass ihr mir das verzeiht. Aber ich lerne dazu. Oder versuche es zumindest.«

Wieder warf sie Andre einen innigen Blick zu, und er wappnete sich innerlich für das, was nun unvermeidlich kommen musste. Unter dem Tisch drückte er die Finger in seine Oberschenkel, biss die Zähne zusammen und schwor sich, es Violet nicht noch schwerer zu machen.

»Um noch mal darauf zurückzukommen, was unsere Eltern uns über die Liebe beibringen sollten«, sagte sie. »Erst ein Mann, den ich am anderen Ende der Welt kennengelernt habe, hat mir gezeigt, was lieben und geliebt werden wirklich bedeutet.« Sie schaute zu Boden und schwieg. Während sich die Stille ausdehnte, drehte sie die linke Stiefelspitze weiter nach innen. Als sie den Kopf wieder hob, lag in dem Blick, den sie

Andre zuwarf, so viel Liebe, so viel Vertrauen, dass ihm die Kehle eng wurde. »Und fuck … Sorry, Joni! … Seine Liebe war so tief und echt, dass ich die Hosen bald gestrichen voll hatte.«

Joni kicherte. »Das Wort sagt sie oft.« Die anderen glucksten leise.

Violet lächelte. »Ich hatte Angst, was passieren würde, wenn ich euch alle zusammenbringe. Aber Andre hat mir Kraft gegeben und mir die Augen geöffnet. Ich dachte, wenn meine Welten aufeinandertreffen, würde ich mich wieder allein fühlen. Was natürlich völliger Schwachsinn ist. Denn wie sollte das denn mit so vielen wunderbaren Freundinnen und Freunden überhaupt gehen? Gabe war so lieb, für uns heute das ganze Café zu reservieren, damit ich meine Gefühle in diesem privaten Kreis sprudeln lassen kann. Danke dafür und für tausend andere Dinge. Einen besseren Ort kann ich mir dafür nicht vorstellen.«

Violet fixierte Andre durchdringend und zärtlich zugleich. Dann ging sie auf ihn zu. Er stand auf und legte ihr den Arm um die Taille.

»Du musst es nicht aussprechen, Babe«, sagte er leise.

»Oh doch, das muss ich. Du hast mir gezeigt, dass Liebe tatsächlich geduldig und freundlich ist. Sogar als ich dich verlassen habe, hast du mich weiter geliebt. Meine Liebe zu meinen Freundinnen und Freunden macht dich nicht eifersüchtig, du verstehst, dass ich die Wurzeln, die ich endlich schlagen durfte, am Leben erhalten muss. Aber das Wichtigste, was ich von dir, Desiree und so vielen von euch gelernt habe, ist: Selbst wenn man weggeht, bedeutet das nicht, dass man einen geliebten Menschen vergisst oder dass die Liebe verschwindet.« Mit Tränen in den Augen lächelte sie Andre an. »Deshalb habe ich beschlossen, am nächsten Wochenende mit dir zu kommen. Und wenn du willst, begleite ich dich auch bei allen zukünftigen Abenteuern. Du bist der einzige Mann, den ich je geliebt habe, und …«

»Dem Himmel sei Dank!« Er riss sie an sich und drückte den Mund auf ihren. Applaus und fröhliches Gejohle brandeten auf. »Ich liebe dich, Daisy. Das war immer so und wird immer so bleiben.«

»Wer zum Teufel ist *Daisy*?«, rief Emery. »Spricht er von Vi? Oh mein Gott! *Daisy!*« Sie prustete los.

Violet löste sich von Andre und funkelte sie an. »Nenn mich so und stirb.«

Alle lachten außer Violet und Andre, die zu sehr damit beschäftigt waren, ihre Liebe und ihre Zukunft mit Küssen zu besiegeln.

Später an diesem Abend, nachdem sie unzählige Male Daisy genannt worden war, viel zu viel Pizza gegessen hatte und endlich wieder atmen konnte, saß Violet neben Andre und schaute zu, wie sich ihre Welten vermischten. Gavin, Daphne, Chloe, Justin, Dwayne und Cory unterhielten sich angeregt. Dean spielte auf Rods Gitarre, Steph und Emery sangen dazu. Desiree hatte Joni auf dem Schoß und plauderte mit Rod, Gabe, Matt und Mira, die gerade Holly stillte. Ein paar Plätze weiter versuchten Hagen, Drake und Rick Rowan zu einem gemeinsamen Angelausflug zu überreden. Hadley saß stoisch auf Rowans Schoß und zupfte an seinem Bart. Nicht einmal er konnte ihr ein Lächeln entlocken. Elliott wanderte von einer Gruppe zur anderen und knüpfte neue Kontakte.

Nach einem zärtlichen Kuss neben Violets Ohr flüsterte

Andre: »Ich kann gar nicht glauben, dass du jetzt allen hier alle deine Geheimnisse verraten hast.«

»Das habe ich nicht. Ich habe nur von Skulpturen gesprochen. Aber Des und den anderen von den Torsos zu erzählen, habe ich nicht fertiggebracht. Das fühlt sich immer noch zu persönlich an.«

»Gut.« Er küsste sie noch einmal.

»Und ich habe noch ein Geheimnis. Vielleicht wartet zu Hause ein sexy Krankenschwesternkostüm auf uns beide«, flüsterte sie.

»Verdammt, Baby.« Seine schönen Augen verdunkelten sich. »Jetzt werde ich den ganzen Abend hart sein.«

Er zog ihr Gesicht zu sich und verpasste ihr einen absolut himmlischen Kuss.

»Als Desiree gesagt hat, du wärst schon vor ein paar Stunden alleine losgezogen, dachte ich, du hättest beschlossen, nicht mit mir zu kommen. Ich dachte, du bräuchtest Zeit, dir zu überlegen, wie zum Teufel du mir das beibringen sollst.«

»Oh Shit! Fast hätte ich es vergessen.« Sie sprang auf, beugte sich zu ihm und sagte: »Alle hier sind mir sehr wichtig. Aber du bist die Liebe meines Lebens, und den Fehler, dich zu verlassen, werde ich kein zweites Mal machen.« Sie gab ihm einen braven Kuss. »Bin gleich zurück.«

Sie schnappte sich Elliott und verschwand mit ihm Richtung Küche.

»Ich habe die ganze Zeit auf das Zeichen von dir gewartet«, sagte er, während sie gemeinsam Brombeeren auf die fünflagigen herzförmigen Blätterteigkunstwerke legten, die sie am Nachmittag gemeinsam gebacken hatten. Zwischen jeder der drei duftigen Teigschichten gab es eine Schicht Sahne, und das ganze Gebilde war mit Puderzucker bestreut. Die Herzen dufteten köstlich.

»Tut mir leid, ich war so abgelenkt und hätte unsere süße Überraschung fast vergessen, El. Tausend Dank, dass du mir geholfen hast. Kochen und Backen sind so gar nicht mein Ding.«

Elliott lächelte. »Ich bin dein Freund. Ich mache gerne was für dich.«

»Danke. Du weißt gar nicht, wie viel mir das bedeutet.«

Während sie die letzten Beeren auf die Herzen legten, schoss Violet durch den Kopf, dass sie bald aufbrechen und Elliott lange nicht mehr sehen würde. Wie der Rest seiner Familie hatte er die besondere Gabe, in jedem Menschen das Beste zu erkennen, und, wie sie hoffte, zum Vorschein zu bringen. Überwältigt von ihren Gefühlen sagte sie: »Ich glaube, ich muss dich umarmen.«

Elliotts Augen weiteten sich. »Du hast doch gesagt, so was machst du nicht.«

»Ja, stimmt. Aber das war damals, als wir uns ganz frisch kennengelernt hatten. Und ich gehe bald für ein paar Monate weg. Ich glaube, jetzt bin ich so weit.« Sie breitete die Arme aus und Elliott drückte sie so fest, dass sie nach Luft schnappte. »Okay! Okay!«

»Sorry«, sagte er verlegen und lockerte seinen Griff ein wenig. »Du gehst bald fort und ich brauche einen Vorrat.«

Gerade in dem Moment, als er sie losließ, kam Gabe in die Küche. »Holla! War das eine Umarmung? Ich will auch eine.« Sie zog Violet an sich. »Du wirst mir fehlen. Du gehörst längst zur Familie.«

»Ihr werdet mir auch fehlen.« Zum tausendsten Mal seit etwa einem Monat stiegen Violet Tränen in die Augen, und sie räusperte sich, um sich wieder zu fangen. »Okay, Kleiner. Bist du bereit?«

»Und wie!« Elliott nahm das Tablett. »Andre wird staunen!«

»Ich bringe die Teller.« Gabe folgte ihnen aus der Küche.

Sie stellten das süße Gebäck auf den Tisch und alle scharten sich um die Herzen.

»Oh, wow! Die sehen verführerisch aus.« Serena schnappte sich eines.

Emery drängte sich dazu, griff um Serena herum und nahm sich ein Herz. »Lecker!«

Violet warf ihnen einen düsteren Blick zu. Eigentlich hatte sie Andre das erste geben wollen. Doch sie hielt sich zurück und ließ ihre Freundinnen machen.

»Die sind wie Haie«, stellte Elliott trocken fest.

Violet lachte. »Wir nennen sie Aasgeier.«

»Hey! Wir sind viel hübscher als Geier«, widersprach Serena. »Wir sind …«

Emery leckte sich die Finger ab. »Vergiss es, Serena. Wir sind *heiße* Geier. Chloe, Daphne! Die Dinger müsst ihr probieren!«

»Zähl lieber deine Finger nach«, frotzelte Drake.

Daphne steckte Hadley ein winziges Stück Blätterteig in den Mund und ihr kleines Mädchen lächelte. »Wer die Herzen gemacht hat, muss bei mir einziehen! Sie bringen Hadley zum Lächeln!«

»Ich und Violet haben sie gemacht«, erklärte Elliott. »Aber ich ziehe nicht um.«

Alle schauten Violet an, die sich jetzt ebenfalls ein Blätterteigherz nahm. »Was ist? Von mir war bloß die Idee. Elliott hat fast alles allein gemacht.«

Gabe gab ihr einen Teller. »Lasst euch von Violet nichts erzählen. Sie und Elliott haben stundenlang in der Küche gestanden.«

Andre zog Violet auf seinen Schoß. »Du hast gebacken? Und du lächelst.«

»Ja. Ich werde diese verrückten Hühner vermissen«, sagte sie und stellte ihren Teller auf den Tisch. Dann legte sie die Arme um seinen Hals. Sie war unendlich glücklich und konnte es kaum fassen. »Gebacken habe ich für dich. Leider konntest du Abby nicht überreden, einen Donut nach uns zu benennen, aber mich hast du komplett überzeugt. Diese leckeren kleinen Dinger taufe ich *Wandernde Herzen*.«

Ein kollektives schwärmerisches Seufzen bewies, dass alle mitgehört hatten.

»Sie sind ein bisschen wie Violet«, erklärte Elliott. »Außen hart, innen weich und süß!«

Alle lachten und Violet lachte mit, bis Andres liebevoller Blick ihr die Stimme stahl. »Du bist perfekt, Daisy. Innen und außen«, sagte er und stahl damit auch ihr Herz.

Epilog

Noch einmal versuchte Andre, Desiree und ihre Freunde vom Summer House per Videoanruf zu erreichen. Weihnachten stand vor der Tür und er und Violet waren bereits seit zweieinhalb Monaten in Kambodscha. An das Leben fernab von Luxus und Bequemlichkeit hatte sie sich sofort wieder gewöhnt. Einfach und zugleich herausfordernd, wie es war, gab es ihr neuen Schwung. Desiree und ihr Freundeskreis am Cape fehlten ihr dennoch sehr. Schon deshalb war er unendlich dankbar für die Segnungen der modernen Technik. Die Wurzeln, die Violet gefunden hatte, waren ihr heilig, und diese Frau auf so vielfältige Art aufblühen zu sehen, war einfach wunderbar.

»Jetzt klappt es, Daisy!« Mit dem Telefon in der Hand hastete er durch den Garten, wo sie zusammen mit drei Kindern auf einer Decke saß und Tiere aus Ton modellierte.

»Es funktioniert!« Desiree schaute in die Handykamera. »Hi, Andre! Wie geht's?«

»Prima. Aber Moment. Ich gebe dich lieber schnell an Vi weiter, falls die Verbindung gleich wieder abbricht.« Er drehte das Smartphone so, dass Violet ihre Schwester sehen konnte. Die drei kleinen Jungen standen auf und inspizierten das Display.

»Violet, wow!«, quietschte Desiree. »Und wer sind diese drei Süßen?«

Violet berührte die Jungen nacheinander an der Schulter und stellte sie vor. »Boran, Chann und Davany. Sie schauen gern hier bei uns vorbei, wenn wir nicht gerade bei der Arbeit sind.«

Sie wechselte zu Khmer, der Muttersprache der Jungen, und erklärte ihnen, Desiree sei ihre Schwester. Die drei legten die Hände aneinander wie zum Gebet, verbeugten sich und grüßten in ihrer Sprache. Andre und Violet gaben sich alle Mühe, Khmer zu lernen, und dank eines engelsgeduldigen Übersetzers konnten sie sich inzwischen schon ganz gut verständigen.

Emery und Serena schoben die Köpfe über Desirees Schultern und eine Sekunde später erschienen auch Chloe und Daphne hinter den beiden.

»Ach, sind die herzig«, sagte Daphne, während die Jungen auf das Telefon zeigten und so schnell drauflosredeten, dass Andre kein Wort verstand.

»Du siehst wunderbar entspannt aus«, sagte Emery. »Gefällt es dir dort immer noch so gut?«

Violet schaute zu Andre. »Ich war nie glücklicher.«

Im Moment war es hier sehr trocken, warm und staubig, und sie hatten immer viel zu tun. Doch in den Nächten, in denen es keine medizinischen Notfälle gab, sanken sie einander in die Arme, und das tägliche Chaos konnte ihnen nichts mehr anhaben. Selbst wenn sie hemmungslos übereinander herfielen und die Tiere der Nacht wachhielten, umgab sie immer ein friedliches Gefühl liebevoller Ruhe. Oft lagen sie wie damals in Ghana unter den Sternen, nur dass es diesmal noch besser war. Die Angst, was die Zukunft ihnen bringen mochte, alle belastenden Gedanken über ihre allzu unterschiedliche

Lebensweise spielten nun keine Rolle mehr. Denn auch ohne Trauschein und Ringe wussten sie, dass sie für immer zusammengehörten.

»Wie läuft es bei euch?«, fragte Violet. »Ist Des schon schwanger?«

Sofort überzog ein rosa Schimmer Desirees Wangen. »Violet!«

»Noch nicht«, antwortete Ricks tiefe Stimme. Sein Gesicht schob sich neben Desirees und blockierte die Sicht auf die anderen. »Wir haben es noch nicht ernsthaft versucht, aber das Üben macht irrsinnig viel Spaß.«

Die Jungen rannten davon zu ein paar anderen Kindern, Andre ging neben Violet in die Hocke und hielt das Telefon so, dass sie beide in die Kamera schauen konnten. »Ich nehme an, es gibt keine Klagen über das Frühstück?«

Hinter Desiree und Rick wurde gelacht und gejohlt.

Nach einer kurzen Unterhaltung sagte Rick: »Ich gebe das Telefon jetzt mal weiter. Passt gut auf euch auf, ihr zwei. Bis bald.«

Rick trat beiseite und Justin lächelte warm in die Kamera. »Hey, Babe. Andre. Wie läuft's?«

»Gut. Und bei dir so?«, fragte Violet.

Justin grinste. »Auch gut. Und was du über den Tratsch hier gesagt hast, war kein Witz. Die Mädels hier reden wirklich über *alles*.«

Violet lachte. »Was du nicht sagst. Willkommen bei den Real Housewives of Wellfleet.«

»Mach mal Platz, Kumpel.« Gavins Gesicht erschien neben Justins. »Hey Andre, Violet. Schöne Weihnachten!«

»Wünschen wir dir auch«, sagte Andre. »Wie läuft's bei dir?«

»Kann nicht klagen. Besonders seit ich endlich jemanden

habe, mit dem ich um die Häuser ziehen kann.« Gavin grinste Justin an. »Hier wabert einfach zu viel Östrogen durch die Luft.«

»Jemand sollte die Frauen am Cape warnen. Will ich irgendwelche Details wissen?«, scherzte Violet.

Justin grinste. »Ganz sicher nicht, glaub mir. Aber mir fehlt mein Lieblingsmädchen. Wenn dein Motorrad nicht mindestens jeden zweiten Abend meine Einfahrt entlangdonnert, ist es hier ziemlich einsam. Und mein Atelier fühlt sich leer an. Aber, na ja, ich werde drüber wegkommen.«

»Lange bleibt es sicher nicht so leer«, meldete sich Gavin wieder zu Wort. »Auf die mysteriöse Blondine, die angeblich in L. A. hängengeblieben ist …« Um das Wort *hängengeblieben* malte er mit den Fingern Anführungszeichen. »… und die erst im Frühjahr oder Sommer hier ankommen soll, bauen wir allerdings nicht.«

»Zum tausendsten Mal, Kumpel, Harper ist echt«, sagte Justin.

Rechtzeitig zu ihrem Abschiedsfest am Cape zu sein, war Harper leider nicht gelungen. Aber genau wie Andres Eltern hatte auch Ted zusammen mit ihnen und der Truppe aus dem Common Grounds Coffeehouse gefeiert. Ted und Violet blieben ebenfalls mit Videoanrufen in Kontakt, und mit jedem Gespräch wurde das Band zwischen ihnen enger.

»Wo sind die anderen alle?«, fragte Andre.

Emery schob die Männer aus dem Weg und sagte: »Jett ist über Weihnachten hier. Im Moment hilft er Dean und Drake drüben im Resort. Ich grüße sie von euch.« Sie beugte sich näher ans Display und flüsterte: »Ihr solltet sehen, wie sich Daphne wegen Jett besabbert. Zum Kaputtlachen, wirklich. Und schaut mal!« Sie hielt ihre Hand vor die Kamera und zeigte einen wunderschönen goldenen Ehering. »Dean und ich haben geheiratet! Wir konnten es einfach nicht erwarten und waren auf dem Standesamt!«

Violet strahlte sie an. »Gratuliere! Ich freue mich für euch.«

»Das ist fantastisch«, sagte Andre. »Wir wünschen euch alles Glück der Welt.«

»Danke.« Emery lächelte stolz in die Kamera.

Neben ihr erschien Serenas Gesicht. »Ach ja, Vi, ich kriege kaum noch meine Hosen zu. Danke, dass du uns das Coffeehouse gezeigt hast. Ich war sicher schon zehnmal dort und habe deine köstlichen Wandernden Herzen bestellt. Elliott erfindet ständig was Neues, was ich dann auch noch probieren muss. Und mit Steph und den anderen abzuhängen, macht riesigen Spaß. Oh mein Gott, und wie Dwayne absolut hemmungslos mit Daph und Chloe flirtet – einfach umwerfend.«

Andre gluckste.

»Justin!«, rief Violet und sein Gesicht rückte wieder ins Bild. »Pass bloß gut auf die Mädels auf. Du weißt, was passiert, wenn ihnen irgendwer wehtut.«

»Großer Gott, Vi. Willst du mir etwa von der anderen Seite der Welt aus drohen?«

»Verdammt gut beobachtet!«, blaffte sie.

»Okay ihr zwei«, unterbrach Desiree. »Kann ich jetzt bitte mit meiner Schwester und ihrem Liebsten sprechen?« Sie lächelte Violet an. »Ihr fehlt mir und ich hab dich so furchtbar lieb. Im März seid ihr hier, richtig?«

»Definitiv. Rechtzeitig für die Gedenkfeier für Erin«, sagte Violet. »Aber ob wir den ganzen Sommer bleiben können, wissen wir noch nicht.«

Andre arbeitete noch an der Terminplanung und versuchte,

es so einzurichten, dass sie den Sommer am Cape verbringen konnten. Perry von der Outer Cape Health Clinic wartete auch bereits auf Nachricht, ob er in der Urlaubszeit wieder aushelfen würde, aber für feste Zusagen war es noch zu früh.

»Bis März steht unsere Planung auf jeden Fall«, versicherte er.

»Steph meint, sie und eine ihrer Freundinnen können eventuell im Sommer hier einspringen«, sagte Desiree. »Gebt uns einfach Bescheid. Und, Vi, mach dir nicht zu viele Gedanken. Ich kriege das schon organisiert.«

»Sie hat jede Menge Unterstützung«, sagte Rick und küsste Desiree auf die Wange.

Das Display fror ein, die Verbindung brach ab. »Nein!« Violet seufzte. »Mist.« Sie warteten noch eine Minute, ob es vielleicht doch noch weiterging. Dann gaben sie auf und beendeten den Videoanruf.

Andre legte das Telefon auf die Decke und zog Violet in seine Arme. »Tut mir leid, Babe.«

»Schon gut. Es war schön, wenigstens kurz so viele von den Lieben zu sehen. Wenn ich früher im Ausland war, hatte ich niemanden, den ich anrufen konnte oder zu dem ich nach Hause hätte kommen können. Ich wusste nicht mal, was *nach Hause* bedeutet oder wie sich das anfühlt. Und jetzt bin ich jeden Tag mit dem Mann zusammen, den ich liebe, und habe eine Schwester und mehr Freundinnen und Freunde, als ich mir je hätte vorstellen können. Und die sind bloß einen Anruf weit entfernt.« Sie setzte sich rittlings auf seinen Schoß, ihre Augen funkelten unternehmungslustig. »Und weißt du, was ich noch habe?«

Er packte ihren Hintern. »Einen fantastischen …«

Sie drückte lächelnd die Lippen auf seine.

»Und einen wunderbaren Mund«, murmelte er zwischen zwei Küssen.

»Deiner ist auch ganz erträglich.«

Er zwickte sie mit den Zähnen in die Unterlippe und sie lachte. Der süße unbeschwerte Klang wärmte sein Herz. »Okay, was hast du noch?«

»Etwas verstanden«, sagte sie leise. »Ich weiß jetzt, was es wirklich bedeutet, irgendwo *daheim* zu sein. Es geht nicht darum, wo ich meine Kindheit verbracht oder wie viele Jahre ich irgendwo gelebt habe. Es ist ein Gefühl von Sicherheit und Geborgenheit, von bedingungsloser Liebe. Und solange du bei mir bist, bin ich immer *daheim*.«

Lust auf weitere Bayside-Geschichten?

Nach einer Pechsträhne trifft Harper zufällig wieder auf den Mann, den sie nicht vergessen kann. Ist das nun der Beginn einer Glückssträhne, oder wird er der Nächste sein, der ihr das Herz bricht?

Bestellen Sie *Mondschein in Bayside* direkt bei Ihrem Online-Buchhändler!

Die Steeles auf Silver Island

Verlieb dich an den Stränden von Silver Island, wo neben kleinen Cafés, Bootrennen und mitternächtlichen Rendezvous die Steeles zu Hause sind. Sie sind schlagfertig, sexy, loyal, haben eine Vorliebe fürs Streichespielen und ganze Truhen voller Geheimnisse.

Ein Mann, der alles verloren hat und ein qualvolles Geheimnis mit sich herumträgt, eine geschiedene alleinerziehende Frau, die alles zu verlieren hat, und das kleine Mädchen, das ihnen hilft, ihre Verletzungen hinter sich zu lassen.

Bestellen Sie *Herzen in Versuchung* direkt bei Ihrem Online-Buchhändler!

Die Bradens in Ridgeport

Verlieb dich mit den brandheißen, wohlhabenden, immer loyalen und verlockend unanständigen Bradens in Ridgeport und begleite die gewitzten, geschäftstüchtigen Neuengländer mit einer Vorliebe fürs Vergnügen auf ihrem Weg zur großen Liebe.

Der Quarterback Clay Braden ist entschlossen, der sexy Wissenschaftlerin Pepper Montgomery die Vorteile eines ganz praktischen Ansatzes bei der Forschung nahezubringen. Und zwar sehr nahe. Ein zufälliges Wiedersehen in Paris ist der perfekte Start.

Bestellen Sie *Gut gespielt, Mr. Perfect* direkt bei Ihrem Online-Buchhändler!

Neu bei »Love in Bloom – Herzen im Aufbruch«?

Ich hoffe, Sie hatten genauso viel Spaß mit den Freunden aus Bayside wie ich! Falls dieser Band Ihr erstes Buch aus der Reihe »Love in Bloom – Herzen im Aufbruch« ist, warten noch jede Menge Geschichten über unsere sexy, selbstbewussten und loyalen Heldinnen und Helden auf Sie.

Bayside Summers ist nur eine der Serien aus meiner großen Sammlung von Liebesromanen mit Tiefgang, Humor und Happy-End-Garantie. In allen Büchern finden Sie eine abgeschlossene Geschichte, die auch für sich allein gelesen werden kann. Figuren aus den einzelnen Serien und Büchern der weitverzweigten »Love in Bloom – Herzen im Aufbruch«-Familien tauchen immer wieder auch in den anderen Bänden auf. So verpassen Sie nie eine Verlobung, eine Hochzeit oder eine Geburt. Wenn Sie mögen, lernen Sie doch auch die anderen Serien der Reihe kennen! Eine vollständige Liste aller auf Deutsch erschienenen und geplanten Bücher gibt es am Ende des Buches und unter dem folgenden Link finden Sie weitere Informationen:

www.MelissaFoster.com/Herzen-im-Aufbruch

Danksagung

Ich hoffe, Sie hatten Spaß daran, mehr über Violet zu erfahren. Bei meinen Recherchen über ihr künstlerisches Schaffen hatte ich das Vergnügen, mit Tiffany Carmouche zu sprechen, einer fantastischen Bildhauerin und Rednerin. Danke, Tiffany, dass du meine unzähligen Fragen geduldig und mit professioneller Sachkenntnis beantwortet hast. In Violets Geschichte habe ich mir kreative Freiheiten erlaubt, etwaige handwerkliche Fehler sind meine eigenen und spiegeln nicht Tiffanys Fachwissen wider. Weitere Informationen über Tiffany finden Sie auf ihrer Website: www.TiffanyCarmouche.com

Nichts freut mich mehr, als von meinen Fans zu hören und zu erfahren, dass sie meine Geschichten genauso lieben wie ich das Schreiben. Falls Sie meinem Fanclub noch nicht beigetreten sind, dann los. Wir haben jede Menge Spaß, plaudern über Bücher, und Mitglieder erhalten besondere Vorabinformationen über kommende Veröffentlichungen. www.Facebook.com/groups/ MelissaFosterFans

Wie immer möchte ich mich bei all meinen Freundinnen, Freunden und Fans bedanken, die mich beim Schreiben über Andre und Violet begleitet haben. Ein großes Dankeschön geht natürlich auch wieder an mein akribisches, talentiertes Redaktionsteam. Danke, Kristen Weber, Penina Lopez, Juliette Hill, Marlene Engel, Lynn Mullan, Justinn Harrison, Elaini Caruso

sowie auf deutscher Seite Usch Pilz, Stephanie Schottenhamel
und Judith Zimmer für alles, was ihr für mich und für unsere
Leserinnen und Leser tut. Und wie immer bin ich meiner
Familie zutiefst dankbar, die mir die Zeit gibt, unsere wunderbaren Welten zu erschaffen.

Die Bradens (Trusty, Colorado)

Bei Heimkehr Liebe
Bei Ankunft Liebe
Im Zweifel Liebe
Bei Rückkehr Liebe
Trotz allem Liebe
Bei Aufprall Liebe

Die Bradens (Peaceful Harbor)

Geheilte Herzen
Voller Einsatz für die Liebe
Liebe gegen den Strom
Vereinte Herzen
Melodie der Liebe
Sieg für die Liebe
Endlich Liebe – ein Braden-Flirt

Die Bradens & Montgomerys (Pleasant Hill – Oak Falls)

Von der Liebe umarmt
Alles für die Liebe
Pfade der Liebe
Wilde Herzen
Schenk mir dein Herz
Der Liebe auf der Spur
Verrückt nach Liebe
Liebe süß und sündig
Und dann kam die Liebe
Eine unerwartete Liebe
Verliebt in Mr. Bad

Die Bradens (Ridgeport)

Gut gespielt, Mr. Perfect

Die Remingtons

Spiel der Herzen
Im Dschungel der Liebe
Herzen in Flammen
Herzen im Schnee
Liebe zwischen den Zeilen
Von der Liebe berührt

Die Ryders

Von der Liebe bestimmt
Von der Liebe erobert
Von der Liebe verführt
Von der Liebe gerettet
Von der Liebe gefunden

Seaside Summers

Träume in Seaside
Herzen in Seaside
Hoffnung in Seaside
Geheimnisse in Seaside
Nächte in Seaside
Herzklopfen in Seaside
Sehnsucht in Seaside
Geflüster in Seaside
Sternenhimmel über Seaside

Bayside Summers

Sommernächte in Bayside
Verführung in Bayside
Sommerhitze in Bayside
Neuanfang in Bayside
Mondschein in Bayside
Versuchung in Bayside

Die Steeles auf Silver Island

Herzen in Versuchung
Meine wahre Liebe

…

Die Whiskeys: Dark Knights aus Peaceful Harbor

Tru Blue – Im Herzen stark
Truly, Madly, Whiskey – Für immer und ganz
Driving Whiskey Wild – Herz über Kopf
Wicked Whiskey Love – Ganz und gar Liebe
Mad About Moon – Verrückt nach dir
Taming My Whiskey – Im Herzen wild
The Gritty Truth – Kein Blick zurück
In For A Penny – Süßes Glück
Running on Diesel – Harte Zeiten für die Liebe

Die Whiskeys: Dark Knights von der Redemption Ranch

Immer Ärger mit Whiskey
Sullys Befreiung
Um Whiskeys willen
Der Geschmack von Whiskey
Liebe, Lügen und Whiskey

…

Entdecken Sie Melissa Fosters Bücher auch auf:
www.MelissaFoster.com/Herzen-im-Aufbruch

www.ingramcontent.com/pod-product-compliance
Lightning Source LLC
Chambersburg PA
CBHW061117310726
48974CB00002B/571